सुनीता जैन
की
लोकप्रिय कहानियाँ

सुनीता जैन
की
लोकप्रिय कहानियाँ

सुनीता जैन

प्रभात प्रकाशन, दिल्ली
ISO 9001:2008 प्रकाशक

प्रकाशक • **प्रभात प्रकाशन**
4/19 आसफ अली रोड,
नई दिल्ली–110002

संस्करण • प्रथम, 2017
मूल्य • तीन सौ रुपए
मुद्रक • आर–टेक ऑफसेट प्रिंटर्स, दिल्ली

SUNITA JAIN KI LOKPRIYA KAHANIYAN
Published by Prabhat Prakashan, 4/19 Asaf Ali Road, New Delhi-2
e-mail: prabhatbooks@gmail.com ISBN 978-93-86300-41-6
₹ 300.00

भूमिका

अगस्त 1964 के 'धर्मयुग' में मेरी पहली कहानी, 'बिरथा जन्म हमारो', हाथ से लिखी भेजी और उस माने में अधकचरी सी, का छपना मानो मेरा ही एक जन्म था। उस समय मैं मात्र 22-23 वर्ष की थी, दो बच्चों की माँ और तीसरे को जन्म देने से पहले चुकी और बुझी सी। कहानी छपने पर उस पर निरंतर चर्चा होती रही, यह सूचना स्व: भारत भूषण अग्रवाल ने, जो उन दिनों साहित्य अकादेमी के सचिव थे, मुझे दी। सुनकर मैं अवाक् थी। इस कहानी के चर्चा में होने की पुष्टि, अकादेमी के अध्यक्ष डॉ. प्रभाकर माचवे ने जब की तो मुझे भान हुआ कि लेखक जो लिखता है, वह कहाँ तक जा सकता है। यह कहानी नसबंदी और उसके भविष्य में दूरगामी परिणामों को लेकर थी। इस विषय पर अभी तक शायद एक भी कहानी नहीं छपी थी।

इस कहानी के बाद डॉ. माचवे को मेरी लिखने की क्षमता पर कुछ ऐसा भरोसा हुआ कि जब 1965 में मैं दूसरी बार अपने तीनों छोटे-छोटे बच्चों को लेकर पति के पीछे-पीछे अमेरिका जाने को हुई तो उन्होंने मुझे कहा, "सुनीता, लिखती रहना और अंग्रेजी में अनुवाद कर, वहाँ पत्रिकाओं में भेजती रहना।" उन्होंने ही मुझे कई अमेरिकी साहित्यिक पत्रिकाओं के पते व संपादकों के नाम दिए।

किंतु सबसे अधिक साथ दिया धर्मयुग के संपादक, डॉ. धर्मवीर भारती ने। मेरे अनगढ़ और दो देशों के बीच भटकते व्यक्तित्व को जैसे उनकी मर्मभेदी दृष्टि ने पहचाना। वे जब तक रहे, मेरी लगभग हर कहानी 'धर्मयुग' और विशेषांकों में ही छपी—उन दिनों की अंतिम कहानी 'बाट' धर्मयुग के अंतिम प्रेम कहानी विशेषांक के लिए भारती ने मँगवाई। 1964 तक केवल पाँच-छह महिला कहानीकार सामने आई थीं—वसंत प्रभा, मन्नूजी, कृष्णा सोबती, दीप्ति खंडेलवाल, उषा प्रियंवदा, सोमा वीरा और शायद मैं। अगले 7-8 वर्षों में और नाम जुड़ते चले गए—मृदुला गर्ग, मृणाल पांडे, मंजुल भगत, मेहरननिसा परवेज, चंद्रकांता, मालती जोशी और भी अनेक, उसके बाद भी अभी तक मधु कांकरिया तक...

यह उल्लेख मात्र इसलिए कि लोकप्रिय कहानियों की संचयन-प्रक्रिया ने मुझे अवसर दिया कि इन पचास से अधिक वर्षों में लिखी जाती रही अपनी कहानियों को मैं एक बार पुनः पढ़ूँ। मैं नहीं जानती थी कि इस तरह दोबारा अपने रचना संसार को खँगालना कितना कष्टप्रद होगा—क्या-क्या संदर्भ याद नहीं आएगा, जिसके तनाव और दबाव में कहानियों का सृजन हुआ। उस समय उस संदर्भ की बेबसी, पीड़ा व पात्र को शब्दों में उकेर पाने का संकल्प व श्रम। याद आया, विदेश में रह रही हिंदी संसार से दूर, किसी भी सहयोग से वंचित, मैं कितनी अकेली थी। किंतु हर कहानी जैसे एक वादा था स्वयं से कि मुझे मेरे तीनों बच्चों के लिए जीना है, जीते रहना है। इसी जुनून ने मुझसे घर के बाहर पैर रखवाया, विश्वविद्यालय पहुँचाया, दिल्ली से बी.ए. की। 7 वर्ष के अंतराल बाद एक बार फिर छात्रा बनाया। एम.ए. को डरते-डरते पूरा करवाया और पति के आदेश पर पी-एच.डी. की। (अंग्रेजी में) साथ ही पार्टटाइम पढ़ाया भी—इसी सारी सूची में जो कहने से छूट रहा है, वह यह कि मैंने यदि स्वयं को पाया तो उपाधियों में नहीं, अपने लिखे में, अपनी कहानियों में, उपन्यासों में; जो और जिनके अंग्रेजी रूपांतर समय-समय पर पुरस्कृत हुए। परिस्थितियाँ कुछ यों थीं कि यदि मेरे शब्द मेरे पास न होते तो संभवतः मैं ही न होती।

बहुत पहले कहीं पढ़ा था कि विश्वभर की कहानियाँ केवल चार हैं—जन्म, मृत्यु, प्रेम और युद्ध को लेकर। इन्हीं को बार-बार लिखा-दोहराया जाता है। जब यह पढ़ा तो एक पाठक की दृष्टि से—आज जब याद आया तो एक रचनाकार के रचे फलक के पार से। अपनी कहानियों के अलग-अलग दंशों को एक साथ दोबारा झेला मैं जान पाई हूँ कि यह जन्म, मृत्यु, प्रेम और युद्ध—यही तो लेखक की कभी समाप्त न होनेवाली नियति है—यही वरदान, यही अभिशाप। किसी पात्र का रचनाकार के मनस में जन्म लेने के उपक्रम में छटपटाना, उस छटपटाहट का शब्दों में सिमट या पसर जाना। हर बार एक जन्म, हर जन्म के साथ पात्रों की घुटन, उनका संताप, उनकी असहायता का बोध; यही तो मृत्यु है। पर इस जीने-मरने के बीच एक छोटे बच्चे की हथेली अपनी रोती हुई दादी के गाल पर आँसू पोंछती, तोतली बोली में पूछती—दादी आप रो रहे हो!

साथ ही पास खड़े दूसरे बच्चे का पीछे से गले में बाँहें डाल कहना, 'आई लव यू दादीजी।' यह अकस्मात् प्रेम-प्रसंग इनके अटूट सिलसिले इसी से उपजते हैं—उपजती रही चलते चले जाने की संकल्प शक्ति, किसी युद्ध विजय के लिए नहीं, केवल बने रहने की। इसी शक्ति से संचरित हुई एक न रुकने वाली लेखकीय ऊर्जा, जिसके तहत उन बीसियों महिला पात्रों को मैं चित्रित कर पाई, जो भारतीय मूल की होने कारण अमेरिकी नैतिकता और सामाजिक आचरण या मान्यताओं की जकड़ में टूट-टूट कर जीने का यत्न कर रही थी। आज जिसे डायसपोरा लिटरेचर कहा जाता है, उसका पहला पात्र शायद

मुझे ही रचना था, उसका पहला अध्याय शायद अपना स्वतः प्रमाण है।

इन महिला पात्रों के संताप में, उनके संघर्ष में, उनके मौजूपन में, उनके जाने-अनजाने अपमान में मैं भी तो थी। उन्हीं के संग चलती रही, लिखती रही। यह पात्र इतिहास भी हैं और आवाज भी। इन्हीं आवाजों को प्रखर करने लेखनी चलती रही, विदेश में भी, भारत लौटकर भी। आज यह पात्र मेरा परिवार है, मेरे राजदार हैं, मेरे होने की सार्थकता है—यह मेरी तराश है—तराशा है मैंने उन्हें नहीं, उन्होंने मुझे—मेरी संवेदना को और इस सबसे अवश्य मेरी लेखनी कुलबुलाती रहती है। एक और जन्म, एक और मृत्यु के अहसास से रू-बरू होने को दो-हाथ होने। तभी अचानक एक हाथ काम लेता है प्रेम में, कभी माँ का, कभी बेटी का, बेटे का, किसी प्रिय मित्र का—और शब्द तिरने लगते हैं, किसी अन्य और अधिक संपूर्ण समय की आस में।

—सुनीता जैन

अनुक्रम

न-से-नेता

जब तक उन्हें नेतागिरी की चंडी नहीं चढ़ी थी, हमारी मम्मी जैसी भी थीं, मम्मी तो थीं। अब हमारी मम्मी 'नेता' होने जा रही हैं और सारा घर तितर-बितर...।

पहले जब हम घर आते थे तो मम्मी बेमन से ही सही, टी.वी. बंद कर देतीं और हमारे लिए कुछ नाश्ता लातीं या बनातीं। कभी उपमा, जो राजी को पसंद है, कभी आलू की चाट, जो मुझे पसंद है। कभी पकौड़े, जो उन्हें स्वयं पसंद हैं, कभी दही की पापड़ी, जो पापा को पसंद है।

राजी और मुझे खिला-पिलाकर मम्मी फिर अपना टी.वी. खोल देतीं। राजी उनकी गोदी में सिर रखकर सो जाती और मैं अपने कमरे में। पापा का ऑफिस से आने का समय होने लगता तो मम्मी टी.वी. से उठतीं; राजी अपना 'होमवर्क' करवाने मुझे उठाती और मैं अगले दिन स्कूल के कपड़े प्रेस करती। बीच-बीच में मम्मी हमें प्यार से बुलाती रहतीं, "गजलक्ष्मी बेटा, जरा रामू को देखो कहाँ है..." "राजलक्ष्मी, देखना कौन घंटी बजा रहा है... ?" मम्मी की दुलार भरी बोली सुन हमें अपने ये भारी-भरकम नाम भी बुरे न लगते।

अब इन नामों की भी अपनी एक कहानी है। मम्मी मेरा नाम 'सुभद्रा कुमारी चौहान' और राजी का 'महादेवी वर्मा' रखना चाहती थीं, पर पापा अड़ गए थे, "यह क्या पागलपन है ?" वे बोले।

"आपको नहीं पता ये कितने बड़े नाम हैं। लड़कियाँ इतनी बड़ी कवयित्री बनेंगी, तब तो..." मम्मी ने कहा था।

"मैं 'मोहनदास करमचंद' होने से क्या गांधी हो जाऊँगा और तुम 'लता मंगेशकर' से लताजी ?" पापा ने टक्कर ली थी।

उन दोनों की बहस के ये सब किस्से, वे दोनों ही हमें बारी-बारी से सुनाते रहते हैं। आखिर में मम्मी ने अपनी संस्कृत-की-संस्कृति से मुझे 'गजलक्ष्मी' और मुनिया को 'राजलक्ष्मी' बना ही दिया। हम दोनों डरी रहती हैं कि कोई हमारा पूरा नाम न जान ले। राजी कहती है कि वह बड़ी होकर अपना नाम नर्गिस रखेगी। माँ डाँटती है, "हमारे

यहाँ नहीं रखते ये नाम।''

''क्यों?'' राजी पूछती है, ''नर्गिस तो फूल का नाम है।''

''होगा,'' कहकर मम्मी फिर टी.वी. देखने लगती हैं और मैं सोचती हूँ कि मैं अपना नाम जूही रख लूँगी।

पर यह उन दिनों की बात है, जब मम्मी घर पर रहती थीं। हम दोनों भले ही उनके टी.वी. से ऊबकर कैरम या लूडो या स्क्रेबल या चेस खेलती रहतीं। आज सोचती हूँ, वे दिन कितने प्यारे थे। मम्मी टी.वी. के आगे, मैं और राजी आँगन में और छुट्टी के दिन पापा बरामदे में। अब तो···मम्मी घर पर ही नहीं रहतीं। वे नेता जो होने जा रही हैं और यह सब हुआ टी.वी. के ही कारण। बैठे-बैठे जब मम्मी का पेट निकलने सा लगा और ब्लाउज छोटे होने लगे तो डॉक्टर अंकल ने उन्हें 'एक्सरसाइज' करने को कहा, फिर उनकी सहेलियों ने भी, जो उनसे जरा पतली थीं।

मम्मी ने कुछ दिन तो योगा व कुछ अन्य कसरतें करने की कोशिश की, पर जब हम उन पर हँसे और उनकी भी कमर में 'चिनक' जैसी आ गई या पैर में मोच तो पापा ने कहा, ''नलिनी, तुम सैर करने जाया करो··· ।''

''कब जाऊँ, सुबह तो इन्हें स्कूल भेजना होता है?''

''शाम को जाओ।''

तो मम्मी शाम को कॉलोनी के, पार्क में सैर को जाने लगीं।

''बाप रे,'' आकर कहती, ''इतनी भीड़! कोई क्रिकेट, कोई बच्चा साइकिल चला रहा, चलने की जगह नहीं। कैसे चलें?''

''जब बच्चे स्कूल होते हैं, तब जाओ,''

और मम्मी तीन बजे सैर को जाने लगीं। हम स्कूल से लौटकर उन्हें पार्क में मिलते और साथ-साथ घर आते। रास्ते भर मम्मी कहती रहतीं, ''इतना बड़ा पार्क, दो एकड़ का और हालत देखो! न एक ढंग का पौधा, न सफाई। माली सारा दिन ताश खेलते हैं··· ।''

''तो आप उनसे बोलो न, कुछ काम करें।'' राजी बोली। ''हाँ मम्मी, आप करवाएँ उनसे काम,'' मैंने कहा।

हमें क्या पता था कि मम्मी के नेता बनने का रास्ता हमीं ने उन्हें दिखाया था।

अब जब हम स्कूल से घर आते तो मम्मी पार्क में लस्त-पस्त काम करवा रही होतीं। पापा से कहकर उन्होंने दो हजार 'एलाउंस' पास करवा लिया कि यदि मैं एक्सरसाइज करने किसी क्लब या फिटनेस सेंटर जाऊँगी तो इससे ज्यादा खर्च होगा। पापा बोले, ''ठीक है, पर तीन महीने में चार किलो वजन कम होना चाहिए''

मम्मी और पापा के ऐसे संवाद रात को खाने की मेज पर ही चलते। जब मम्मी को पापा से कुछ मनवाना होता तो वे पापा के पसंद का कुछ बढ़िया सा पकाती फिर

नहाकर कपड़े बदलकर जरा सँवरकर बैठतीं। हमसे हँस-हँसकर स्कूल की बातें करतीं और फिर अपनी पेशकश रख देतीं। पापा भी एक आध पैंतरा बदलते, फिर मान जाते। अकेले में मुझसे कहते, ''नहीं मानता तो वह फिर टी.वी. देखने लगती या और औरतों की तरह ताश खेलने। अब कुछ कर तो रही है···।'' यह करना ही बड़ा रंग लाया। पहले तो पेड़, पौधे, फूलों के गमले आए। मम्मी कभी इस नर्सरी, कभी उस। फिर पार्क के सरकारी मालियों के लिए घर से कभी मट्ठी, कभी कुछ और नाश्ता जाने लगा। उनके बच्चों के लिए हमारे पुराने खिलौने और किताबें। उससे भी काम न चला तो मम्मी ने एक निजी माली भी रख लिया। अब वे लगी रहती हैं उसके साथ। अपनी साड़ियाँ भी गंदी कर लेतीं और हाथ-पैर भी और हमें सिखातीं, ''यह बरबीना है, छह महीने फूल देगा बैंगनी रंग का; यह पोर्चुलाका है, तीन-चार रंग का; यह क्लेचू है···।'' मानो घर में एक नया शब्दकोश आ गया हो।···''यह पेंजी; यह कॉर्नफ्लॉवर; यह ब्लूबेल; यह हाइबिसकस; यह गजेनियाँ; यह एल्ट्रा एंथ्रा—गरमियों में हरी, सर्दियों में लाल हो जाती है, यह संगोनियम, यह मालपेजिया का फूल, मुझे बहुत पसंद है।''

फिर मम्मी हमें याद दिलवाती कि हमारे नाना का बँगला कितना बड़ा था और उनका बागीचा कितना शानदार। कैसे-कैसे फल-फूल उगते थे, उनकी कोठी में। तभी तो मम्मी को इतना मालूम था बागबानी के बारे में। बचपन में ही शौक-शौक में मालियों ने उन्हें सब सिखाया था। पौधों की छँटाई करना, गुट्टी बाँधना, बीज लगाने, पौधा सरकाने का समय वगैरह-वगैरह···हम मम्मी के इस नए जनून पर जितना हैरान थे, उतना ही पूरी कॉलोनी भी। सच ही उस मरे से पार्क का तीन महीने में ही कायाकल्प हो गया था। चारों ओर नई-नई तरह-तरह की क्यारियाँ दिखने लगी थीं। मोरैया की बाड़, जो नौ फीट ऊँची खड़ी थी, करीने से साढ़े तीन फीट पर छाँट दी गई थी। पार्क में रोज सुबह मम्मी का माली झाड़ू लगाता, वृक्षों की ज्यादा बड़ी टहनियाँ काट देता। जगह-जगह मम्मी के लगाए पोस्टर दिखने लगे—

'यह पार्क आपका है
इसे साफ रखें।'
'ये फूल हमारे मित्र हैं
इन्हें न तोड़ें'
'पार्क में कुत्ते न लाएँ'
'यहाँ क्रिकेट खेलना मना है'
'साइकिल चलाना मना है'
'घास पर न चलें
पटरी-पटरी आएँ-जाएँ।'

मम्मी की कोई तारीफ करता तो वे सलज्ज सी कहतीं, ''मैं तो दिल्ली में आकर भूल ही गई थी गार्डनिंग का सुख। यह पार्क तो मैंने गोद ले लिया है, यह मेरी बेबी है।''

हाँ, तो सारी कॉलोनी दंग! कोई उन्हें बधाई दे रहा, कोई प्रशंसा के पुल बाँध रहा, ''मिसेज शुक्ला, आपने तो कमाल कर दिया। ये 'कर्ता-धर्ता' लोग तो बस पैसे बटोरते हैं। असली लीडर तो आप जैसे होते हैं···'' पापा भी प्यार से उन्हें नलिनी न कहकर 'न-से-नेता' बुलाने लगे, क्योंकि हमें और पापा को मम्मी की यह बड़ाई अच्छी लगती। उनका यह जुनून भी प्यारा ही लगता, पर न पापा को तब पता था, न हमें कि यह बड़ाई मम्मी के लिए गुब्बारे में गैस जैसी होगी।

देखते-देखते लोगों की बड़ाई से 'बड़ी' हुई हमारी मम्मी कॉलोनी के 'वेलफेयर' के चुनाव में अध्यक्ष के पद के लिए खड़ी कर दी गईं। पापा ने मना भी किया, पर वे अब सुनतीं ही नहीं। न लोग सुनने देते हैं। ''नहीं, नहीं, मिसेज शुक्ला, आपको लड़ना है। देखिए न, वह वर्मा कितने पैसे खा गया है। सारी कॉलोनी को कूड़ाघर बना दिया है। कहीं सोम बाजार लगने लगा है, कहीं ठेलेवाले आने लगे हैं। सबसे पैसा ऐंठता है। बिल्डरों से तो हजारों लेता है। हमें आप जैसा प्रेसीडेंट चाहिए। आप हमारी नेता हैं, जनाब···।''

बस! फिर क्या था। अब वे कभी घर पर नहीं होतीं। बच्चे राजी को छेड़ते हैं, ''तुम्हारी मम्मी झाड़ू लगवा रही थीं···कूड़ेवाले को डाँट रही थीं···।'' इन कामों में मम्मी अकेली नहीं, मम्मी के साथ छह-सात लोग रहने लगे। कुछ महिलाएँ, कुछ आदमी। मम्मी एकदम आँधी फिल्म की हीरोइन जैसी चलने-फिरने लगीं।

घर में पापा के कंप्यूटर पर एक लड़का बैठा मम्मी के पत्र और नोटिस टाइप करता रहता है या तरह-तरह के बैनर बनवाकर लाता है—

यह कॉलोनी हमारी है
हम इसे स्वच्छ बनाएँगे।

न पानी, न सड़क, न सफाई
ये कैसा 'वेलफेयर', भाई?

अब मम्मी कुछ कविता जैसी तुकबंदी भी करने लगी हैं। भाषण भी देती हैं और फोन तो जैसे पगलाया रहता है। बंद ही नहीं होता। पापा और हमारा मुँह काफी लटक गया है। घर के काम के लिए पापा ने एक लड़की को रख दिया है, लेकिन न पापा को पता है, न मम्मी को कि लड़की का एक बॉयफ्रेंड चुपके-चुपके आता है और वह उससे घंटों 'हीं···हीं···' करती रहती है। हमने शिकायत की, ''पापा यह लड़की अच्छी नहीं, इसे निकाल दो।''

पापा बोले, ''इसकी शिकायत न करो, तुम्हारी मम्मी चुनाव जीत गईं तो तुम्हें घर पर रोटी भी नहीं मिलेगी। यह लड़की जो करती है, करने दो, नेताओं के घर ऐसे ही चला करते हैं··· ।'' अजीब बात कि मम्मी जब से जीतने में लगी हैं, पापा हारे से हो गए हैं।

और अजीब कि ग्यारह साल की राजी के पंख निकल आए हैं। मम्मी के घर पर न रहने से वह खूब बदल रही है। मेरी उससे अकसर लड़ाई रहती है। वह लंबे-लंबे नाखून रखने लगी है। ऊँची एड़ी की चप्पल ले आई है। शाम को जब खूब 'टाइट' जींस और टॉप पहनती है तो पूरी चमगादड़ दिखती है। मम्मी की जगह अब वह टी. वी. के आगे बैठी जाने क्या-क्या देखती रहती है··· या कॉलोनी की लड़कियों के साथ मार्केट में घूमती रहती है··· ।

अभी-अभी खबर आई है कि मम्मी चुनाव जीत गई हैं···हमारी पूरी बैठक में कॉलोनी के लोग भरे हैं। बाहर कुछ सफाई कर्मचारी उनसे मिलने के लिए खड़े हैं और कुछ बिल्डरों ने बधाई के साथ बड़े-बड़े फूलों के 'बुके' भेजे हैं। पापा पीछे के दरवाजे से दफ्तर चले गए हैं। वे जाते-जाते मुझसे कह गए हैं, ''शाम को जल्दी आ जाऊँगा। तुम गणित में पिछड़ रही हो, आकर पढ़ाऊँगा।'' मैंने अपने कमरे का दरवाजा भीतर से बंद कर लिया है। मुझे फिलहाल मम्मी से कोई बात नहीं करनी। न अच्छी, न बुरी··· वैसे भी उन्हें बात करने की फुरसत है ही नहीं!

काश, मम्मी 'न-से-नेता' न होतीं! बस हमारी मम्मी होतीं। पहले जैसी घरेलू और गोल-मटोल, जो रसोई में पकौड़े बनातीं और मिर्च के पकौड़े खाकर सी···सी···करतीं। फिर पल्ले से नाक पोंछ मुझसे कहतीं, ''गजलक्ष्मी, तू भी खाकर देख न जरा, कितना चरचरा है··· ।''

□

क्रेजी किया रे…

हर वर्ष ज्यों-ज्यों सर्दी की छुट्टियाँ निकट आती हैं, त्यों-त्यों घर में बहस गरमाने लगती है।

''दिल्ली चलोगे इस साल?'' प्रश्न कभी मैं करती हूँ, कभी मेरे पति, कभी कोई और।

''दिल्ली! न बाबा न। पिछली दफे तो हेपेटाइटस बी लेकर आए, तीन दिन अस्पताल रहना पड़ा…। मयंक बोला।

''कहा नहीं था कि वहाँ सँभलकर खाना-पीना? हमारे साथ तो ऐसा न होता।'' मेरे पति बोले।

''पापा आप भी न बस! आपको तो अपना पंजाब याद है। वे जमाने और थे। आपकी जैसी इम्यूनिटी थोड़े है हमारे पास! बाहर का छोड़ो हम तो घर पर भी डर-डर के खाते रहे, लेकिन दाँत तो साफ करेंगे न सुबह, नहाएँगे भी? पता नहीं कब कमबख्त ये बैक्टीरिया घुस जाते हैं शरीर…में। न मुझे नहीं जाना।''

''तो कहाँ चलें?''

''कहीं भी।''

''कहीं भी? जब से सुनामी आई, छोटे टापुओं पर जाने का मन नहीं होता, न ही समुद्री किनारों पर।''

''और भी तो देश हैं…।''

पति कुछ न बोले। सिर हिलाते रहे, पर मुझे पता था वे सोच रहे थे, जब से 9 सितंबर का हादसा हुआ, वे बच्चों को भी कहीं भेजते हुए डरते हैं। सभी के तो अमेरिकी पासपोर्ट हैं अब। कहीं भी कोई उग्रवादी दबोच ले…।''

''अमेरिका में ही कहीं चलें?''

''कितनी बार तो जा लिये, जहाँ-जहाँ जाना चाहते हैं…।'' मैंने कहा, पर जो नहीं कहा, वह यह कि दिल्ली जाकर अच्छा लगता है। अपने लोग, अपना खाना, अपना

घर, अपनी आबो-हवा···

"व्हाट आबो-हवा मम्मी ?" नीतू सुनती तो तमकती। "पिछली दफे याद नहीं क्या हुआ था रेलवे स्टेशन पर ? सारा सामान लेकर भाग गए। पुलिस ने अलग तंग किया···यह तो अच्छा है हमारे पासपोर्ट हमारी जेबों में थे। नहीं तो वहीं बैठे रहते हम दिल्ली में।"

"नहीं जाएँगे तो मेरी चूड़ियाँ कैसे आएँगी ?" डिंकी बोली।

"और नए-नए कपड़े ? मैं तो अब इंडियन डांस ग्रुप में भी हूँ न, मुझे लहँगे चाहिए, घुँघरू और कॉस्ट्यूम, जूलरी (नकली जेवर) बड़े-बड़े।"

"तेरा पेट तो कभी नहीं भरेगा। जरा दराज खोल-खोलकर देख कैसे ऊपर तक ठुँसे पड़े हैं। छुट्टियों का मतलब शॉपिंग थोड़े होती है ?"

"तो क्या होता है ?" दोनों बहनों में देर तक घमासान-घमासान होता रहेगा तब।

"अच्छा चलो मुझे रसोई में काम है।" मैं सबको नाश्ते की मेज से भगाती।

दो दिन बाद फिर वही।

"छुट्टियों में कहीं चलना है ?"

"दिल्ली चलना है तो जल्दी बता देना," मेरे पति बोले। "आजकल टिकट बहुत महँगे हैं। दस हजार डॉलर तो वैसे ही लग जाएँगे। दिन-पे-दिन हवाई जहाजों को कम करते जा रहे हैं। एक ही फ्लाइट ठूँस-ठूँसकर भरते रहते हैं··· ।"

इससे पहले कि मयंक कुछ कहता, वे फिर बोले, "चलना है तो बताओ, पर मेरे सामने बुराइयाँ मत गिनने बैठ जाना। यहाँ नहीं होता, क्या क्राइम··· ? दो बार तो मुझे पिस्तौल दिखाकर लूट लिया एटीएम के आगे। तुम्हारी माँ का पर्स छीनकर भाग गए दिन-दहाड़े और रात को हारलम जैसी जगह निकल गए तो शायद हड्डी भी बाकी न बचे···अपना देश अपना होता है। छोड़ थोड़े देंगे··· ।"

बच्चे एक-एक कर खिसक गए। किसी का मोबाइल बज गया था, किसी का दोस्त बाहर हॉर्न बजा रहा था।

अब बचे मैं और यह। एक ही अवसाद में घिरे। कुछ-कुछ हताश। हम दोनों को अमेरिकी हॉलीडे नहीं भाते। अगर किसी समुद्र किनारे जाओ तो लगभग नंगों की भीड़ में मैं अपना 6 गज का सलवार कमीज या साड़ी ही सँभालती रहती हूँ। बहुत अटपटी लगती हूँ खुद को। पति हिसाब लगाते रहते हैं कि होटल की एक रात का इतना, खाने का इतना। हम अन्य भारतीयों की तरह किसी अन्य भारतीय परिवार पर जाकर कभी नहीं लदते। वैसे भी यहाँ रिश्तेदार तो कोई है नहीं और ये इतने दोस्तनवाज भी नहीं।

धीरे-धीरे मुझे लगने लगा है कि केवल अपना देश ही नहीं छूटा, अब हमारा इतिहास भी हमसे छूट रहा है तेजी से। बच्चे जब छोटे थे, हम जब चाहे उठकर चल देते थे—दिल्ली, चंडीगढ़, आगरा। अब सोचना पड़ता है। उनकी तो कोई यादें भारत

से जुड़ी नहीं। वे खफा होते हैं छोटी-छोटी बातों से। नलों में गरम पानी नहीं, गरमियों में आँधी की बारीक धूल। सर्दियों में मार्बल के फर्शों से उठती शीत लहर। बाथरूम में जाते रोज सुबह झींकते हैं सारे, लेकिन हम अमेरिका मैं कहीं जाएँ तो हमें कोई जानता नहीं। भारत जाते हैं तो बच्चों की किसी को जानने में रुचि नहीं। उनके दोस्त यहाँ हैं, उनकी सुविधाएँ यहाँ हैं, भविष्य भी तो···

तो भी! शायद तभी कहा करती थीं माँ कि एक बार समुद्र लाँघ जाओ तो दोनों किनारों से छूट जाते हो; समुद्र का शाप है। फिर भी हम न जाएँ दो-एक वर्ष, तो अमेरिका काटने को दौड़ता है। यहाँ की हर बात पर चिड़चिड़ाहट बढ़ जाती है मेरी और मेरे पति की। भारत से थक, टूट और बीमार होकर लौटते हैं तो अमेरिका फिर अच्छा लगने लगता है—साफ हवा, सड़कों की खामोशी, हरे-भरे वृक्ष, फूलों की भरमार। बड़ी-बड़ी दुकानों पर 'सेल' का सरूर···बैंक बैलेंस का मद! सब अच्छा लगने लगता है एक बार फिर।

खैर, इस बार कहाँ जाएँ? यह समस्या अप्रत्याशित रूप से निपटी। 'थैंक्स गिविंग' के पर्व पर बड़ा बेटा शानू घर आया तो साथ में मीशा भी थी। "वी आर एंगेज्ड, मम्मी!" वह आते ही मुझसे लिपट गया। फिर मीशा गले लगी। घर भर में बधाई बजने लगी, 'ग्रेट', 'वंडरफुल', 'वाओ' की आवाजें हर ओर। मीशा को हम सब भी बहुत प्यार करते रहे हैं।

शाम को खाने के बाद सब टी.वी. वाले कमरे में बैठे तो शानू मेरे से सटकर बैठा। ऐसे ही बैठता है, जब उसे कुछ चाहिए होता है। "हाँ" मैं बोली धीरे से, "कुछ कहना है क्या, पैसे चाहिए?"

"नो मॉम! पर मीशा को छुट्टियों में भारत जाना है···सब चलें···।"

"भारत!"

"हाँ मम्मी!" मीशा बोली, "अगर आप सब जा रहे हैं तो मुझे भी ले चलिए, प्लीज! पापा तो अब वहाँ जाते नहीं···।" कहकर मीशा चुप हो गई। उसकी माँ की मृत्यु के बाद उसके पिता ने एक अमेरिकी औरत से विवाह कर लिया। मीशा तब से अकेली पड़ गई। मीशा में अपनी माँ के दिए गहरे संस्कार हैं। वह बढ़िया गाती है, चित्रकारी करती है। बांग्ला बोलती है।

"पर तुम्हारे मम्मी-पापा के रिश्तेदार तो कलकत्ता होंगे···।"

"कोई बात नहीं, मम्मी। मैं ले जाऊँगा इसे दो दिन के लिए कलकत्ता, सबसे मिल लेगी और चंडीगढ़ में दादीजी से भी।"

"ठीक है।" मैंने कहा, "पंद्रह को चलेंगे, अट्ठाईस को लौट आएँगे।" सब स्तब्ध से मुझे देखते रहे। मयंक उठकर चला गया। डिंकी वहीं बैठकर अपनी खरीदारी की फेहरिस्त बनाने लगी। माथे का टीका, बिंदियाँ, हथफूल, बड़ा सा हार, तगड़ी···

दो दिन बाद मेरे पति, रजत पाँच टिकट ले आए। बोले, "बड़ी मुश्किल से दोनों

तरफ के आरक्षित टिकट मिले हैं। तौबा! लगता है सब भागे-भागे वहीं जा रहे हैं··· ।''

खैर, मेरे दो बच्चे तो नहीं जा रहे थे। मयंक का अपना दोस्तों के साथ कैंपिंग का प्रोग्राम बन गया और नीतू ने कहा कि उसकी सहेली का विवाह तय हो गया है, सो वह भी नहीं जाएगी। तो बचे मैं, रजत, डिंकी, शानू और मीशा।

क्योंकि हम पाँच थे, यात्रा हँसते-हँसते निपट गई। दिल्ली भी उतरे तो सीधे 'ग्रीन' चैनल से बाहर हो गए, दो मिनट में। बाहर आ मीशा हक्की-बक्की सी बोली, ''मम्मी, बड़ा डर लग रहा था मुझे तो बाहर आते समय। कितनी बुरी-बुरी बातें लोग बताते हैं, इस हवाई अड्डे के बारे में, यहाँ तो किसी ने कुछ पूछा ही नहीं।''

''तुझसे डर गए होंगे।'' शानू ने उसे छेड़ा। ''सोचा होगा कोई फिल्म अभिनेत्री है··· ।''

''देखा मम्मी, यह हरदम मेरी टाँग खींचता है, मारूँ क्या इसे ?''

''नहीं मीशा। वह खुश हो रहा है कि किसी ने हमें तंग नहीं किया। पिछली दफे, जब इसका दोस्त अकेला आया था; अपने नए-नए गोद लिये बेटे को भारत से ले जाने, तो बहुत परेशान किया उसे एक महिला कस्टम इंस्पेक्टर ने··· ।''

शानू ने सारी कथा दोहराई कि बिमल त्रिवेदी जब पिछली बड़े दिन की छुट्टियों में आया तो अपनी माँ के लिए टिफनी कंपनी से एक कट गिलास का फूलदान उपहार में लाया। टूटने के डर से डिब्बा हाथ में लटकाए चला आ रहा था ग्रीन चैनल से। एक महिला इंस्पेक्टर ने रोक लिया कि नहीं जा सकते। सामान चेक होगा।

बिमल हैरान। बोला मेरे पास तो कुछ भी नहीं। वह नहीं मानी। बिमल को ध्यान आया कि उसका व्यक्तिगत लैपटॉप भी है, जो हमेशा ऑफिस के काम से उसके साथ रहता है, कैमरा भी और घरवालों के लिए कुछ उपहार में कपड़े, जिन पर से उसने कीमत की चिटें जल्दी में नहीं उतारी थीं। गोद लिये बच्चे के ही कपड़ों पर चालीस-चालीस, पचास-पचास डॉलर के दाम चिपके होंगे···इन्होंने रोका तो जाने क्या-क्या गिनने बैठ जाएँ। बाहर बूढ़ी माँ खड़ी होगी, गोद में बच्चा लिये आरती भी और भी कई मित्र। तभी महिला का एक सहयोगी बोला, ''जाने दीजिए मैडम, आज बड़ा दिन है। ये सौ डॉलर तो दे ही रहे हैं··· ।''

बिमल हैरान। इतना पतन! लड़ने को हुआ, पर रोक लिया स्वयं को। बड़ी कड़वाहट से सौ डॉलर उस औरत के हाथ में पटके··· ।

''यकीन नहीं होता!'' रजत बोले।

''लेकिन न्याय हो ही जाता है, कभी-कभी अपने आप! दसेक दिन बाद अखबार में छोटी सी खबर थी कि दिल्ली के हवाई अड्डे पर एक महिला कस्टम इंस्पेक्टर घूस लेती पकड़ी गई और निलंबित कर दी गई··· ।''

टैक्सी तब तक घर आ गई थी। घर पर वही हमारी जानी-पहचानी भारतीय धूमधाम।

अगले दो-तीन दिन भी बढ़िया निकले। डिंकी अपनी खरीदारी में व्यस्त हुई। शानू और मीशा अलग से गाड़ी किराए पर मँगवा दिल्ली दर्शन को जाते रहे। मैं अपनी बहनों, भाइयों के परिवार में पनीर की सब्जियाँ खा-खाकर तौबा-तौबा करती रही। कुछ हल्का-फुलका बनाओ न भई, पर नहीं, वही पनीर कभी सब्जी में, कभी बेक कर, कभी कच्चा, पनीर टिक्के में। रजत तो बोल गए। पेट दर्द से पड़े रहे।

उस शाम मैं टी.वी. के आगे अकेली ही बैठी थी। मीशा आकर बैठ गई। "क्यों, बाहर नहीं गई?"

"नहीं मम्मी। शानू अपने स्कूल के दोस्तों से मिलने गया है। मेरा मन नहीं था। आने के बाद मुझे कलकता भी जाना है···क्या देख रही हैं आप?"

"कुछ भी नहीं।" मैंने रिमोट उसके हाथ में दे दिया। वह बटन दबाती रही। जल्दी-जल्दी। चैनल पलटती रही।

"कोई फिल्म देखोगी, यहाँ तो अब सौ चैनल हैं···।"

एकाएक वह पलटकर पहलेवाले चैनल पर लौटी।

मैंने नजर उठाई।

स्कीन पर दो छोटे-छोटे बच्चे नाच रहे थे। हम बातें करती रहीं। एकाएक एक नए बच्चों की जोड़ी थिरकने लगी···

"मम्मी, बच्चों की कोई टेलेंट प्रतियोगिता जैसी हो रही है, पर यह फिल्मी गानों पर क्यों···ओह माई गॉड। मम्मी, लुक! यह वही वल्गर सा गाना नहीं है···और देखो न बच्चे कपड़े भी फिल्मी पहने हैं···हाव-भाव भी उसी फिल्मी दृश्य के जैसे हैं··· ।" जब वह छोटी आठेक बरस की लड़की नौ बरस के लड़के की बाँहों में लटकी तो मीशा ने आँखों पर हाथ रख लिया।

"दिस इज ऑबसीन! अश्लील है यह··· । अमेरिका में तो ऐसे शो पर बवाल खड़ा हो जाता। आयोजक और माँ-बाप भी धरे जाते, बच्चों को ऐसी अश्लील हरकतों के प्रदर्शन को बढ़ावा देने के आरोप में···इन बच्चों का बड़े होकर क्या होगा? देखो कैसे तालियाँ पीट रहे हैं दर्शक···शेम!"

मीशा समाज विज्ञान में डाक्टरेट के लिए शोध कर रही है प्रिंसटन में। उसने मेरे कंधे में मुँह छुपा लिया। एक और बच्ची काले कपड़े पहने, छोटा सा ब्लाउज पहने नाचने लगी। हाय···ये इश्क कमीना···ये इश्क कमीना···

कभी छाती पीटती अपनी हथेली से, कभी कूल्हा···

मैंने टी.वी. बंद किया। हम सुबह के लिए सामान बाँधने में लगे।

चंडीगढ़ से तभी भाई साहब का फोन आया। "गुड्डी, चंडीगढ़ आते तुम्हें तीन

बज जाएँगे। शायद ज्यादा। आजकल कोहरा लग जाता है। सुबह-सुबह। देर से निकलना; धूप चढ़ जाए तब! रास्ते में मेरे बेटे का साला है। पानीपत में उसकी फैक्टरी है। वहीं रुकना उसके घर। दोपहर का खाना खा लेना···उन्होंने बहुत कहा है।''

भाई साहब मुझे आज भी गुड्डी कहते हैं, कभी-कभी रजत भी, जब बहुत दुलार आता है मुझपे।

करनाल में कर्णा झील पर रुकने का मन था सबका, पर भाई साहब के फोन के बाद प्रोग्राम बदला। पानीपत रुकेंगे। चलो शायद ठीक ही है। बाहर का खाना नहीं खाना पड़ेगा। घर ठीक रहेगा। गाड़ी में मीशा रजत को कल के टी.वी. वाले प्रोग्राम के बारे में बता रही थी। ड्राइवर सुन रहा था। बड़ा शौकीन सा पढ़ा-लिखा सरदार था। बोला, ''अजी, बच्चे बड़े हुनरमंद हो गए हैं आजकल। हमारे छिंदवाड़े में भी एक मैडम दोपहर को डांस सिखाती है लड़कियों को, ताकि वे टेलेंट शो में जा सकें। सब सीखते हैं···अपना राज है जी···बंदा कुछ भी कर सकता है।''

''लोग तो माइंड ही नहीं करते, शानू···अजब बात है···।''

सुनकर शानू गुस्से में आया। अंग्रेजी में भड़का, ''मनोरंजन जो होता है इन पेडोफाइल्ज का। दे शुड बी हैंग्ड। टेलेंट माई फुट! फिल्मी दृश्यों की नकल करना टेलेंट होता है क्या?'' मैं और रजत खिड़की के बाहर देखने लगे, मानो हमने सुना ही न हो। गनीमत है, डिंकी हमारे साथ नहीं थी। वह वहीं अपनी ममेरी-चचेरी बहनों के पास दिल्ली रुक गई थी। नहीं तो मुँह फाड़ के पूछ बैठती···''व्हाट इज पेडोफाइल्ज?''

खाना खाया। खूबसूरत घर। बढ़िया बगीचा। दिल्ली में तो अब ऐसी बड़ी-बड़ी कोठियाँ संभव नहीं। हमारे मेजबान बोले, ''चंडीगढ़ में देखिएगा सेक्टर नौ के कुछ बँगले···जन्नत बस जैसे वहीं हैं···।''

''देखे हैं।'' मैं हँसकर बोली, ''एक घर के पेड़ में तो लीची जमीन तक लटकी थीं और मीठे नीबू भी···।'' रजत ने उसाँस भरी। ''हमारे पंजाब में तो ऐसा ही था सब जगह, दूध, मक्खन, फल, सब्जी···।''

''तभी तो आप आज भी इतने हट्टे-कट्टे हैं···।'' मैंने छेड़ा।

''नो नजर···।'' रजत हँसा।

तभी हमारे मेजबान शर्माजी की बेटी बाहर से आ गई। अपने पापा को दोपहर में घर पर देख उनसे लिपटी। फिर माँ की गोदी में जा बैठी। बड़ी प्यारी गोल-मटोल। ''यह गीतम है हमारी।'' माँ ने कहा, ''नमस्ते करो।''

''कितनी बड़ी हो, गीतम बेटा?'' मैंने पूछा।

''मैं सात की। परसों जन्मदिन था···।''

''बड़ी स्मार्ट है हमारी गीतम!'' उसका पिता, पिता सुलभ अभिमान से बोला।

"अभी डांस सीखकर आई है।"

"अच्छा!" मैंने कहा। "क्या सीखती हो कत्थक?"

वह अनजानी सी माँ को देखने लगी, "कतक क्या होता है?"

माँ हँसी। "चलो आंटी को दिखाओ तुमने क्या सीखा।"

वह जाकर टेपरिकॉर्डर उठा लाई। गाने का टेप तेजी से चलने लगा फास्ट फारवर्ड... गीतम बोली, "नए कपड़े पहन लूँ?"

"हाँ, जल्दी आना।"

वह लौटी। काले सूट में। छोटा सा जाली टॉप।

मैंने प्यार से कहा, "तुम्हें बर्थ-डे पर मिला मम्मी ने सिलवाया?"

"नहीं! बाजार से लिया। इसकी नानीजी ने भेजा..." माँ बोली।

"करीना कपूरवाला है।" गीतम ने दुप्पटा मरोड़ते हुए कहा... "मैंने नानी से कहा दिल्ली से भेजना।"

माँ ने टेप रिकॉर्डर चलाया।

झूठ बोले कौआ काटे...

नहीं! गीतम बोली

ले जा सोनिए...

नहीं।

हाय! ये इश्क कमीना...

गीतम नाच रही थी। छाती पर मार-मारकर हाथ फिर अपने कूल्हे को बाहर निकाला। छोटी से हथेली से अपने को पीटती, उछलती, आँख मटकाती... 'ये इश्क कमीना।'

उसकी माँ और पिता हँस-हँसकर बेहाल! उनकी 7 बरस की बेटी उनके सामने 'कमीने इश्क' की गिरफ्त में बेहया अदा से उछल-कूद रही थी। वह नहीं जानती थी 'इश्क' का अर्थ, न 'कमीने' का। रजत चुपके से उठकर ड्राइवर से कुछ कहने बाहर निकल गया। मीशा बाथरूम में चली गई किसी बहाने से।

मैं और रजत अपने-अपने कंधों में मुँह छुपाए थे। मुझे रजत पर दया आ रही थी। उसके पास तो साड़ी का पल्ला भी नहीं था, जो मुँह पर रख सा लेता, अपनी हैरानी छुपाने को। वह अपनी गोदी में पड़े अपने हाथों को कभी एक-दूसरे में फँसाता, कभी खोलता।

गीतम की माँ कह रही थी, "चल जो आज सीखा है, उसकी प्रैक्टिस भी कर ले...।"

गीतम रुकी और जैसे ही गाना चालू हुआ, वह नाचने लगी, 'क्रेजी किया रे...।'

□

बड़कू चाचा

बड़कू चाचा देखने में जितने लंबे-चौड़े हैं, उतने ही डरपोक भी। चाचा को सड़क पर कुत्तों से डर लगता है। मेले-ठेलों में भीड़ से डर लगता है। घर पर आ गई किसी लड़की से भी वे डरते हैं, पर सबसे अधिक डर उन्हें एक बहुत छोटी सी चीज, मच्छरों से लगता है।

बड़कू चाचा अकसर मच्छरों के पीछे लपकते रहते हैं। कभी हाथ में झाड़ू, कभी चप्पल और कभी अखबार या किताब लेकर वे इधर-उधर उछलते देखे जा सकते हैं। ऐसा करते समय वे जोर-जोर से कहते रहते हैं, "आ गया पापी। अब मुझे काटेगा। मेरा खून चूसेगा। ठहर, मैं तुझे अभी बताता हूँ..."

जब चाचा यों उछल-कूद करते हैं तो हम सब बच्चे उनके पीछे लग लेते हैं, "चाचा वो...वो रहा" हम कहते हैं।

"कहाँ, कहाँ... ?" चाचा लपकते हैं। "भाग गया ? कोई बात नहीं। मैं यही बैठा हूँ। आने दो बदमाश को।"

हम हँसते-हँसते लोट-पोट होते रहते हैं, पर सच में ही मच्छर चाचा को कुछ ज्यादा ही काटते हैं। उनके गोरे-गोरे शरीर पर बड़े-बड़े चकत्ते उभर आते हैं और वे नाखून से दबाते रहते हैं, "ऐसा करने से झौंझ जल्दी बंद हो जाती है।"

मच्छरों के डर से चाचा गरमी में भी पूरी बाँह का कुरता, लंबा पाजामा और मोजे पहने रहते हैं। फिर भी हाथ तो बाहर ही रह जाते हैं। चाचा कहते हैं, "बेटा, ये इतने ढीठ होते हैं कि कपड़ों के भीतर भी डंक मारते हैं।" चाचा को न तो मच्छरों की क्रीमें भाती हैं, न टिकिया की गंध।

रात में चाचा मच्छरदानी में दबदबाकर सोते हैं, ऊपर से चादर ओढ़े रहते हैं। पूछने पर कहते हैं, "जाने कैसे ये नालायक रात में मच्छरदानी में भी घुस आते हैं।"

हमें चाचा पर हँसी भी आती है और दुःख भी होता है कि वे इतने दुखी हैं।

कल गीता दीदी कॉलेज से आकर सीधी बड़कू चाचा के पास पहुँची। बोली,

"चाचा हमने पता लगा लिया है कि मच्छर आपको ही क्यों काटते हैं?"

"क्यों?" चाचा ने पूछा।

"क्योंकि आप कुँवारे हैं। आपने शादी जो नहीं की।"

"धत्" चाचा चमके, "तू भी बेटी इन दुष्टों की तरह मुझे छेड़ने लगी?"

दीदी कुछ गंभीर होकर बोली, "नहीं चाचा, सचमुच मैं पढ़कर आई हूँ कि मच्छर नहीं, मच्छरी काटती हैं। नर मच्छर तो वैसे ही उड़ता रहता है, लेकिन मादा मच्छर दूर से ही तय कर लेती है कि किसे काटना है। अब देखिए न, हम सब एक साथ बैठे होते हैं तो भी वे केवल आपको काटती हैं। तो चाचा, आप शादी कर लें···।"

चाचा दीदी को डपटते उठे और उनकी सहेली, शामा बोली, "चाचा, गीता कुछ-कुछ सच तो कह रही है। मच्छरी ही काटती है और सुंदर लोगों को ज्यादा पसंद करती है। यदि उनमें से कोई शाकाहारी हुआ तो उसे ही काटती है। अब आप सुंदर भी हैं और शाकाहारी भी।"

बड़कू चाचा इतना बिगड़े कि दीदी और उनकी सहेली हँसते-हँसते भाग गईं। पर शाम को दीदी ने हम सबको पढ़कर सुनाया कि सचमुच मच्छरी ही काटती है। वह महिलाओं को ज्यादा काटती है, उसमें भी सुंदर और शाकाहारी लोगों को पसंद करती है।

यह सुन चाचा और घबरा गए। हमें भी उन्हें छेड़ने के नए अवसर मिलने लगे। मसलन, छोटा मुनू अपना पेंट बॉक्स उठा लाया और बोला, "चाचू आप मुँह पर यह काला रंग मल लें, तब आप सुंदर नहीं लगेंगे। फिर मच्छरी आपको नहीं काटेगी···।"

एक दिन हम सब स्कूल से लौटे तो चकित रह गए। चाचा टाँगों पर पाजामा मोड़े बाँहों पर कुरते की बाँह मोड़े आराम से बैठे थे। हम चिल्लाए, "चाचा मच्छर काट खाएगा।"

चाचा हँसे, "आने दो। देखता हूँ कैसे काटेगा।" और चाचा ने अपने पेट पर से कुरता सरका दिया। हम बोले, "हैं···एं···एं··· आप तो बिल्कुल नहीं डर रहे चाचा?"

"डर, मच्छरों से, वे पिद्दी का शोरबा मेरा क्या करेंगे? कहकर चाचा ने एक संतरा छीला। फाँके हम सबको खाने को दे दीं और उसके छिलके को तोड़-मरोड़कर हथेली पर उसका रस निचोड़ा और अपने हाथों-पैरों पर जोर-जोर से मला।

"देखा बच्चू", चाचा बोले, "यह है मच्छरों का मारक-संतरे के छिलके का रस। तुम भी लगाओ और रातभर आराम से परीक्षा की तैयारी करो।"

हम सब वहाँ से भागे। कौन पढ़ेगा रातभर? हम तो आठ बजे ही अपने बिस्तरों में लेट लेते हैं कि मच्छर काटेगा। इसके बाद तो बाबूजी और माँ भी कुछ नहीं कहते।

यह संतरे के छिलके का रस चाचू को क्या मिला कि हम सबकी हँसी-ठट्ठा ठप्प हो गए।

अब चाचू छिलकों को अपने शरीर पर मलते रहते हैं और ठाठ से तख्त पर लेटे रहते हैं। सच पूछो तो उनके शरीर से एक बढ़िया सी नीबुई सुगंध भी आती रहती है। हो सकता है हमारी मॉडर्न मच्छरी को वह अच्छी न लगती हो, क्योंकि आजकल वह हमारी नई नवेली बीना भाभी को खूब काटती है। भाभी सुंदर हैं, शाकाहारी हैं तिस पर वे महिला हैं, जो चाचा तो नहीं हो सकते। सो मच्छरी को अब अपनी पसंद का संपूर्ण आहार एक ही जगह मिल गया है।

बीना भाभी रोज सुबह रुआँसी उठती हैं और हम सबको शिकायत भरी निगाह से देखती हैं, ''क्या हुआ, भाभी?'' गीता शरारत से पूछती है।

''भई, यहाँ तो बहुत मच्छर हैं।'' भाभी अपना गाल मसलते हुए कहती हैं। चाचा अखबार पढ़ते-पढ़ते हुँकारा भरते हैं, ''अब पता चला! और मैं जो कह रिया था इत्ते दिनों से।''

□

पाँच दिन

रात देर तक नींद नहीं आई। सुबह भी आँख जल्दी खुल गई, पर जानकी से उठा ही नहीं जा रहा। घड़ी ने साढ़े सात बजाए तो उठी है। मुँह धोकर नीचे आई है और अपनी चाय बनाकर बाहर पोर्च में बैठ गई है। उसे पता है; सुबह यहाँ सब हड़बड़ी में होते हैं। इसलिए पोर्च में बैठना अच्छा लगता है।

अंदर अपने कमरे में ललित दफ्तर जाने की तैयारी कर रहा है। बच्चों के स्कूल अभी गरमियों के लिए बंद नहीं हुए हैं। दसेक दिन में होंगे। प्रज्ञा दोनों बच्चों को जूते पहना रही है। वहीं से वह जानकी को अभिवादन करती है और टिन्नी व नीरू से कहती है, "जाओ, दादीजी से बॉय कहो, स्कूल बस आनेवाली है।" बच्चे शरमाए से बाहर आते हैं, "बॉय दादीजी," "बॉय नीरू," जानकी कहती है। "बॉय टिन्नी। जब स्कूल से आओगे तो कहानी सुनाऊँगी।" बच्चे प्रसन्न होकर अपने-अपने बस्ते कमर पर चढ़ाते हैं। प्रज्ञा उनको लेकर बस तक छोड़ने गई है। सुबह का 'न्यूयॉर्क टाइम्स' वैसे ही बिना पढ़ा रखा है मेज पर। जानकी से विदेश आकर समाचार-पत्र नहीं पढ़े जाते। अपनी इसी असमर्थता पर उसे विस्मय होता है। प्रज्ञा शाम में पढ़ती है, जब सब टी.वी. देखते हैं। फिलहाल वह बच्चों को बस में बैठाकर आ गई है और अपने कमरे में चली गई।

प्रज्ञा!

सुनकर अच्छा लगता है। कितना सुंदर शब्द बिंब बनता है। हिंदी-इंग्लिश के शब्दकोश में लिखा है—'ए क्लेवर वूमन'—एक समझदार स्त्री!

किंतु विदेश में प्रज्ञा शब्द के उच्चारण में कठिनाई होती है सभी को। अकसर प्रज्ञा अपनी माँ पर झल्लाती है—इतना कठिन नाम क्यों रखा? किसी को बताओ तो दो-तीन बार से कम में मुँह ही नहीं चढ़ता। 'प्रज्ञा'—प्रा¨ग्¨या, हाँ ठीक है प.रा.गा। धीरे-धीरे प्रज्ञा का संक्षिप्त संस्करण प.रा.ग हो गया है। कैसा शब्द-आसवन है, निचुड़ा भी ठीक ही पराग, पर यहाँ कोई पूछे तो कैसे बताए बेचारी कि पराग माने 'पोलन' जिससे छींक-छींक कर आप अधमरे से हो जाते हैं। जानकी ने ही उसे बताया एक दिन कि

पराग माने मधु 'नेक्टर'! तब से प्रज्ञा प्रसन्न है।

आठ बजे ललित सदा सा ही भागता-दौड़ता दफ्तर निकल गया है, "बॉय मम्मी" कहता हुआ। बस यही कहेगा वह अगले दस दिन तक "बॉय मम्मी" और शाम को "हाय"··· और फिर खाना खाते समय, "क्या किया दिनभर?"

"कुछ नहीं! मतलब खास कुछ नहीं। एक किताब पढ़ रही हूँ। दोपहर को तो बच्चे आ ही गए थे। हम सैर को गए।"

तभी एकाएक प्रज्ञा कुछ कहकर ललित का ध्यान कहीं और ले जाएगी। धीरे-धीरे जानकी तब उठ जाएगी और 'गुड नाइट बेटे, प्रज्ञा' कहकर ऊपर अपने कमरे में चली जाएगी। बच्चे तो सात-साढ़े सात तक सो ही जाते हैं। बड़ों के खाना खाने से पहले। हाँ, शनिवार को ललित कहेगा, "बैठो, कोई फिल्म देख लो" तब थोड़ी देर वह बैठेगी। ललित अपना 'लैप टॉप' निकालकर काम करेगा। प्रज्ञा उठकर कोई हिंदी फिल्म लगा देगी। जानकी देखेगी फिल्म की घटिया मार-पीट, एक आध अच्छा गाना। सोचेगी दस में से नौ फिल्में ऐसी ही रहती हैं। फिर अब तो उसे नए-नए अभिनेताओं के नाम भी नहीं पता। प्रज्ञा हमेशा उसके अज्ञान पर हँसती भी है। जानकी तब मान लेती है, "सच्ची, मुझे तो हिंदी फिल्में यहीं आकर देखने को मिलती हैं। वहाँ तो देखती नहीं।" प्रज्ञा तब हँसेगी जोर से अपनी इस पढ़ी-लिखी अज्ञानी सास पर।

और कहेगी, "आप भी मम्मी बस हैरत में डालते हो मुझे।" जानकी हर बार की तरह चुपचाप मुसकराती रहेगी। अगली सुबह प्रज्ञा अपनी माँ से फोन पर लंबी बात करेगी फिल्मों के बारे में।

चाय पीकर जानकी प्याला धोती है।

बच्चों को लौटने में अभी समय है। तब तक घर में केवल जानकी और प्रज्ञा ही हैं।

प्रज्ञा नहाकर अभी बाहर आएगी।

जानकी इस बार दो वर्ष बाद आई है दिल्ली से।

सोचती है दस दिन रहेगी तो दोनों बच्चे उसे पहचानने लगेंगे। इन दो वर्ष में नीरू भी भूल गई। तीन बरस की ही तो थी, जब वह आई थी यहाँ पिछली बार। और टिन्नी तो वैसे भी बोलना नहीं जानता था, याद क्या रखता। अब वह साढ़े तीन का है, नीरू पाँच पार कर गई है। शायद दोनों बच्चे इस बार उसे न भूलें। भूलेंगे क्यों नहीं, जाने कब फिर आना हो। समय का क्या भरोसा।

प्रज्ञा तौलिए से बाल झटकती बाहर आती है। "अकेले बैठी हैं?" जैसे पूछा हो, खाली बैठी हैं? "हाँ!" जानकी हाथ पोंछती हुई कहती है, "कुछ काम हो तो बताओ।"

"नहीं। कोई काम नहीं।"

प्रज्ञा हर वर्ष यूँ ही भूमिका बनाती है। आज जानकी को न्यूयॉर्क आए तीसरा दिन

है। पिछले दो दिन तो शनिवार-इतवार था। ललित व बच्चे घर पर थे, और वह स्वयं अभी 'जेटलेग' में सोई-सोई थी। फिर फोन भी कितने आए। शिकागो से मीरा का। "मम्मी आप आ गई? बच्चे बात करेंगे।" दोनों नातियों से बात। कुछ लेखक मित्रों का फोन। कई बार उसके पति भास्कर का फोन फिलाडल्फिया से। भारत से छोटे बेटे मनु का फोन। "ठीक पहुँच गई मम्मी?"

"मम्मी," प्रज्ञा वापस आती है। फिर अकारण खिसियाई सी हँसती है, साथ में दो-तीन कपड़े हैं। "ये मैंने सिंगापुर में लिये थे। 'रैप अराउंड'। इनका बड़ा चलन है।"

जानकी खोलकर देखती है।

तहमद जैसा छपा हुआ नीला कपड़ा है। शायद महिलाओं की लुंगी हो।

"अरे, इन्हें कैसे पहनते हैं?" हैरान पूछती है।

प्रज्ञा कमर में कपड़ा लपेटती है। लंबी स्कर्ट सा बन जाता है। कपड़े की तनियाँ प्रज्ञा कमर में बाँध लेती है। घूम-घूमकर दिखाती है।

"अच्छा है न?"

"हाँ तुम पर अच्छा तो सभी लगता है।" सच बात है प्रज्ञा पर कुछ भी फबता है। "लेकिन मम्मी यह मेरे लिए लंबा है। यहाँ तक होना चाहिए" चुटकी से प्रज्ञा कपड़ा उठाकर टखने तक लाती है। "कोई तीन इंच बड़ा है। पहनने को मन करता है, पर डेढ़ साल से ऐसे ही पड़ी हैं ये सब," "छोटी कर दूँ" जानकी पूछती है। हर वर्ष की तरह यह नाटक दोनों ओर से ऐसे ही चलता है।

"सच, आप कर देंगी?"

"क्यों नहीं!"

"मशीन निकाल दूँ।"

"मैं निकाल लूँगी। मुझे पता है, कहाँ रखी है। बस प्रेस दे दो, ताकि 'हैम' को मोड़कर प्रेस कर लूँ ठीक से। एक मिनट खड़ी रहो, निशान लूँ।"

प्रज्ञा शायद अपनी समझदारी पर अपने को बधाई देती है मन-ही-मन। जानकी मशीन चलाते हुए मशीन का आनंद लेना चाहती है। कितने समय बाद मशीन चलाई है, वह जब भी अमेरिका आती है, बस तभी। मशीन पैर से चलती है। हाथ से चलानेवाली होती तो और भी अच्छा होता। जैसे बचपन में अपनी माँ की मशीन हाथ से चलाती थी। खेल-खेल में।

दिल्ली में जानकी के घर में मशीन का अवसर ही नहीं बनता। जो करना होता है, वह 'अम्मा'—उसकी पुरानी आया कर देती है पहले से। "लो बिटिया तुहार पेटीकोट सिल दी। गिर न पड़तीं, बखिया उधड़ी पड़ी थी।"

मनु सुनता तो हँसता।

''मम्मी को तो टाँका लगाना आता नहीं। अम्मा, तुम न करो तो इनके कपड़े तो उधड़े-पुधड़े ही रहें।''

''चल रहने दे। तुझे क्या पता मैं क्या-क्या कर सकती हूँ'' वह मीठा झिड़कती।

''मालूम है। केवल ललित के घर में तो। यहाँ तो पढ़ाने और लिखाने से तुम्हें फुरसत कहाँ। हाँ ललित भैया की पसंद का कोई भी काम हो तो कर लोगी…''

मशीन चलाते-चलाते जानकी सोचती है, ललित कहाँ कभी कुछ काम को कहता है। वे तो उसके कॉलेज के जमाने की बातें थीं। जब हॉस्टल से घर आता था, ''माँ यह बनाओ, वह ला दो, यह कर दो।'' और एक उत्सव सा होता था। ललित अमेरिका गया और जानकी पुस्तकों में। मनु जब-तब चिकोटी लेता है, ''आज पुलाव बनाओ न मंगोड़ीवाला''

''बनाऊँगी''

मनु को पता है, नहीं बना पाएगी, या तो कोई मिलनेवाला आ जाएगा या फोन, या कुछ और, पुलाव तो फिर 'अम्मा' बनाएगी जैसे कि और सभी काम करती है।

नहीं रहा जाता तो मनु कह देता है, ''हाँ भई, मैं ललित थोड़े हूँ। वह भारत आएगा तो भरवाँ भिंडी बनेगी, पकोड़ी बनेगी, मूँग दाल का चीला बनेगा।''

मशीन पर जानकी का हाथ रुक जाता है। मनु की याद आती है। कितना पास है, वह दूर से भी और ललित पास होकर भी उतना-का-उतना दूर। बीच में प्रज्ञा है।

वह प्रज्ञा को प्रसन्न करते रहने में जुटी ही रहती है। जैसे प्रज्ञा की नाराजगी में ललित उससे और भी दूर हो जाएगा और टिन्नी तो जैसे फिर खोजे न मिलेगा, न नीरू का दा…दीजी ही सुनने को। मनु से कितनी चिरौरी करती है वह कि शादी कर ले, पर मनु माने, तब तो।

दोनों 'रैप अराउंड' छोटे कर जानकी उठती है। आवाज देकर कहती है, ''प्रज्ञा पहनकर देख लेना जरा,'' ''परफेक्ट, मम्मी।'' प्रज्ञा के बड़े-बड़े दाँत खिले दिखते हैं। ''हमें तो यकीन नहीं आता; आप यह सब कर लेती हैं'' वह कहती है।

जानकी को पता है यह प्रशंसा 'अन्य' कुछ करने का निमंत्रण भी है। वह कहती है, ''कुछ और काम हो तो निकाल देना। अभी तो मैं हूँ पाँच-छह दिन…''

''आपको ही जिद है,'' प्रज्ञा कहती है। ''पूरी गरमी ठहरिए न।''

जानकी हँस देती है।

''दोपहर में तुम्हारा क्या खाने का मन है? बना दूँ'' जानकी पूछती है। ''नहीं मम्मी,'' प्रज्ञा कहती है। ''बच्चों को लेने जाऊँगी तो हम 'पीजा हट' पर खा लेंगे। आप क्या लेंगी, बनाऊँ?''

जानकी को सुनाई देता है, ''आपके लिए तो कुछ नहीं बनना?''

"अरे मैं तो वही 'ग्रिल चीज' बनाऊँगी अपना। तुम जाओ समय तो हो ही रहा है बच्चों की छुट्टी का।"

प्रज्ञा जैसे छूटती है किसी अदृश्य जकड़न से और गैरेज से कार निकालती है।

बड़ा सा घर है। छह बेडरूम हैं। सफाईवाली कल आएगी।

जानकी कुछ देर सन्नाटे को सुनती है। फिर धीरे-धीरे उठकर बच्चों के यहाँ-वहाँ छोड़े खिलौने बीनकर यथास्थान रखती है। सोफों के कुशन सीधे करती है। सिंक में पड़े बरतनों को 'डिश वाशर' में चुनती है।

फिर एक नजर कमरे पर डालती है—

कोई काम रह तो नहीं गया, काम की इतनी चिंता क्यों करती है जानकी? उसे कोई काम करने को कहा तो नहीं जाता।

फिर यह कैसा भय है?

वह क्यों अपनी सारी शख्सियत के बाद भी इतनी भयमारी है, क्यों ललित के घर में काम करने से उसे सुरक्षा का बोध होता है?

क्यों उसे लगता है कि जितना यहाँ खाती है, उतना काम उसे कर लेना चाहिए। रसोई का काउंटर गीले कपड़े से पोंछ जानकी अपने कमरे में लेटती है।

उसे पता है दोपहर में प्रज्ञा कच्चे मीट का बड़ा सा पैकेट फ्रीजर से निकालकर सिंक में रख देगी, ताकि वह शाम को पकाया जा सके। ललित तो अभी भी शाकाहारी है। प्रज्ञा और बच्चे नहीं।

पकते ही मीट की गंध सारे घर में फैलेगी। उससे बचने के लिए जानकी बच्चों को लेकर सैर को निकल जाएगी। मीट को चाकू से जब प्रज्ञा काटती है तो जानकी को कई घंटे मतली होती है। वह इलायची मुँह में डाल अपना मन ठीक करती है। चाहती है, उतनी देर उसे रसोई में न जाना पड़े, पर ऐसा कहीं संभव है। रसोई तो यहाँ घर के बीचोबीच है बिना दरवाजे की। कहीं से भी दिखाई देती है। प्रज्ञा को ललित ने कहा भी था, "मम्मी जब होती हैं, न पकाया करो" उसके बाद बड़ी देर तक प्रज्ञा की आवाज का गुस्सा और "क्यों?" हवा में तैरता रहा था। अब ललित कुछ नहीं कहता। चुप है और जानकी तो कभी बोली ही नहीं। शायद जानकी के आने से ललित भी भयभीत होता है कि अब प्रज्ञा जाने किस बात पर भड़क उठे, फिर कमरा बंदकर उससे कितनी अनुनय-विनय करता है। "कम-से-कम माँ के आगे तो चुप रहो।"

ललित का यह भय ही जानकी को दहलाता है, भीतर-भीतर तोड़ता है। वह नहीं जानती कि इस चुप्पी से कौन किसको बचा रहा है, ललित उसे या वह ललित को।

डरते-डरते ही उसने पिछली बार अपने पति भास्कर से कहा था, "प्रज्ञा और ललित जाने क्यों इतना 'टेंस' रहते हैं। मेरे आने से शायद।"

"तो मत जाओ वहाँ। रहो यहीं मेरे पास उन्हें मिलना होगा तो वे यहाँ आ जाएँगे।"

"पर यहाँ फ्लैट में जगह तो है नहीं। वे आएँगे तो शाम तक चले जाएँगे।" "ठीक तो है। इससे अधिक जरूरत भी क्या है?"

जरूरत?

भास्कर को कभी किसी की जरूरत का पता रहा भी है क्या। 15 वर्ष से वह उसे और मनु को छोड़ फिलाडेलफिया में रह रहा है। अपने छोटे से फ्लैट में पूर्ण तरह से आत्मनिर्भर। कभी-कभी जानकी को ईर्ष्या होती है। वह क्यों भास्कर जैसी नहीं हो सकी, क्यों वह मनु से दूर न जा सकी और हर वर्ष अपने दोनों बच्चों, मीरा और ललित को देखे बिना क्यों वह रह नहीं सकती? भास्कर तो यहाँ अमेरिका में रहते हुए भी किसी से मिलता नहीं। बस फोन पर फर्ज अदायगी करता है। भास्कर से मन की बात कही भी तो नहीं जा सकती। जानती है क्या कहेगा, "इतनी दूर आती हो, इतना खर्च करती हो, फिर अंदर तक कट-फटकर वापस दिल्ली जाती हो। बच्चों का मोह छोड़ क्यों नहीं देती, उन्हें है क्या तुम्हारी जरूरत? तुम्हारे आने से उनकी गृहस्थी ही डोलती है। क्या नहीं? मस्त रहो, जैसे और रहते हैं। तुम भी 'डिटैच' करो अपने को, सबसे निरासक्त हो जाओ।"

डिटैच! निरासक्त!!

कितना 'डिटैच' करे जानकी, कब तक? कोई सीमा है इसकी? 9 वर्ष पहले ललित ने जब लिखा था कि उसे एक लड़की पसंद आई है, और वह यहीं अमेरिका में उससे विवाह करेगा, तो क्या उन सब सपनों से उसने डिटैच नहीं किया था अपने आपको जो उसने पाले थे और वे भी ललित के ही कथन पर कि 'नहीं माँ, मैं विदेश में नहीं बसूँगा औरों की तरह। मैं तो पढ़ाई समाप्त होते ही सीधा दिल्ली आऊँगा।' और अमेरिका जाते समय उसने कुरते-पाजामे, यहाँ तक कि एक गांधी टोपी भी अपने सामान में रखी थी। और अब अमेरिका में विवाह—माने देशांतरण! प्रज्ञा का तो भारत में कोई था नहीं। सब अमेरिका में ही थे—चाचा, बुआ, नाना, मामा ढेर कुनबा, तो ललित कैसे आता बार-बार। जानकी ही जाती है, जब रहा नहीं जाता।

सहा नहीं जाता।

बच्चों का यों देश छोड़ देना।

माँ को छोड़ देना।

सारी संपत्ति, जो उनके लिए जुटाई, उसे छोड़ देना।

पर सहना होता है, और भास्कर कहता है, "'डिटैच' करो।" जैसे वह स्वयं को डिटैचकर, ललित और मीरा के अमेरिका बस जाने के बाद, अमेरिका चला आया। जानकी और मनु रह गए थे, वहीं दिल्ली में।

"क्यों जा रहे हो अब?" जानकी ने पूछा था। "यहाँ नहीं रह सकता, इस करप्ट देश में। मीरा के विवाह होने तक रुका था। अब, अब वापस वहीं जाऊँगा, जहाँ मेरी ट्रेनिंग हुई विज्ञान में। बहुत काम करना है मुझे···रिसर्च··· ।"

"और मैं?"

"तुम भी चलो। छोड़ो यह दो टके की प्रोफेसरी—"

"और मनु?"

"उसे तो अभी वीसा नहीं मिलेगा। इक्कीस के ऊपर है वह—"

"मनु को अकेले कैसे छोड़ दूँ और इस घर को?"

"तो रहो। मुझे तो जाना है। मुझे कोई अटैचमेंट नहीं।"

भास्कर चला गया। वह नहीं गई। तब से मर ही तो रही है जानकी, धीरे-धीरे। भास्कर ठीक ही कहता था।

गीता भी तो यही कहती है—

ध्यायतो विषयान्पुंसः सङ्गस्तेषूपजायते
सङ्गात्संजायते कामः कामात्क्रोधोऽभिजायते
क्रोधाद्भवति संमोहः सममोहास्मृति विभ्रमः
स्मृतभ्रंशाद् बुद्धिनाशो बुद्धिनाशात्पणश्यति···

तीन बजने को हैं। प्रज्ञा और बच्चे आते ही होंगे। जानकी चाय की केतली में पानी गरम करने के लिए रखती है। बेसन घोलकर उसमें आलू काटती है। एक हरी मिर्च। प्रज्ञा को पसंद है, एक बड़ा प्याज।

"मम्मी!" प्रज्ञा दरवाजा खोलते ही कहती है, "फिर काम करने लगीं।" "तो क्या हुआ। तुम्हें पसंद हैं। फिर खाली बैठा भी नहीं जाता। लो खाओ अभी गरम-गरम हैं।"

जानकी बचे हुए घी में पापड़ के टुकड़े डालती है। नीरू को पसंद हैं। फिर हाथ पोंछकर टिन्नी को गोद में बैठाती है।

"हलवा खाओगे?" टिन्नी नहीं समझता। प्रज्ञा समझाती है, "यम्-यम् मीठा मीठावाला।" जानकी जानती है; प्रज्ञा को सूजी का हलवा बहुत अच्छा लगता है। उठकर बनाने लगती है। घर आने पर ललित भी ले लेगा दो चम्मच। प्रज्ञा को तो क्या ही समय मिलता होगा बनाने का।

शाम ढल रही है।

भिगोने में मीट खदक रहा है।

जानकी लॉन में पानी लगाने के बहाने खुली हवा में आ गई है। दोनों बच्चे साथ में हैं। गीली घास पर दौड़ रहे हैं। वे जानकी को रिझाना चाहते हैं।

"देखो देखो दा···दीजी"

"नहीं बेटा इतना तेज नहीं भागो!! चोट लगेगी।" वह दौड़कर नीरू को पकड़ लेती है। और कलेजे में भींच लेती है।

एकाएक नीरू कहती है, "आई लव यू दा⋯दीजी" पीछे से टिन्नी नकल करता है, "आई लव यू दा⋯दीजी" और जानकी की पीठ पर लद जाता है। फोन पर अंदर प्रज्ञा अपनी माँ से बात कर रही है।

"नहीं बाहर हैं, नहीं इस बार तो कहती हैं दस दिन के लिए आई हैं, नहीं पूरा महीना नहीं, उम्मीद तो यही है, नहीं, नहीं ललित ठहरने को नहीं कहेगा, पिछली बार का क्या उसे याद नहीं कि मुझसे पूछे बिना कुछ भी करने से कितनी टेंशन होगी। ना, ना मॉम वह खुद क्या कम चालाक है। वह खुद ही नहीं ठहरेगी। फिर उसकी बेटी क्या कम है। वह मीरा उसे भड़काती रहेगी हमारे खिलाफ, पिछले साल मैंने सुना चुपके से एक्सटेंशन फोन पर, कह रही थी, "हमारे यहाँ तो रहती नहीं, वहीं तुम्हारा जी लगता है" अच्छा रखती हूँ, आती ही होगी अंदर। हाँ, हाँ ललित की दो पैंट हैं, कल दूँगी। बेटे के लिए तो वह कुछ भी करेगी, जिप ही तो बदलना है, नहीं तो फेंकनी पड़ेंगी, बॉय, क्या? हाँ लाई हैं। वे तो हर बार लाती हैं मेरे लिए हीरे के टॉप्स हैं, नीरू के लिए पेडेंट और टिन्नी के लिए सोने की चेन। ललित? उसके लिए सिल्क का कुरता-पाजामा। हाँ, हाँ मॉम मुझे याद है मौका देखकर कहूँगी, जब ललित नहीं होगा कि मुझे तो अब के हीरे की चूड़ियाँ चाहिए आखिर खुद भी तो पहनती हैं। नहीं, महँगी-सस्ती क्या, नौकरी तो करती हैं, मैं नहीं माँगूगी तो वह मीरा को नहीं दें देंगी? देती हैं तो दे, पर पहले मेरी बनवा दें। अच्छा रखती हूँ शायद वे आती ही होंगी।"

प्रज्ञा शायद नहीं जानती कि गरमी में जब घर की खिड़की खुली होती है तो भीतर की आवाज बाहर तक जाती है। किचन गार्डन में चुप खड़ी जानकी अपनी महँगी साड़ी के पल्ले से ही अपने गीले हाथों को पोंछे जा रही है। ऐसा तो वह कभी नहीं करती। प्रज्ञा ने फोन बंद कर दिया है।

जानकी सोच रही है, पाँच दिन और! आज तो सोमवार है, मंगल, बुध, वीर, शुक्र, शनि⋯ भास्कर तो शनिवार को ही आएगा फिलाडेल्फिया से उसे लेने। पाँच दिन⋯! जानकी भीतर-ही-भीतर थरथरा सी रही है।

नीरू और टिन्नी भागकर आते हैं कहीं से और उसके पैरों से लिपट जाते हैं।

"दा दी⋯जी वही कहानी सुनाओ न⋯"

"कौन सी?"

"कलवाली, जिसमें नदी बच्चों से पूछती है, आकाश से ऊँचा क्या है, मैं पापा को बताऊँगी?"

"क्या बताएगी?"

"पापा को बताऊँगी, पापा, आप तो आकाश से भी ऊँचे हैं।"

"और मम्मी को क्या बताएगी?"

नीरू सोचती है। "भूल गई दादीजी···फिर बताओ न।"

टिन्नी अपनी छोटी सी हथेली उसके गाल पर रखता है, "दादीजी···आप रो क्यों रही हैं?"

जानकी दोनों बच्चों को कसकर छाती से लगाती है। वह अभी भी थरथरा रही है पत्ते सी, जो टूटा तो दूर गिरेगा···जाने फिर मिले, न मिले। नौ वर्ष पहले जब ललित के बुलाने पर, ललित-प्रज्ञा के विवाह को संपन्न करने वह अमेरिका आई थी तो ललित ने ही एकांत में बैठाकर उससे कहा था, "माँ प्रज्ञा अमेरिका में पली है। बहुत 'अमेरिक्नाइज्ड' है। उससे किसी भारतीय तौर-तरीके की अपेक्षा नहीं करना।"

नहीं की थी।

की थी तो केवल एक अपेक्षा कि ललित की गृहस्थी ठीक-ठाक चलती रहे और उस उपक्रम में जानकी ने वह सारा इतिहास जो पच्चीस वर्ष तक एक माँ-बेटे में घटित होता है, स्मृति की किसी अभेद खंदक में छोड़ दिया था, जहाँ जाते भी डर लगता है।

यदि ललित स्वयं इतना निरस्त सा नहीं दिखता तो वह उससे पूछती कि "अपेक्षा न करने के नियम क्या बस माँओं के लिए ही बनाती है संतान?"

□

पालना

पंडितजी मंत्र-पर-मंत्र पढ़ते जा रहे हैं और हवन कुंड से उठते धुएँ से अँसुआई आँखों को बार-बार अँगोछे से पोंछते। एक स्वप्न में जकड़ी, मैं आहुति घृत डालती जा रही हूँ। कभी-कभी मंत्रों से ध्यान उचट जाता है। सारे शरीर में विद्युत् सी दौड़ने लगती है। नवरात्रों का समापन दिन आज है और आज ही सुबह मेरी गोद में मेरी सारी मन्नतों का प्रसाद-साक्षात् दुर्गा का आशीर्वाद पहुँचा है। कैसी होगी बच्ची ? पूर्णाहुति देते सोच रही हूँ। आँसू जो आँखों से बह रहे हैं, नहीं जानती धुएँ के ही कारण हैं क्या।

प्रसाद लेकर और हवन भस्म का पवित्र टीका करवा, सब आनेवाले चले गए हैं। मैं रह गई हूँ और पंडितजी का परिवार। पंडितजी पास में बैठे हैं। कहती हूँ, ''आप भी कुछ लीजिए अब, व्रत खोलिए।'' वे कहते हैं, ''आपको दूर जाना है, दीदी, पहले आप लीजिए।''

उनकी सुमुखि पत्नी खाना लेकर आ गई हैं तब तक। खीर, मालपुआ, पकोड़े, सब्जी''''इतना क्यों करती हैं,'' कहती हूँ। ''आज का भोजन तो यजमान का होता है, किंतु।''''दीदी, यह भी आपका ही है,'' कहते हैं पंडितजी। थाली पकड़कर कहती हूँ, ''आज तो सुबह ही माँ ने प्रसाद दे दिया, पंडितजी। अस्पताल से एजेंट ने फोन किया है कि एक बच्ची उनके पास आ गई है हमारे लिए।''

''देख आईं क्या ?'' पूछते हैं पंडितजी।

''कल सुबह जाऊँगी।''

□

गलियों में दाएँ-बाएँ मुड़ती कार आखिर नर्सिंगहोम के सामने खड़ी हो गई है। उतरने में डर सा लग रहा है। शिव कहता है, ''अम्मी, उतरो न, पीछे दूसरी कार खड़ी है।''

उतरती हूँ।

शिव एजेंट को खोजता है।

वह बाहर ही खड़ी मिल गई, लंबी-चौड़ी पंजाबी महिला—खीं''खीं हँसती। लगा कि मेरी साँस की डोर इसके हाथ है।

''आइए,'' वह कहती है।

उसके पीछे-पीछे चलते हैं, मैं और शिव।

एजेंट आया को कुछ कहती है। एक छोटे कमरे की बड़ी मेज पर आया साफ कपड़ा बिछाती है। एजेंट हमें कुछ-कुछ बता रही है, यहाँ की व्यवस्था के विषय में। सुन नहीं रही हूँ मैं। आँखें दरवाजे पर लगी हैं।

एक के पीछे एक, दो आया आती हैं। एक-एक बच्चा दोनों के हाथों में है। कलेजा मुँह तक उछलता है।

एक खूब गुठ्ठल साँवली बच्ची मेरे सामने है। कसकर आँख बंद है बच्ची की। जाने क्यों उसके चेहरे में मुझे हँसता हुआ कोई ट्रक ड्राइवर दिखता है, दारू पिए सीढ़ियाँ चढ़ता। मैं बच्ची को प्रणाम करती हूँ। वह सोई है गहरी नींद में। दूसरी आया जगह बनाकर दूसरी बच्ची को लिटा देती है। कुनमुन करती है बच्ची। मेज के स्पर्श से चौंकती है जैसे।

मैं सहलाने को पुचकारकर 'पुच पुच' कहती हूँ। छोटे से मुँह की अति कृषकाय बच्ची किलो की भी शायद नहीं है। तभी वह अपनी बड़ी-बड़ी नीली आँख खोलती है, गाय सी। उसकी आँख के उजाले से, भीतर तक कुछ कौंधता है। फिर वह आँख बंद करती है। दायाँ हाथ धीरे-धीरे ऊपर उठाकर हथेली खोलती है। हाथ इतना कमजोर है कि अपनी ही हथेली का बोझ नहीं सह पा रहा। बच्ची का पूरा शरीर, एक गौर वर्ण की झुर्री मात्र है—किसी बड़ी बूढ़ी औरत सा। मैं टटोलकर उसके दोनों पैर छूती हूँ, माथे लगाती हूँ। रोती हूँ।

''यह तो बहुत ही कमजोर है,'' कहती हूँ, ''रक्त ही नहीं शरीर में। बीमार है क्या?''

''यहाँ तो सब बच्चे इसी हालत में होते हैं, मैडम। ठीक तो आपके यहाँ ही जाकर होते हैं। आखिर तो यह अस्पताल है। आया लोग जितना करती हैं, कर लेती हैं।'' एजेंट तमकती सी है।

''आप इस बच्चे की विशेष देख-रेख करवा सकते हैं क्या?''

''उसके लिए पर्सनल आया रखनी होगी।''

''रखिए। खर्चा मैं दूँगी, जब तक मेरी बहू और बेटा यहाँ आ नहीं जाते अमेरिका से।''

''तो आप ऐसा क्यों नहीं करतीं, मैं इसे आपको दिए देती हूँ। जितनी अच्छी आपके घर में जाकर यह पलेगी, उतना अस्पताल में थोड़े ही।''

धक् से रह जाती हूँ। शिव भी सन्नाटे में आ जाता है। मुझे पीछे को खींचता है।

''किंतु मैं अपने बेटे के लिए बच्चा तो नहीं चुन सकती। सिर्फ चाहती हूँ इसकी रक्षा आप करें। क्या मालूम ईश्वर सदय हो जाएँ और मेरे रजत को भी ऐसा ही कोई बच्चा दे दें।''

''मिसेज नाथ, बी प्रैक्टिकल''' वह कहती है। ''हम बच्चा बहुत दिन रोके नहीं रख सकते। यह तो आप मुझे बहुत अच्छी लगीं और इस बच्चे को भी ऐसा घर नसीब नहीं होगा। इसीलिए कह रही हूँ, इसे ले जाइए।''

''यदि मेरी बहू और बेटे ने इसे न रखना चाहा तो?''

''आई प्रोमिस,'' वह बोली, ''मैं यह बच्चा वापस ले लूँगी और उन्हें जो पसंद होगा, दे दूँगी। आपका मन इसमें है, इसकी देखभाल हो जाएगी। फिर यह भी सोचिए न, जब वे लोग आएँगे, यदि तब हमारे पास कोई भी बच्चा न हुआ तो?''

दुबारा से धक् रह जाती हूँ।

अपने पूरे आत्मसम्मान को छोड़ गिड़गिड़ सा करती हूँ, ''ऐसा न कहिए। नौ बरस प्रतीक्षा की है मेरे बेटे-बहू ने। जाने क्यों उनके कागज बनने में इतनी देर लग रही है। वे यहाँ आकर खाली हाथ जाएँ, इसकी तो मैं कल्पना भी नहीं कर सकती।''

''तभी तो कह रही हूँ,'' वह बोली, ''हमारी अमेरिका वाली एजेंट ने विशेष रूप से आपके बेटे-बहू की तारीफ की है। उनकी सारी पूछताछ भी वहाँ पूरी हो चुकी है। मैंने उसे प्रोमिस भी कर दिया है कि आउट-ऑफ-द-वे जाकर मैं आपको बच्चा दे दूँगी। सो जैसा कह रही हूँ, कीजिए, कहीं''।''

''नहीं, नहीं''

मैं लपककर देवी को मेज से उठा लेती हूँ।

देवी!

यह नाम कब दिया मैंने इसे?

मंदिरवाली दुर्गाजी हँसती सी हैं, कहीं मेरे मन में। मैं बच्ची को कलेजे में खोंस सा लेती हूँ।

''क्या कर रही हो, मम्मी। हम इसे कैसे ले जा सकते हैं?'' शिव बार-बार कहे जा रहा है। मेरी साड़ी का पल्ला खींच रहा है। ''रुको तो सही, मम्मी। इतनी उतावली मत करो। हम इसे घर नहीं ले जा सकते।''

''ले जा सकते हैं। ले जा रहे हैं।'' मन में कहती हूँ, पर उसे कुछ नहीं कहती।

एजेंट की आँखों में कुछ है। पर्स खोलकर एक मोटा लिफाफा उसे थमाती हूँ। ''रजत ने फोन पर कहा कि यह अडॉप्शन फीस जमा करवा दूँ।'' वह लिफाफे को झटपट मोड़कर रखती है, शायद अपने ब्लाउज में। आया को आवाज देती है।

दोनों आया आती हैं। खूब बलाएँ लेती हैं बच्ची की। मानो बच्ची की सगी माँ हों। सच। और था भी कौन इसका इस अस्पताल में, सोचती हूँ।

''अरे बड़े भागवाली है। देख तो क्या रानी जैसी बड़ी माँ है तेरी। इसे नसीब कहते हैं,'' वे चटकारे से लेती हैं।

मैं उनके हाथों में सौ के दो नोट रखती हूँ। चाहती हूँ, वे और नजर न लगाएँ इस बच्ची के भाग्य को। कहती हूँ, ''आपने बड़ा पुण्य कमाया इस देवी की सेवा कर, प्रभु इसे दीर्घ आयु करें। आपका आशीर्वाद इसे लगे।'' और गाड़ी की तरफ भागती हूँ जैसे कोई छीन न ले उसे मुझसे।

गाड़ी में शिव सन्न सा बैठा है। आया लौटकर आती है। एक छोटी बोतल में दूध दे जाती है और बच्चे की हेल्थबुक भी। बच्ची का कंबल उसने 'और बच्चों के काम आएगा,' कहकर ले लिया है। मैंने देवी को अपनी शॉल में डाल लिया।

शिव कुछ कह रहा है अंग्रेजी में। क्या कह रहा है? सुनने का यत्न करती हूँ। कार घरघराती गली से बाहर आती है। ''मालूम है क्या कर रही हो?'' वह तीसरी बार पूछता है। नहीं मालूम क्या कर रही हूँ। सिवाय इसके कि इस बच्ची को बचाना है।

''भाभी, भैया क्या कहेंगे कि हमारा बच्चा हमारे बिना चुन लिया मम्मी ने? सुलक्षणा भाभी को तो कोई भी हस्तक्षेप बरदाश्त नहीं, माँ। भूल गई क्या?'' शिव एक हारी हुई लड़ाई लड़ रहा है मुझसे। कहती हूँ, ''शिव, मैंने इसे उनके लिए नहीं चुना है। पर इसकी रक्षा करने से उनको भी कोई-न-कोई मिलेगा। ईश्वर देंगे। इसलिए ले जा रही हूँ।''

''फिर इसका क्या होगा।''

''जहाँ जाना है, वहाँ जाएगी यह।''

''ओफ ओ, मम्मी! आप सदा से ऐसे ही करती रहती हों, कुछ-न-कुछ डरा देनेवाले काम।'' वह रुआँसा कहता है, ''आप इसे पालेंगी कि नौकरी पर जाएँगी?''

जानती हूँ शिव को इतनी चिंता में डालकर अन्याय कर रही हूँ कि वह जो कह रहा है, वह भी ठीक है।

मुझे केवल बच्ची का दिल अपने दिल के साथ ताल मिलाकर बजता सुन रहा है। मेरे शरीर की गरमाई में कुछ खुलता सा लगा है और हिलती कार में वह ज्यों आश्वस्त हो, सो जाती है। अपने घर जा रही है।

कार ने मुझे पोर्च में उतार दिया है। शिव अभी भी बड़बड़ कर रहा है। उसके माथे पर पसीना आ गया है, भय और असहायता दोनों से। गाड़ी में वह तुरंत वापस चल दिया है—बाजार से दूध के डिब्बे, बोतलें, निप्पल, बिब, पिन, पाउडर, बनियान, तसला, नेपकिन, तेल लाने। लिस्ट लंबी है रास्ते भर जो याद आता गया, उसे बताती

गई। ''मुझे क्या मालूम बच्चे के सामान के बारे में,'' वह झल्लाता रहा, ''एकदम हद कर दी, माँ आज तो आपने।''

''तू घबरा नहीं, शिव। बस सामान ले आ किसी भी बड़े केमिस्ट से।'' कार बाहर जाती है, मैं घर के भीतर। एक सौ का नोट शंभु काका को देती हूँ, ''देखो काका, देवी आई है घर।''

भाग-भागकर शंभु काका धुले तौलिए निकालते हैं। जल्दी-जल्दी उन पर गरम-गरम इस्त्री फेर रहे हैं। बच्चे के इस्तेमाल के हर कपड़े को उबालना होगा या गीले को इस्त्री कर 'स्टालाइज' करना होगा उन्हें। बिस्तर पर तौलियों का गद्दा बना उसे लिटाती हूँ। बच्चे में कोई भी हरकत नहीं। कुछ देर सोचती हूँ, फिर चौंककर कहती हूँ, ''शंभु काका, ऐसा लगता है इसे कभी गोदी मिली ही नहीं। आया कह रही थी, यह डेढ़ मास की है। डेढ़ मास के बच्चों जैसा अभी तक कोई भाव नहीं है, न इसके चेहरे पर? और देखो रोती भी नहीं। शायद इसी से इतनी कमजोर है। आया समय पर दूध ही नहीं देती होगी। रोनेवाले बच्चे पी जाते होंगे, यह पड़ी रहती होगी। घड़ी देखकर इसे 'फीड' देंगे हम और मालिश करनी है काका, पता है लड़ाई के दिनों में जब फौजी बहुत कमजोर हो जाते थे तो दूध इत्यादि उनके शरीर पर मला जाता था, ताकि त्वचा से अंदर जा सके...सच्ची। मैंने पढ़ा था कहीं। इसको भी ऐसे ही करूँ क्या, दूध-घी की मालिश, जाने कब इसमें जान आएगी?'' मैं बोलती जा रही हूँ। दनादन कपड़ों की आलमारी में से घिसे नरम कपड़े निकालकर उसका बिछौना, ओढ़ना छोटा तकिया बना रही हूँ। तभी याद आया कि मेरी अमेरिकी मित्र, क्रिस्टीन की जुड़वा बच्चियाँ सात महीने की हो गई हैं। उसके पास होगा बहुत सा सामान, अब मैं तो इसे छोड़कर बाजार नहीं जा सकती न?

देवी को थपकती-थपकती क्रिस्टिन को फोन करती हूँ। सब बताती हूँ। वह कहती है कि दोपहर को आएगी और टब, कपड़े, केन का पालना, रजाई, कंबल इत्यादि ले आएगी।

हाथ से एक झबला सीती हूँ। ''काका, इसके कपड़े बदल लें न?'' बदलती हूँ, हल्का स्पंज करने से पहले कपड़े उतारती हूँ, ''हे ईश्वर!'' मुँह से निकलता है, ''यह कैसे बचेगी। इसके शरीर में तो कहीं मांस नहीं जरा सा भी। हड्डियों पर बस ढीली सी खाल है।'' कपड़े बदलकर उसका अस्पतालवाला फ्रॉक हाथ में उठाती हूँ। जी को कुछ कचोटता है। कैसा चिथड़ा सा पहनकर मेरे घर में आई है देवी माँ। उठाकर सावधानी से उसे एक लिफाफे में रख, अलमारी की सबसे ऊपरवाली दराज में रख देती हूँ। ''काका, शाम को इसे बच्चोंवाली डॉक्टर को दिखाना है, ड्राइवर से कहना; जाए नहीं।'' हैरान हूँ एक बित्ते भर की बच्ची के इतने काम करने हैं कि इतनी व्यस्तता हो गई जीवन में इसके आने से।

डॉ. वृंदा सेठी मशहूर डॉक्टर है। भाग्य से हमारी साथवाली कॉलोनी में ही उसका घर है। पुरानी जान-पहचान है।

''कहाँ से लिया इसे?'' वह पूछती है।

''रजत ने ही किसी एजेंसी का पता लिखा था, वहीं से।''

''वह आ गया क्या?''

''नहीं तो।''

''फिर?''

सब बताती हूँ उसे। बार-बार एक ही बात, ''इसे बचाना है। तभी रजत को भी बच्चा मिलेगा।''

''इसके विषय में कुछ तो खबर नहीं। कैसे रखोगी इसे, मिसेज नाथ?'' वह कहती है, ''बच्चा बहुत देखभालकर किसी की देख-रेख में लेना चाहिए। जाने क्या बीमारी, क्या बवाल निकल आए।''

''वह रजत कर लेगा, जब आएगा। अभी तो यह जीवित रहे, डॉक्टर बस इतना चाहती हूँ। इसे इतना कमजोर देखकर मुझे जाने क्या होने लगता है।''

''आप घबरा क्यों रही हैं, मिसेज नाथ। इस वर्ग के बच्चे तो इससे भी गए-गुजरे होते हैं। कमजोर तो यह भी कम नहीं। शायद प्रीमी है...''

''प्रीमी?'' मैं डर जाती हूँ।

''प्रीमीच्योर। शायद 3-4 सप्ताह जल्दी पैदा हुई है।''

''एजेंट कह रही थी 'फुल टर्म' बेबी है।''

''तो इसकी माँ ने अंतिम दिनों में बहुत कम खाया होगा न, ताकि गर्भ दिखाई न दे या खाने को मिला न होगा।''

मैं रोने लगती हूँ।

''इतना भावुक क्यों हो रही हैं, आखिर तो रजत के आने पर इसे लौटाएँगी न?''

''हाँ, डॉक्टर। रजत के आने से पहले मैं और बच्चों के साथ इसे चुपके से लेटा दूँगी। तब तक इसे इतना मोटा और स्वस्थ कर दो कि बहू और रजत को यही पसंद आ जाए।''

डॉक्टर हँसती है।

''इतनी ममता एक ही दिन में।'' और बच्ची को तोलकर कभी उलटा, कभी सीधा लटकाकर 'एक्जामिन' कर वह मुझे लौटाती है।

''सब नार्मल ही लग रहा है।''

''पर यह रोती क्यों नहीं और बच्चों की तरह?'' मैं कहती हूँ।

''उतनी शक्ति कहाँ है इसमें। इसे जहाँ तक हो, अपने शरीर की गरमाई दीजिए।

अधिक-से-अधिक गोदी में रखिए, तभी इसके 'रिस्पांस' बनेंगे।'' वह पर्ची पर वजन, तारीख इत्यादि लिखती है। ''यदि एक सप्ताह में आधा किलो वजन बढ़ गया तो बहुत अच्छा रहेगा।''

□

हम रात में भी सोते नहीं हैं, न मैं, न शिव। चाहें भी तो, नहीं सो सकते। वह भी डॉक्टर सेठी के शब्दों में कहता है, ''एक ही दिन में आप तो बावली हो गई हैं इसके लिए। कैसे चलेगा, मम्मी? मेरी तो समझ के बाहर है यह सब।'' ''तो क्या करूँ?'' जरा तीखा होकर कहती हूँ, ''रजत के होते नहीं। तू विवाह करता नहीं। तो यही सही। जानता है, अगर मुझे यह मालूम होता कि मेरी माँ इतने वर्ष जिएँगी तो मैं उन्हें सात-आठ साल की एक लड़की गोद दिलवा देती। जब तक माँ अस्सी की होंती, वह लड़की सोलह सत्रह साल की हो जाती। माँ को प्यार करती, उनके मरने पर रोती। सब तो चले गए थे मेरी माँ को अकेला छोड़, और नौकरानी ने उन्हें सता-सताकर मार डाला।''

''मम्मी!'' शिव कह रहा है, ''आपको क्या हो गया है आज? नानीजी की बात का यह कौन सा समय है। इसकी बात करें न।''

''इसका नाम देवी है,'' मैं कहती हूँ।

''हाँ, देवी की बात करें न!''

''क्या बात करूँ?''

''आप इससे इतनी भयंकर 'अटैच' हो रही हैं। रजत ने इसे न लिया तो?''

''तो मैं लूँगी।''

''मम्मी!''

''नहीं तो पंडितजी को दिलवा दूँगी। उनकी पत्नी पाल देगी इसे मेरे लिए।''

''मुझे यही डर था।''

''क्या डर था?'' शिव की ओर देखकर दोबारा पूछती हूँ, ''क्या डर था?''

''कि अब आप इसे छोड़ेगी नहीं। हम तीनों को भी क्या ऐसे ही प्यार करती थीं?''

चौंकती हूँ। कभी सोचा ही नहीं। क्या इतना और इसे क्यों?

''ठीक है, तू जल्दी से शादी कर और दो-तीन बच्चे कर मुझे दे, तब नहीं करूँगी, इसे इतना प्यार।''

''हर बात मेरी शादी पर ही आकर क्यों खत्म होती है,'' वह झींकता है।

कई रातें बीत गई हैं। शिव का अपना उन्माद मुझसे कुछ कम नहीं। इसीलिए बार-बार कहता है शिव, मुझे सुबोधता है, रोकता है, ''मैं भी इससे आप जितना ही जुड़ गया हूँ, पर इसका क्या होगा और इसके बिना हमारा...यदि इसे लौटाना पड़ा।''

प्रश्न जटिल है। जवाब नहीं मेरे पास। बिस्तर से उठाकर देवी को चूमती हूँ। मेरे

स्पर्श से उसके शरीर में कुछ चेतता है। वह स्पर्श को पहचानने लगी है। पहले से ऊँचे स्वर में रोती है। मैं कहती हूँ, कुछ और ऊँचा, देवी। भरे गले से निकाल आवाज, बेटा··· रो कुछ और ऊँचा जैसे रोते हैं, मोटे-ताजे बच्चे।

दोपहर की क्लास पढ़ा घर में प्रवेश करती हूँ। शंभु काका जिस लड़की को देवी की देख-रेख के लिए ले आए थे, वह परेशान सी खड़ी है। बच्ची को कंधे से लगाए मेरी बाट देख रही है। आज सात या आठ दिन हो गए हैं। देवी लगभग दो महीने की हो जाएगी, और एक आध दिन में वजन भी कुछ बढ़ा है, पर यह रो क्यों रही है, नहीं, खाँस रही है। शुरू के दो दिन तो कॉलेज से छुट्टी ले ली थी। जब से यह आया मिली, जैसे-तैसे जल्दी लेक्चर देकर घर भाग आती हूँ। क्यों खाँस रही है देवी!

"इसे बुखार लग रहा है, मैडम," वह लड़की कहती है, "दोपहर से रोए जा रही है। दो उल्टी भी की है।"

झपटकर देवी को लेती हूँ। लड़की को जैसे घर से बाहर ही फेंक दूँगी। "तूने ही ठंड लगाई है इसको। कहा नहीं था कि कमरे के बाहर मत ले जाना? शंभु काका, भगा दो इसे यहाँ से। मैं खुद देख-रेख करूँगी देवी की।" हाथ-पैर सनसना रहे हैं मेरे। देवी फिर दूध उलटकर एकदम निढाल हो गई है। छाती पर हल्का सा विक्स लगाती हूँ। बुखार से तप रहा है बदन। घंटा और निकल जाता है। खाँसी बढ़ रही है।

"काका! इसे कुछ हो गया तो! काका, मुझे तो पुलिस ही पकड़ लेगी। क्या बताऊँगी, यह कौन है, कहाँ से आई है? एजेंसीवाले तो एकदम मनाकर देंगे। एजेंट कह भी रही थी कि बिना कागजी काररवाई पूरी किए ऐसे बच्चा दे देना गैर-कानूनी है···शिव ने तो मुझे बहुत समझाया था···अब क्या करें? जरा डॉक्टर को फोन करो, घर पर ही होगी, अभी देख लेगी···नहीं तो मैं इसे इसके अस्पताल ही छोड़ आऊँ, वहाँ तो डॉक्टर होते ही होंगे···।"

मैं रोए जा रही हूँ।

वृंदा सेठी बच्ची को देखती है। छाती ध्यान से सुनती है।

"इसे न्यूमोनिया हो गया लगता है। खून टेस्ट करवाना होगा और एक्स-रे खिंचवाना होगा। तब तक ये दवाई दीजिए, सर्दी लगा दी गई क्या इसे?"

"मुझे कॉलेज जाना जरूरी था। आया के भरोसे छोड़ गई थी। अब क्या करूँ डॉक्टर, बताइए न, वापस ले जाऊँ वहीं, जहाँ से लाई थी···? मुझे नहीं लगता यह बचेगी।" मैं मारे भय के फिर रोने लगती हूँ। मेरी हालत देख डॉक्टर पूछती है, "मिसेज नाथ, आप इसे अपने घर लाई क्यों थीं, याद है?"

तोते की तरह रटा-रटाया जवाब देती हूँ, "इसकी रक्षा करने को।"

"और लौटाने से इसकी रक्षा हो जाएगी? यदि आप इसे नहीं बचा सकतीं तो

क्या वे गँवार आया लोग बचा लेंगी? इस कमजोर हालत में अस्पतालजन्य कोई और इंफेक्शन नहीं पकड़ लेगी यह बच्ची?''

''किंतु यह मेरे घर पर मर गई तो मुझे हथकड़ी लग जाएगी डॉक्टर।'' मेरे हिस्टीरिया को देखकर डॉ. सेठी शांत आवाज में कहती है, ''मुझे एक मौका दीजिए इसे बचाने का। शेष ईश्वर पर छोड़ दीजिए।''

अपने में लौटती हूँ। ईश्वर!

अपनी कायरता से बाहर आती हूँ। हवनवाले दिन की दुर्गा माँ का रूप आँख में कौंधता है।

मैं देवी को उठाकर धीरे से वक्ष से लगा लेती हूँ। डॉक्टर को फीस देती हूँ। दवाई का पर्चा उठाकर पर्स में रखती हूँ और एक स्वप्न में चलती हुई बाहर आ जाती हूँ।

''मैं और तू अलग नहीं होंगे। आती है तो आए पुलिस या कोई भी, पर सुन,'' मैं उसके कान के पास धीरे से कहती हूँ, ''तू भी तो मेरी सहायता कर देवी···अपनी सहायता कर! अपने जीने के लिए लड़ बेटा, लड़! और जी, मेरे लिए···मेरे लिए।''

देवी लड़ रही है मृत्यु से, मेरे लिए।

□

नववर्ष का पहला दिन है। रजत का फोन है। उठाती हूँ, ''कैसी हो, माँ'' पूछता है, ''जरा रुको···'' उधर से टेलीफोन का रिसीवर किसी को देता है, आवाज आती है, ''हैपी न्यू ईयर, दादीजी···।'' ''अरे इतना बोलने लगी है तू।'' रजत हँसता है। ''बोलेगी नहीं!'' दूसरे किसी एक्सटेंशन से बहू कहती है, ''ढाई साल की हो जाएगी कुछ दिन में···।'' बच्ची ''मोर···मोर'' कहकर फिर से टेलीफोन पर बात करना चाह रही है शायद। रजत और बहू उसे मना रहे हैं। ''अच्छा ले, कर बात अपनी दादीजी से···'' बच्ची का नाम अब देवी नहीं है। उसके माता-पिता का चुना नाम है सलोना सा। मैं और शिव अब भी उसे देवी कहते हैं।

शिव ने शादी नहीं की है।

मुझे नहीं मालूम कि हम अब अकेले हैं या तब थे, जब वह नहीं आई थी हमारे जीवन में। उसके पालनेवाले खाली कमरे में सिर्फ शंभु काका जाते हैं सफाई करने।

□

बाट

धूप उसकी चटाई पर आ गई थी। लेटे-लेटे उसे लगा कि उसका बदन बहुत तप गया है। सरला कलफ लगी साड़ी में सर्र-सर्र करती पास से गई, तो उसने आँखें खोलीं। उठती सी बोली, ''बहू देखना मुझे बुखार तो नहीं है ?'' सरला बिना रुके रसोई में चली गई। वहीं से आवाज दी, ''शीलू थर्मामीटर लाना जरा···'' सरला का स्वर सदा की तरह ही तीखा था। उसे लगा, कड़ुवा भी हो गया है। उसे मालूम था कि शीलू खेल छोड़कर नहीं आएगी, न सरला···

न सही। वह फिर चटाई पर सिमटकर लेट गई। न सही···शरीर जाने कैसा हो रहा था, अंदर-ही-अंदर ठंडा, ऊपर से तपा-सुलगा। ऐसा ही तो मौसम था उन दिनों ? ऐसा ही। चटाई पर उसने अपने आपको ढीला छोड़ दिया। सरला फिर सर्र-सर्र कर बिना रुके पास से गुजर गई, पर उसने उधर से मन फेर लिया। कैसा बुखार री···बुखार तो किसना से था—बच्चों पर क्या जाना, क्या चाहना ? उसे बुखार ही तो था उस दिन···

···जिस दिन वह 'ब्याहली' ससुराल आई थी। हरी सिल्क का लहँगा पहने, जिस पर उसकी दादी ने हफ्तों बैठकर गोटा-ठप्पा टाँका था और सुर्ख लाल ओढ़ना ओढ़े, सलमे से मढ़ा, जो उसे मामा दे गए थे। सुबह से 'मुँह दिखाई' कराते-कराते वह थक गई थी। दो रात से सोई नहीं थी। बैठे-बैठे वहीं सो गई। छोटी ननद जब उसे सोता देख खिल-खिल हँसने लगी, तब भी वह जागी नहीं। हारकर ननद ने हिलाया-डुलाया, ''ओ री, भाभी, उठ जा। अभी तो और औरतें आएँगी तुझे देखने।'' उसका जी किया था, नहीं उठे। वहीं पसर कर सोए···फिर इधर-उधर देख वह उठ खड़ी हुई थी। ननद भी खूब तेज थी। झट समझ गई। ओढ़ना ठीक से उढ़ाती हुई बोली, ''गुसलखाने चलोगी क्या ?'' और उसने हल्का सा सिर हिला दिया था। औरतें इधर-उधर व्यस्त थीं। गलियारे में होती वे दोनों कमरे के पीछे बने स्नानगृह तक आ गई थीं। ''अंदर मोरी है।'' कहकर ननद ने दरवाजा बाहर से बंद कर दिया था।

जब वह बाहर आई, तो गलियारा खाली था। कहाँ गई ? उसे तो घर का, कमरों

का रास्ता नहीं आता था। घूँघट माथे से सरकाया। इधर-उधर देखती गलियारे में चली आई···अरे! सामने तो वह खड़ा था! वही तो उसका बन्ना···शादी की शेरवानी उसने अभी उतारी नहीं थी। दोपहर की धूप में झलमल कर रही थी। उसे तो घूँघट की सुध ही नहीं आई। सुध तब आई, जब वही बोला, ''गुणमाला!'' इन्हें तो मेरा नाम भी मालूम है! वह भौचक्क देखती ही रह गई···

गुणमाला! गुणमाला! कैसा संगीत था रे। निरा संगीत। उसे तो सब 'गुणों, गुणों' कहकर पुकारते थे। गुणमाला! उसके भी मुँह पर आया था, कह दे, ''हाँ, हाँ, गुणमाला''···पर कहते नहीं बना। वह अपने गले में पड़ी, चार तोले की चेन खोल रहा था। खोलकर उसके हाथ में धर दी थी, ''यह रख···पहन ले···'' ननद आ गई तभी। तभी घूँघट खींच लिया था गुणमाला ने, माला छुपा ली थी। पहली-पहली चोरी की थी जैसे···

जैसे आग ही लग गई थी बदन में किसना! किसना! किसना···अपने बन्ने का नाम रटते-रटते वह शाम तक एकदम तप गई थी। सास ने छूकर देखा। ''इसे तो भड़क हो गई है,'' वह बोली।

बहू को भड़क हो गई। भड़क हो गई···यह बात घर भर में फैल गई। कंबल आया। वह लेट गई, जरा भी प्रतिवाद नहीं किया। आँख बंदकर पड़ी रही···वही खीमखाब की शेरवानी आँखों में कौंधती रही···ननदें घेरा डाल बैठ गईं। एक भागती आई और दोहरी होकर बोली, ''सुनो, सुनो, किसन भैया अम्मा से रुपए माँग रहे थे। अम्मा ने पूछा कि क्या करेगा तो बोले कि डॉक्टर के पास जाऊँगा। अम्मा ने कहा कि कोई जरूरत नहीं, बहू सुबह तक ठीक हो जाएगी···'' ननदें लोट-पोटकर गठरी हो गईं। वह कंबल में छिपी रही। होंठ काटती। कितने बरस की थी? बारह बरस की···और फिर सन्नाटा··· ननदें चुप! दरवाजे पर 'वह' खड़ा था, हाथ में डॉक्टर का बैग लिये और डॉक्टर उसके मुँह से कंबल उठा रहा था···

डॉक्टर गया, तो ननदें लौटीं। तब तक कंबल उसने दूर फेंक दिया था, ओढ़ना सँवारकर ओढ़ लिया था।

''क्यों जीजी, आज रतजगा नहीं है क्या?'' उसने मटककर पूछा था। ''पर भाभी, डॉक्टर···''

''अरी, डॉक्टर का मैं के करूँगी, बीबी? मैं तो देखूँ थी, तुम्हारे बीरे में कितना दरद है···रुपए कहाँ से पाए उनने?''

''किसी दोस्त से···'' ननदों ने बताया। फिर तो बस वह नाच उठी थी। रात भी छमाछम नाचती रही। बड़े-बूढ़ों में समाँ बँध गया। कहीं तो होगा 'वह' भी। देखता होगा छिप-विप के···रातभर ढोलक पर गाती रही और घूमती रही थी, कुम्हार के चाक सी, अबेर तक। वही माला गले में छुपाकर पहने···डोर जो थी प्रीत की···पक्की-पक्की।

''माँ री,'' वह मैके लौटते समय सास के गले लिपट के बोली थी, ''मुझे यह घर अच्छा लगता है।''

सास ने चुमकारा था, ''मेरा भी तो मन मोह लिया है तूने। जल्दी ही गौना करवाऊँगी। अब घर तेरे बिना नहीं सजने का बहू।''

जल्दी बुलाना री, जल्दी। वह अपने पीहर की अमराई में भूली-भूली फिरती। कोई ताँगा रुकता दूर से, तो उसे सातवें की पाठ्य-पुस्तक में पढ़ी रत्नावली और तुलसीदास की कहानी याद आ जाती। मेरा किसना भी भाग आया अगर? नहीं, नहीं, बड़ी ठिठोली होगी। वह मरद बच्चा है। पीछे-पीछे नहीं आने का···ताँगा चल देता, कोई भी उसकी हवेली की तरफ नहीं आता, तो उसका जी छोटा-छोटा हो जाता···गरमी गई, सर्दी गई, होली आ गई। तन बढ़नी चीज, बढ़ चला टूट-टूटकर···माँ और दादी रोज दोपहर में गौने में दिए जानेवाले सामान को गिनने-बाँधने लगीं, नहीं बँधता था, तो उसका मन नहीं बँधता था। पखेरू सा फड़फड़ाता फिरता-गुणमाला, गुणमाला!

''गुणमाला'' बाबा आँगन से पुकार रहे थे। ''उठ री, गुणो बिटिया···'' देखते-ही-देखते गौने का सामान लद गया ताँगों में। बदहवास सी वह विदा भी हो गई, क्योंकि उसकी सास का बुलावा आया था, ''जल्दी भेजो।'' पर स्वयं सास ही उसके पहुँचने से पहले चली गईं, रामजी धोरे···बहू के लौटने तक भी नहीं रुकीं। स्वागत में उसे बंदनवार नहीं मिले। हाहाकार मिली। दो ही दिन में वह बहू से बड़ी हो गई। कहीं ननदों को लिपटाया, कहीं रसोई सँभाली। हथेली की मेहँदी फीकी पड़ गई। चोटी का समय न रहा। किसना भी खो गया जैसे, याद न आया भीड़-भाड़ में।

वह आया, जब माँ को बीस दिन हो गए, मेहमान सब चले गए थे। छोटी बिन ब्याही ननद बिमला उधर ससुर के कमरे में सो रही थी। रसोई के पासवाले कमरे में, माँ के ही पलंग पर वह स्वयं दिनभर के श्रम से लस्त पड़ी थी।

''गुणमाला!'' वह अँधेरे में उसे टटोल रहा था, ''तू तो है न? तू तो नहीं जाएगी न···? माँ तो धोखा दे गई।''

''नहीं! कब्बी नहीं।'' वह झट से उठ बैठी थी, ''देख लीजो मैं नहीं जाऊँगी। कब्बी नहीं।'' खूब रोए थे दोनों। खूब···जब तक किसना की हिचकी रुक नहीं गई। रुकी तो छाती चौड़ाने लगी आप-ही-आप और वह उसी में समा गई। पूरी-की-पूरी।

''मैं अब पढ़ने नहीं जाऊँगा।'' अगले दिन वह बोला था।

''क्यों?''

''शरम लगती है न···''

''शरम का क्या काम किया है कुछ?'' उसने छेड़ा था। वह स्कूल नहीं ही गया। दसवीं की तैयारी रखी रह गई। दुकान जाने लगा। बापू भी नहीं बोले। दुकान उसे चटपट

सँभलवा खुद बिमला के ब्याह की तैयारी में लग गए थे। वह दिनभर घर पर और किशन दुकान पर तेजी-तेजी से काम करते, जैसे तेजी से काम करने से रात जल्दी हो जाएगी··· फिर उसकी छाती चौड़ाएगी, फिर वह उसमें समा जाएगी।

बिमला जब तक ससुराल गई, यह वीरेन तो आ गया था। वीरेन के दो बरस पीछे गीता। गीता को गोदी खिलाते बापू एक दिन नहीं रहे, तो फिर उसने रात में वैसे ही उसे टटोला था, "यह कैसा विधान है, गुणिया? तू आई, तो माँ गई। वीरो आया तो बिमला और छोटी के आते ही बाबू गए···"

"न! मन छोटा नहीं करते, जी। मैं तो यहीं हूँ न? देख लीजो।" और एक दिन उसने कहा था, "जानते हो कभी-कभी कैसा लगता है? जैसे घना जंगल है भाँय-भाँय करता और एक गोल पट्टे पर मैं बड़ी तेज घूम रही हूँ। एक गोल घूमनेवाले पट्टे पर तुम भी बड़ी तेज घूम रहे हो···फिर जैसे ही मेरा पटड़ा तुम्हारे पटड़े के पास आया, मैंने अपना छोड़ दिया···अब तुम पकड़े राखियो···"

तीसरे बच्चे की बार उसका पाँव रपट गया; तो न बच्चा रहा, न शरीर ही काम का। बहुत-बहुत दिन तक वह 'बीमार' रहने लगी। उसका ही कलेजा कलप गया था।

"तू तो पगली है री, गुणिया। ये कोई त्रिसना है, क्या छिन-छिन की? मेरा गात तो तुझे देख के ही तरिप्त हो जाता है कि नहीं···" किसना ने उसे समझाया था।

"तो भी···तो भी···" उसका जी हुमक-हुमक आया। बड़े गहरे बोए होंगे जी, किसी जन्म में, जो ऐसा मरद पाया।

एक बार सामना भी तो कर बैठी थी, वह उसका, बस एक ही बार। उसे भी तो कितनी जिद हो गई थी। नहीं माना, तो नहीं माना। "न, तेरी यह बात नहीं मानने का। वीरा तो शहर पढ़ने जाएगा जरूर। यह बात मेरी पूरी होकर रहेगी।"

"फालतू की जिद है, जी। परमात्मा की कृपा कुल एक तो बेटा है। अपने साथ उठाओ-बिठाओ, कौन घड़ी के लिए संतान होती है। परदेस भेजोगे, क्या लच्छन सीखे, क्या न सीखे। तुम्हारे ही काम न आया, बुढ़ापे में हाथ न बँटाया, तो क्या मैंने जना, क्या तुमने पाया?"

"अरी, तो अपनी खातिर इसके पैर काट दूँ? वक्त को देख। गाँव-कस्बे में क्या रखा है? शहरी होगा, तो शहर में नौकरी पाएगा। कुछ बनेगा। दुकान मैं चला तो रहा हूँ।"

दुकान चलती रही थी। वीरा शहर पढ़ता रहा था।

□

वह अपनी चटाई पर पड़ी-पड़ी तड़प गई। बहुत जोर की प्यास लगी थी। होंठ पपड़ाया पड़ा था। कोहनी को जमीन पर टिका उठंग सी हुई। कुछ देर घर के सन्नाटे को सुनती रही 'क्या वक्त होगा?' वह स्वयं से बोली, 'दो-तीन बजे होंगे। सरला ताश

खेलने गई होगी पासवाले घर में। शीलू स्कूल। वीरेन की तो कचहरी-मुवक्किलों से जान नहीं छूटती।'

उठकर रसोई तक आई। दरवाजे के निकट उसे बहुत जोर का चक्कर आ गया। सारा धौला-धौला, फिर काला हो गया। वह वहीं खड़ी हो गई, दीवार पकड़कर। सरला उसके लिए थाली से ढक खाना रख गई थी। रसोई में ठंडा खाना देख उसका कलेजा मुँह में भर आया। "ऐसे खाने हो गए सासुओं के जी···ऐसे बहुओं के खिलाने।" उमड़ती रुलाई रोककर उसने पानी का गिलास भरा, पिया। दो ही घूँट में देह छितराई सी हो गई। गिलास रखकर वह किवाड़ से टिककर बैठ गई···सिर लट्टू सा गोल घूम रहा था। तेज-तेज···तेज। उसने हाथ हवा में फेंके। उसे बुरे-बुरे सपने आने शुरू हो गए थे···अब नहीं रुकने के ये···नहीं रुकने के···वह सपना ही देख रही है जागे-जागे।

किसना दुकान जा रहा है। वह छतरी लाई है, "कैसे बुढ़ाने लगे हो। सिर में सफेदी आ गई। वीरे को बुला क्यों नहीं लेते?"

"पढ़ाई छुड़वा दें उसकी? वकालत का डेढ़ ही साल तो बाकी है?"

"पर तुम्हें हुआ क्या है? मेरा जी बैठा जाता है···"

"कुछ नहीं, गुणिया। जरा पेट में जलन रहती है, मुँह भी कड़ुआ-कड़ुआ। वैद्यजी को दिखा लूँगा, तू चिंता न कर।"

"पक्का?"

"पक्का।"

□

किसना दुकान से आया है। रात काफी बीत गई है। वह दूध लाई है।

"देर कर दी?"

"मुनीम का हिसाब देखना था···तू तो बैठी रही होगी?"

कहने को होती है, "तुम्हारे लिए कब बैठी नहीं रहती?" पर नहीं कहती। दूध पीते-पीते किसना धरती पर लोटने लगा है। पेट को कस के पकड़े है। चीखा है। मुँह और नाक से छर्र-छर्र खून बह गया है।

"ओ रे मेरे राम, यह क्या गजब हो गया···" वह पटड़े से छूटकर अधर में गिरी जा रही है···

"कुछ ही घंटे में शरीर फूल गया है।" लोग कह रहे हैं। "अच्छा लड़का शहर पढ़ाया किशन चंद ने। अंत समय कंधा भी न पाया।"

रसोईघर की दीवार पकड़-पकड़कर वह उठी। सिर का लट्टू घूमे जा रहा है। रुकता नहीं है। वहीं धरती पर फैल गई है, वह···चटाई तक नहीं पहुँच पाई। दृश्य नाच रहे हैं आँखों में। आँखों में पानी भरा जा रहा है।

वीरेन आया है। पिता के मरने के बाद पाँच दिन पीछे। फिर पढ़ने चला गया, फिर आया है। कहता है, ‘‘दुकान के 28,000 रुपए मिल रहे हैं। मुनीमजी माँग रहे हैं। बेच देता हूँ। कौन चलाएगा?’’ हाँ, कौन चलाएगा? दुकान तो बड़े-बूढ़ों की खोली हुई थी। पुश्तों से चल रही थी, पर अब कौन चलाएगा? वीरा फिर आया है, साथ में नाइलोन की झक-झक साड़ी और ऊँची एड़ी के सैंडल पहने एक लड़की है। कहता है, ‘‘बहू है तेरी। हमने कचहरी में शादी करवा ली।’’ कचहरी में तो अपराधी जाते हैं। शादी भी होती है? बहू के हाथ में अपनी माँ के घर का पुराना हार रखती है। बहू के लिए ही तो बचा के रख रखा था। गीता को तो उसके बापू ब्याह ही गए थे। हार की बनावट देखकर बहू का मुँह कठोर सा होता है, पर हाथ में वजन तोल आँखें चमकती हैं···कुल-शील नहीं होता क्या रे···शहर में? वह किसना की गले की चेन को पल्ले से छुपा लेती है, जाने किस भय से।

वीरा अब के अकेला आया है। अकेला क्यों?

‘‘तुझे लेने आया हूँ माँ। सरला ने बुलाया है।’’

‘‘नहीं बेटा। मैं उनका द्वार छोड़ के कैसे जाऊँगी···’’

‘‘चल भी माँ। बार-बार आना पड़ता है। तेरी चिंता रहती है।’’

‘‘तेरा पोता भी तो होनेवाला है···उसे कौन देखेगा?’’

‘‘सच! पहले क्यों नहीं बताया। कब होगा?’’

वीरा खड़ा है। उसे कागज दे रहा है। ‘‘गाँव का घर बेच दिया है, माँ। तेरे दस्तखत होंगे। शहर में घर बनवा लेते हैं। तू ठाठ से रहियो।’’ पर मैंने तो कहा था, ‘‘कब्बी नहीं जाऊँगी, कब्बी नहीं।’’

‘‘ला बहू मैं साग छौंक दूँ, वह कहती है।’’

‘‘नहीं, तुम्हारे काम करने की उम्र नहीं है, अब। तुम बैठो।’’

उसे लगता है बहू कह रही है, ‘‘तुम दखल मत दो।’’

‘‘रजाई में तागे डाल दूँ?’’

‘‘नहीं, यहाँ मशीनों पर डलते हैं। तुम आराम करो।’’

वह बैठ गई हे। बैठती जाती है। आराम! जीव का जन्म तो काम के लिए होता है, हाथ नहीं हिलाएगा, तो अन्न कैसे पचाएगा! दिनभर खाली-खाली पहाड़ सा दिन··· बेमन, बेकाम···बेकार। सरला के मिलने-जुलनेवाले उसे देखकर कतराए से हो जाते हैं। उसे लगता है, वह कोई मैली सी गठड़ी है। सूनी-सूनी आँखों से छज्जे में बैठी मोटर-ताँगों का शोर सुनती है। शहर में तो मौसम भी नहीं बदलते। सुबह-दोपहर ही नहीं होते जैसे···पोती भी दूर-दूर से देखती है। ठीक अपनी माँ की तरह दादी के पहनावे पर नाक सिकोड़ती है। आया के साथ खेलती है।

गीता है क्या? हाँ गीता है। मिलने आई थी। भरतार भी साथ है। अब जा रही है। गीता रोती है, "ये तूने क्या किया, माँ हमें अनाथ कर दिया। इस घर में कैसे खाएँ, कैसे बैठें, कैसे तुझे बचाएँ, कहाँ आन पड़ी री, अपना द्वार, देस छोड़कर? भैया अच्छा शहर पढ़ने को आया। तू तो हँस रहा न कउवा..."

"मत रो, बेटी। एक यही बात उन्होंने मेरी नहीं मानी।"

"तभी तो अपना परलोक और तेरा इहलोक बिगाड़ गए बापू।"

"न, ऐसा न कह। बड़े प्रेमी पुरुष थे वे तो। गैरों के कंधे चढ़कर चले गए; पर संतान के पाँव नहीं काटे। न बेटी, उन्हें कुछ न कहना। मैं ही तो छोड़ आई उनकी देहरी। वे तो शहर में याद आते भी सकुचाते हैं। सपनों में भी नहीं दिखते...तू जा रही है क्या? अब तेरे से मिलना नहीं होगा, मेरा जी कहता है। ले यह चेन ले, जा तेरे तो सारे तीज-त्योहार, नेग बिन दिए रह गए..."

"नहीं, माँ। चेन मत दे। तेरा सूना गला देख वह समझ जाएगी कि तूने मेरे को दी होगी। क्या पता तुझसे क्या बैर बाँध ले?"

"मार ही तो देगी? मार लेने दे। क्या रखा है तन में? ढाई सेर हड्डी। सब तो इन्हें परच गया बाकी का। ले ले, बेटी। तेरे बापू की थी। मेरे गात पे तो रस्सी सी बलती है दिन-रात। तू रख ले, लाडो..."

"पकड़े राखियो, जी। अब तुम पकड़े राखियो...प्रीत की डोर है, पक्की...पक्की..."

"माँ, आँख खोल। मैं हूँ वीरेन। तुझे तो बुखार है।"

"नहीं, बेटे। काहे का बुखार?"

"है, माँ। डॉक्टर को बुलाता हूँ।"

"डॉक्टर का मैं के करूँगी? होने दे बुखार। अब कुछ होगा, तभी तो कुछ होगा...इतने दिन तो हो लिये बाट देखते...।

□

बिंदु

सुबह की चाय पीते उसे लगा कि बाहर धूप खिल गई है। उठकर उसने सारे परदे सरका दिए। सच ही धूप निकली थी और घास पर पड़ी बर्फ जगह-जगह से पिघल रही थी। खिड़की से देखने से ही मालूम होने लगा कि सर्दी गई। वसंत आया दरवाजा खोल, वह बाहर आई। दूध के डिब्बे उठाकर अंदर रखे और अखबार उसने खोला ही था कि बुआ की लाल मस्टाँग कार, सर्र से आकर ड्राइव-वे में खड़ी हो गई। लंबा भूरा कोट और सिर पर मफलर लपेटे, सँभलकर पैर रखते बुआ गाड़ी में से उतरी।

''अरे, इतनी तो सर्दी नहीं है बुआ, जितना लिपटी हुई हो।'' पास आकर बिंदु ने शरारत से कहा।

''तभी तो तू सिर्फ गाउन पहने टहल रही है न?''

''लगी आते ही डाँटने, सच ही बुढ़ापे में लोग 'सेनाइल' हो जाते हैं!'' बिंदु का जी अकारण ही बुआ से लिपट जाने को हो रहा था। कितना प्यार करती हैं बुआ उसे। कमरे में बुआ ने अपने जूतों से बर्फ की हलकी परत पायदान पर झाड़ी, फिर स्वयं ही रसोई में चाय लेने चलीं। उन्हें पता था कि बिंदु कॉफी परकोलेटर में सुबह ही ढेर सी चाय बनाकर रख लेती है और ऑफिस जाने तक उसी में से पीती रहती है। कितनी बार उसे उन्होंने समझाया भी है कि इतनी चाय न पियाकर, नुकसान करती है, पर बिंदु तो है, बस बिंदु ही। चेरीवुड की खूबसूरत गोल मेज के पास कुरसी खींच बुआ बैठीं, तो बिंदु बोली, ''आज सुबह-सुबह कैसे! लाइब्रेरी नहीं जाना क्या?'' बुआ पचास के पार हो गई हैं, पर अमेरिका में पचास का कोई बूढ़ा नहीं कहलाता। भारत से आकर बुआ ने लाइब्रेरी के काम की ट्रेनिंग ली और अब दो-तीन घंटे लोकल लाइब्रेरी में काम करती हैं। काम से व्यक्ति स्वस्थ रहता है, बुआ हरदम हर व्यक्ति से यही कहा करती हैं—नियतं कुरु कर्मत्वं कर्म ज्यायो ह्यकर्मण:।

''नहीं आज छुट्टी ले ली है। तू ऑफिस जाएगी क्या?''

''जाऊँगी, पर जल्दी तो है नहीं, क्लास तीन बजे है, तब तक बस ये टर्म पेपर

देखने हैं। बुआ, यह पेपर आपको पढ़कर सुनाऊँ, तो आप हँसते-हँसते लोट-पोट हो जाएँगी। एक चीनी लड़का है, मेरी क्लास में। नया आया है। उसी का पेपर है। एक दिन मैंने उससे कहा कि तुम्हारा वाक्य गलत है, तो अपनी छोटी-छोटी आँखें मुझ पर गड़ाकर बोला, ''कैसे? देखिए यह रहा छकड़ा, यह रहा आदमी, यह रहा बैल...'' उसकी समझ में ही नहीं आता कि अकेले शब्द ही तो वाक्य नहीं बनाते, शब्दों का क्रम...बुआ, क्या बात है?''

बुआ खिड़की से बाहर देख रही थीं, बिंदु की बात पर हँसी नहीं। ये तो बुआ जैसी नहीं। वे तो जरा-जरा बात पर हँसा करती हैं। हँसना सिखाती रही हैं।

''बुआ, घर पर सब ठीक हैं न, शशि से उलझ पड़ीं क्या?'' शशि बुआ की बहू का नाम है।

''अरे नहीं पगली, मेरी उम्र क्या बच्चों से उलझने की है।''

''तो चुप क्यों हैं? तबीयत खराब है क्या?''

''नहीं बिंदु'' प्याला उन्होंने मेज पर रख दिया और चुप सी बैठी रहीं। पर्स खोलते हुए बोलीं, ''देहली से राजरानी का खत आया है।''

''माँ का?'' बिंदु पूछ नहीं पाई, क्या लिखा है।

''बिंदु,'' बुआ उसे नाम लेकर तभी बुलाती हैं, जब गंभीर होती हैं, ''कृष्णकांत को दिल का दौरा पड़ा है।'' बुआ उठीं और दो गरम प्याले चाय के बना लाईं, ''तेरी माँ ने लिखा है, अगले दौरे में वह शायद बचे नहीं, तुझे वापस आने को...''

''उससे क्या लाभ होगा बुआ? कृष्णकांत ने तो आने को नहीं लिखा?''

''नहीं बिंदु, पर उसने तुझे अमेरिका चले आने को भी तो नहीं कहा था। तू...''

''सबकुछ जानते हुए तुम ऐसी बात कह रही हो।''

''सबकुछ जानते कह रही हूँ बेटी, तुझे जाना चाहिए। तेरे सारे तर्क मेरे सामने बेकार हैं। मैं ही तुझे एक दिन नर्सिंग होम से उठाकर इस देश में लाई थी, तुझे बराबर अपने पैरों पर खड़ा होने को कहती रही। तू प्रोफेसर हो गई है, पर इन नौ-दस बरस में क्या बदल पाई है, जिस पुरुष ने तेरी कदर नहीं जानी, उसको तू क्या पूरी तरह से भुला सकी है?''

''भुला दिया है, बुआ। आप क्यों मेरा दिल दुखा रही हैं।''

''नहीं भुलाया है, बिंदु। नहीं तो सबके कहने से भी तूने तलाक क्यों नहीं माँगा? अच्छे-से-अच्छे अमेरिकी आदमी के विवाह-प्रस्ताव को ठुकराती रही है।''

''वह मन की बात थी, बुआ।''

''मन ही की बात मैं भी कर रही हूँ, मन ही तो हमारी मजबूरी है। बिंदु, वह तेरा पति है, तुझे जाना ही चाहिए। उसने अजय को तुझसे छीन लिया, तुझे जाना ही होगा।''

''मेरा वहाँ क्या रखा है, बुआ।'' चीखकर उसने पूछना चाहा, अगर उन्होंने मेरा अपमान किया तो? पर नहीं पूछा।

''तेरा वहाँ क्या रखा है, यह तो तू अपने से पूछ और अगर तुझे भय है कि वह तेरा अपमान न कर बैठे, तो अपना कर्तव्य याद रख। बेटी, फर्ज निभाने में व्यक्ति कभी नीचा नहीं होता और तू तो इन बातों से बहुत ऊपर है। इतनी जो गीता पढ़ती है, उससे कुछ तो सीखा ही होगा।''

और अजय? उसने पूछना चाहा कि अजय कहाँ है? पर बुआ उसके मन को पढ़कर भी चुप रहीं। बहुत दुःख रहा था बिंदु का अंतरतम। बुआ जानती हैं, बुआ क्या नहीं जानतीं।

□

बरसात में निकलनेवाली राम-गुड़िया सी बुआ की लाल कार सड़क पार के पेड़ों में ओझल हो गई है। पिघलती हुई बर्फ में से घुलकर सड़क ब्लैक-बोर्ड सी चमक रही है, जिस पर कहीं-कहीं सफेदी अक्षर सी प्रतीत होती है। स्कूल जानेवाले बच्चों का छोटा सा काफिला, जो सवा आठ के करीब उसके घर के सामने से गुजरता है, जा चुका है। इक्का-दुक्का लेट बच्चा भागता हुआ सामने से निकल जाता है। बगल के घर में रहनेवाली मिसेज हिल ने 'स्प्रिंग क्लीनिंग' शुरू कर दी है, रेक से कुरेद-कुरेदकर वह मरे हुए पत्ते और घास लाकर एक तरफ इकट्ठा कर रही है। अभी उन्हें टीन के बड़े कनस्तर में रखकर जलाएगी। बिंदु खिड़की के पास कुरसी डाले बैठी है।

कृष्णकांत!

तो क्या जाना होगा?

सड़क पर तेजी से आती एक कार झटके से ब्रेक लगने के कारण चर्र-र की आवाज करती अर्द्धवृत्त में घूम गई है। कार का चालक बाहर उतर आया है और सहमा सा बच्चा, जो सड़क पार करने का यत्न कर रहा था, उसे देख रहा है। आदमी ने बच्चे का हाथ पकड़ उसे सड़क पार करवा दी है। नर्सरी पढ़नेवाला छोटा ही बच्चा है। मिसेज हिल हाथ में रेक थामे उस व्यक्ति से बात कर रही है। खिड़की से आती धूप बिंदु के लगाए अफ्रीकन वायलेट के पौधों पर पड़ रही है। नाजुक से फूलों के काशनी रंग निखरे आ रहे हैं और हरे पत्ते इतने चिकने, मुलायम हैं, इतने कि उन्हें देखकर ही नए बच्चों को गोदी में उठाने जैसा सुख होता है।

क्यों जाना जरूरी है, वे ही तो छोड़कर इंग्लैंड चले गए थे, कब लौटे? और अजय···बिंदु का सिर चक्कर खाने लगा है।

मिसेज हिल अखबार का कागज उमेठ रही है। खूब कसकर उमेठ रही है। उमेठकर उसमें दीयासलाई लगाई है। कागज सीला है। धुआँ हो रहा है। आग धीरे-धीरे

उसके भीतर-ही-भीतर फैलेगी। वह धीरे-धीरे जलेगा, जलते हुए पत्तों और घास की गंध हवा में भर गई है।

□

हवाई जहाज की खिड़की में से धीरे-धीरे लुप्त होते एयरपोर्ट के साथ बुआ भी खो गई हैं और बिंदु का जी कहता है, पता नहीं बुआ से मिलना अब होगा कि नहीं! स्नेह और सहनशीलता से बनी उसकी बुआ, जिन्होंने दस बरस पहले अमेरिका से भारत आकर अस्पताल में पड़ी बिंदु को कलेजे से दुबका लिया था। सबसे लड़-झगड़कर, स्वयं बिंदु से भी जिरहकर, उसे अमेरिका अपने दोनों बेटों के पास ले आई थीं। बुआ के दो ही बेटे थे और दोनों न्यूयॉर्क में बस गए थे। वहीं बुआ आती-जाती रहती थीं। बिंदु को ले जाकर तो वे खुद भी न्यूयॉर्क के पास ही लांग-आइलैंड में रहने लगीं। जब तक कि बिंदु स्वस्थ हो पढ़ने-लिखने में लग नहीं गई, बुआ उसके पास से हटी नहीं।

न्यूयॉर्क नीचे छूटता जा रहा है। शहर से ऊपर उठते हवाई जहाज की खिड़की से बिजली की कतारें दीप सी टिमटिमाती दिखाई देती हैं; उसी तरह नर्सिंग होम की खिड़की से पहाड़ी साँझ के समय, तलहटी में बने घरों के दीपक दिखाई देते थे। इसी तरह खिड़की में बिंदु बैठी उन्हें देखा करती थी और उसका जीवन एलबम के पन्नों सा अलग-अलग चौखटों में, दृश्य-दृश्य होकर खुलता रहता था। आज दस बरस बाद, फिर वही बिंदु कृशकाय और बीमार हो आई है। जरा भी गंभीर प्रोफेसर नहीं रही है, जिसकी विद्वत्ता की प्रशंसा है, जिसके व्यवहार पर सब रीझ-रीझ जाते हैं, वही पुरानी बिंदु, अकेली...एलबम के पन्ने खुले जा रहे हैं, जैसे कुएँ से भरकर आते पानी के डिब्बे ठिठककर पानी गिराते हैं। बिंदु उस जीवन में उतरती जा रही है, जहाँ बाबूजी हैं, माँ है, महलनुमा मकान है, अँगड़ाई सी अलस सुबह है, झुलसते लंबे दिन हैं, कहानी-किस्सों में ऊँघती हुई शाम और भयानक सपनों में चौंककर उठती रात है। बहुत दूर, जो कहीं भी अब नहीं है, उसी दुनिया में बिंदु धीरे-धीरे उतरी जा रही है। कहाँ है वह दुनिया? वे दिन, वे लोग, जिनके लिए वह मरती रही, उन्होंने उसे जीने नहीं दिया। जब मरने लगी, तो बुआ गोद में भर लाई। आज उन्हीं बुआ को बिसारना जरूरी हो गया। बुआ कहती हैं, जाना होगा। बिंदु अपनी सीट पर अधलेटी किसी भी तरह अपने से समझौता नहीं कर पा रही है। बार-बार उसे बेबस सी वह बिंदु, वह बच्ची याद आ रही है, जो बचपन में किसी झाड़ी के पीछे छुपकर बैठी रहना चाहती थी, छुपी, पर कोई-न-कोई उसे ढूँढ़ लेता था और ढूँढ़कर जबरदस्ती उसे दंड देने की व्यवस्था करता था।

"आर यू ऑल राइट?" बिंदु की साथवाली सीट पर बैठी अधेड़ अमेरिकी महिला उसकी ओर झुककर उससे पूछ रही है, "तुम बिल्कुल ठीक तो हो न, बेटी?"

"यस-यस। थैंक यू।" बिंदु चौंककर अपनी सीट पर सीधी बैठ गई है। महिला

कह रही है, मैंने सोचा तुम सो गई हो, पर वह बहुत सहानुभूति और सौहार्द से बिंदु को देखे जा रही है।

"आई एम सॉरी।" बिंदु ने पर्स में से क्लीनेक्स निकाल अपनी आँखें पोंछ ली हैं, "सो सॉरी।"

"पार्टिंग इज पेनफुल (जुदा होना बहुत तकलीफदेह होता है न)।" महिला ने कहा है।

बिंदु बिना आवाज किए नाक साफ कर रही है। पर्स से नया क्लीनेक्स निकाल लिया है। हँसती सी बोली है, "ऐंड ऑल सो मीटिंग (और मिलन भी)।"

महिला सोचती सी मुसकरा दी, फिर जैसे बिंदु की बात उसे बहुत निराली और अच्छी लगी हो, सिर हिलाकर स्वीकारात्मक ढंग से उसे दोहराया, "यू आर राइट, मीटिंग टू।"

दोनों में हलकी बातचीत चल पड़ी है। महिला के पति की इसी साल मृत्यु हो गई है। बच्चे सब अपने-अपने जीवन में व्यस्त हैं, उसका जीवन निरुद्‌देश्य हो गया है, वह जर्मनी जा रही है सैर को, क्योंकि उसके अपने माता-पिता जर्मनी से अमेरिका आए थे, जब वह पैदा भी नहीं हुई थी। उसकी माँ उसे हरदम जर्मनी की बातें बताया करती थी, मेंत्ज, क्लोन, राइन, ब्लैक फोरेस्ट की।

"जानती हो," महिला ने कहा, "मैं बहुत पहले जर्मनी घूम आती तो अच्छा होता। इस आयु में यदि वहाँ जाकर मुझे घर सा न लगकर बेगाना लगा, तो यही सोचकर डरती हूँ, कहीं सब बात, जो माँ बताती थी, जिनकी तसवीर मेरे दिमाग में है, वहाँ न मिलीं?"

खाना खाकर दोनों बैठी हैं। महिला बिना दूध की कॉफी के हलके घूँट भर रही है। कैप्टन की आवाज केबिन में तैर रही है, "यान अब एटलांटिक पार कर रहा है, लगभग तीन घंटे में इंग्लैंड पहुँच जाएँगे, तब तक कुछ फिल्में दिखाई जाएँगी। जो लोग चाहें, वह 'इयर फोन' का किराया देकर होस्टेस से उसे ले लें···" महिला ने 'इयर फोन' कान में लगा लिया है। केबिन की बिजली धीरे-धीरे बंद हो रही है, कुछ लोग सोने का यत्न कर रहे हैं। सामने परदे पर 'मेरी ऑफ स्कॉटलैंड' नाम की ऐतिहासिक फिल्म चलने लगी है। मेरी? बिंदु याद करने का यत्न करती है। उसको तो शायद मृत्यु की सजा दी गई थी, बगावत के आरोप में? परदे पर बिना ध्वनि की तसवीर आ-जा रही है। चारों ओर चुप्पी हो गई है। बिंदु ने आँखें बंद कर ली हैं। महिला की बात वह सोच रही है। यदि वास्तव में ही जर्मनी में इसका जी न लगा तो, बेगाना लगा? ठीक ही तो डरती है। डर! सभी इसी तरह जीवन के प्रारंभिक छोर को अंत तक उठाए-उठाए फिरते हैं, डरते हैं कि भरभरा कर टूट न जाए, टूट गया, तो जीवन अधर में लटक जाएगा।

उसे बड़ी जोर की मतली होने लगी है। सामने सीट में बँधा 'सिकनेस बैग' उसने

हाथ में ले लिया। हवाई जहाज बादलों से टकराकर ऊपर-नीचे झटके खाता उड़ रहा है। कैप्टन ने अभी सूचना दी है कि मौसम खराब होने के कारण फ्लाइट कुछ देर से लंदन पहुँचेगी। क्लीयरेंस के इंतजार में वे कुछ देर ऐसे ही चक्कर लगाते रहेंगे। स्कीन पर 'मेरी ऑफ स्काटलैंड' का अंतिम दृश्य चल रहा है। काले कपड़ों और काली पारदर्शी नकाब में रानी धीरे-धीरे वधशाला की ओर जाने को तैयार हो रही है। हाथों में उसने लंबे काले रेशम के दस्ताने पहन लिये हैं। वधशाला पास आ रही है। मेरी का सिर काटने के लिए जल्लाद तैयार खड़ा है। बहुत धीरे, बहुत शान से चलकर मेरी ने वध-खंड के दोनों ओर दोनों बाजू पसारे और गरदन नीचे रख दी। खट की आवाज करता फलक गरदन के पार हो गया।

वायुयान तेजी से नीचे को गिरा सा। बिंदु का जी कच्चा हुआ चला जा रहा है। कै कर चुकने पर भी शांत नहीं हो रहा है। अमेरिकी महिला ने 'इयर फोन' निकालकर रख दिए हैं, स्क्रीन पर लारेल-हार्डी की उछल-कूद शुरू हो गई है। बिंदु की दशा देख होस्टेस उसे मुँह में डालने की गोलियाँ दे गई है। धीरे-धीरे बिंदु उसी को चूस रही है।

हवाई जहाज लंदन के हीथरो एयरपोर्ट पर खड़ा हो गया है। साथ की सीट से अमेरिकी महिला जा चुकी है। बिंदु सीढ़ियों के पास आकर खड़ी हो गई है। तकरीबन सभी यात्री एयरपोर्ट के अंदर बने बाजार में खरीदारी को जा चुके हैं, कोई शराब की बोतल खरीदने गया है, कोई घड़ी या कैमरा-हवाई जहाज डेढ़ घंटा रुकेगा। वह टहलती सी सीढ़ियों से जोड़े गए लोहे के पुल पर खुले में लंबी-लंबी साँस ले रही है, नीचे तोतिया हरे रंग की साटन की सलवार-कमीज पहने, नायलॉन का जालीदार गोटा किरण लगा दुपट्टा ओढ़े एक युवती झाड़ू लगा रही है। कूड़ेदान खाली करने वह झुकती है, तो चोटी में गूँथा लाल परांदा सरक-सरक आता है। बिंदु फिर अपनी सीट पर आ बैठी है। सफाई करनेवाले जल्दी-जल्दी 'वेक्यूम क्लीनर' चला रहे हैं। रसोई में खाने से भरी ट्रे, पीने के लिए पेय के डिब्बे लाए जा रहे हैं, थोड़ी देर में नए यात्री भी आएँगे। तब तक सब शांति है। कुछ छोटे बच्चे अपनी सीटों पर सोए हैं। उनकी माँ उनके पास बैठी हैं या सो गई हैं।

भारत बहुत नजदीक आता जा रहा है, बिंदु ने आँखें बंद कर ली हैं। कृष्णकांत क्या सचमुच नहीं रहेंगे? और जब रहना इतना ही भर होता है, तो व्यक्ति क्यों अपने को तिल-तिल मारता रहता है? क्यों कांत ने सब तहस-नहस कर डाला। इसलिए कि कहीं उसके मन को ठेस लग गई थी? अजय तब ढाई साल का ही तो था। देहली में हलकी सर्दी शुरू हो गई थी।

''कृष्ण, माँ ने बुलाया है, धीरेन की सगाई है।''

''तो जाओ।''

''दो दिन में आ जाऊँगी।''

''कभी भी आओ। अजय नहीं जाएगा।''

''कृष्ण!''

''अजय नहीं जाएगा। तुम्हें जहाँ जाना है, जाओ।''

''देखो मुझसे नाराज हो, इसका बदला बच्चे से क्यों लेते हो, वह बहुत रोएगा। सब वहाँ भी पूछेंगे, मामा की सगाई में भानजा क्यों नहीं आया!''

''हरदम बहस मत किया कर, बिंदु। अजय नहीं जाएगा।''

बहुत समझाने पर भी गोल भरे गालों पर मोटे आँसू टपकता, सफेद निकर, गुलाबी कमीज में चिकना, गोरा अजय बार-बार पूछे जा रहा था, ''मम्मी, तुम कब आओगी?''

''जल्दी आऊँगी, मेरे बच्चे, बहुत जल्दी।''

''मुझे ले चलो न...''

''तू पापा के पास रहना। बहुत सर्दी हो गई है। मैं जल्दी आऊँगी...'' माँ के घर से उसने टेलीफोन किया, तो घंटी बजती रही, किसी ने फोन नहीं उठाया। तीसरे दिन लौटी, तो गेट पर मोटा सा ताला पड़ा था। नौकर सड़क पर नीम के नीचे खाट पर सोया था।

''साहब कहाँ हैं, अजय कहाँ हैं?'' उसने सोते नौकर को कस के झकझोर दिया था।

''वे तो चले गए...''

''कहाँ?''

''इंग्लैंड...''

''अजय भी?''

''अजय बाबू वहाँ स्कूल में पढ़ने गए हैं...''

चक्कर खाकर वह ताले पर सिर फोड़ती गिरी थी। चुपचाप भीतर उसकी आत्मा से हाहाकार उठा था, ''तेरी सृष्टि बाँझ हो जाए भगवान्, तेरी सारी सृष्टि बाँझ हो जाए।''

पैन-एम का जंबो जेट बहुत देर से पालम पर खड़ा है। एक-एक कर सभी यात्री उतर गए हैं। आखिरी उतरनेवाले यात्री को विदाकर जहाज की दोनों होस्टेस अंदर आ गई हैं। एकाएक एक होस्टेस ने दूसरी की नीली ट्यूनिक पकड़कर रोका और इशारे से एक सीट की तरफ इंगित किया। एक महिला यात्री सीट से सिर टिकाए अभी बैठी थी, आँखें बंद किए।

''सो गई क्या?'' एक ने कहा।

''सो कैसे सकती है। कहीं...''

दोनों लड़कियों ने भय से एक-दूसरे की ओर देखकर आँखों-आँखों में कह दिया, कहीं 'हार्ट फेल' तो नहीं हो गया।

"तू जाकर देख।"

"न, न। मुझे डर लगता है।" और वह जाकर हेड स्टुवर्ड को बुला लाई।

हेड स्टुवर्ड अधेड़ उम्र का अमेरिकन है। देखने में खुश-मिजाज लगता है। बिना घबराए वह महिला यात्री की सीट के पास पहुँच गया है।

"मैडम ?"

महिला ने आँखें खोल दीं। आँखें बादाम सी हैं। थके चेहरे में भी पहाड़ी गुलाब अलसाए हैं। बड़ी प्यारी मुसकराहट महिला के होंठों पर है। हेड स्टुवर्ड जरा हतप्रभ हो गया। सँभलता सा बोला, "हम देहली पहुँच गए हैं।"

"जी, धन्यवाद!" कपड़े तनिक से ठीक कर, हाथ में छोटा बैग उठाए वह जाते-जाते दोनों से गुडबाई कह गई है।

लड़की जो कंबल की तह कर रही थी, बोली, "इसका किसी को इंतजार नहीं था क्या ?"

□

बिरथा जन्म हमारो

साथवाले वकील साहब की आज शादी है। मेरा अभी विवाह नहीं हुआ और शादी-ब्याह के मामले में बहुत सेंसिटिव हूँ।

वकील साहब का बँगला हमारे बँगले से इस तरह सटा हुआ है कि अपने बगीचे में बैठी मैं दीवार के टूटे हिस्से में से बहुत कुछ देख सकती हूँ। बहुत साल हुए, बरसात में बीच की यह दीवार गिर गई थी, फिर उठाई नहीं गई। हम लोगों में स्नेह इतना है कि आने-जाने का मार्ग सहल हो जाने से हम सब प्रसन्न ही हैं।

देखती हूँ कि पूरा आयोजन हो चुका है। बरात का समय हो चला है। लाल बजरी के ग्रेवल पर दो मशकची पानी छिड़क रहे हैं और नाते-रिश्तेदारों की खासी भीड़ हो गई है। जी में आता है, वकील साहब से लड़ पड़ूँ। शादी में तो मैं जाने की नहीं। माँ बिगड़े, चाहे जो हो। भला कोई बात है कि वकीलनी आंटी के मरते ही दो महीने में वकील साहब दूसरा ब्याह रचा लें।

जैसा अनुमान था, माँ मुझे बगीचे में बैठी देख प्रसन्न नहीं हुई। आकर बोली, ''अरे, शादी में चलना है कि नहीं। बैंडवाले आ गए। घोड़ी तैयार है और तू किताब ही लिये बैठी है। कैसी लड़की है?''

''मुझे नहीं जाना माँ। तुम जाती हो तो जाओ।''

''आखिर कोई बात भी तो होगी न जाने की? पड़ोस का मामला है, वे लोग क्या कहेंगे? हमेशा की नाराजगी हो जाएगी।''

''तुम कह देना तबीयत ठीक नहीं है।''

''पर तू चलती क्यों नहीं? सब तो जा रहे हैं। फिर मैंने खाना भी नहीं बनाया है! भूखी रहेगी क्या?''

''मुझे तो आज भूख ही नहीं है। तुम भी कैसी हो माँ? वकीलनी आंटी से तो इतना प्यार था तुम्हें और उनके मरने पर वकील साहब के दूसरे ब्याह में जा रही हो?''

''बेटा, भाग्य पर क्या वश किसी का। कमला तो मुझे सगी बहन से भी ज्यादा

थी,'' कहते हुए माँ बराबर की कुरसी पर बैठ गई।

''लेकिन वकील साहब से तो ऐसी उम्मीद नहीं थी मुझे कि इतनी जल्दी द ब्याह रचा लेंगे।''

''उस बेचारे को क्यों दोष देती हो? उसको क्या सुख होता होगा। देखा नहीं, बीमारी में कितनी सेवा की थी कमला की। ब्याह तो बच्चों की खातिर कर रहा है, न कि अपने लिये।''

''यह तो सब बहाना है, माँ। कभी सौतेली माँ से सुख होता है बच्चों को, इतना पैसा है, आया क्यों नहीं रख लेते?''

''कैसी बातें करती है। माँ, माँ ही रहेगी, नौकर, नौकर और सौतेली होने से ही क्या वह प्यार नहीं करेंगी। सब एक से नहीं होते। तू तो गुस्से में है। अब बता वकील बेचारा घर को देखे कि काम पर जाए? ब्याह हो जाएगा तो घर की चिंता से मुक्त रहेगा। अगर बुरी भी आ जाती है तो बच्चों का भाग्य। इतने ही भाग्यवान होते, तो अपनी माँ क्यों मरती बेचारों की। जब मेरा ब्याह हुआ था तो ब्याहली की गोद में, तेरे बड़े भैया को बिठा दिया था, तेरी दादी ने। बेचारा डेढ़ वर्ष का था कुल और पूछ ले जो एक दिन भी उसे दुःख दिया हो। उलटे तुम सबसे ज्यादा मुझे उसी की मुहब्बत है।''

माँ से मैं जिरह में सदा हारी हूँ। माँ चली गई है और बरात भी चल पड़ी है। एक मैं ही अभी भी लॉन में बैठी हूँ। लाउडस्पीकर के गानों के मारे सिर फटा जा रहा है। सुना है, दिल्ली में तो अब शादी में लाउडस्पीकर लगने बंद हो गए हैं, पर अपना मेरठ अभी इतना 'मॉडर्न' नहीं हुआ। सो 'भें-भें' की आवाज करते घिसे-पीटे गाने बज ही रहे हैं। पता नहीं, दूसरों का चैन छीन लेनेवालों पर म्युनिस्पैलिटी टैक्स क्यों नहीं लगाती।

नई वकीलनी आज दोपहर ही आ गई। नवजात शिशु और वधू दो चीजें देखने का लोभ मैं कभी संवरण नहीं कर सकती। अपनी नाराजगी को ताक पर रखकर भी बहू देखने गई। अधिकतर नई बहू को घेर-घारकर सारा कुनबा बैठा रहता है, पर वकीलनी एक तरफ लाल धोती में सिकुड़ी सी बैठी थी। माथे पर नाक तक का घूँघट था। मैंने उठाकर देखा तो देखती ही रह गई। कठिनता से सत्रह-अठारह बरस की होगी। रो-रोकर आँखें सूजी थीं, पर चेहरा बड़ा स्वस्थ, भरा-भरा था। वह सिर झुकाए बैठी ही रही। देखा कि घर में बहू के प्रति विशेष कौतूहल नहीं है। थोड़ी चुहल है। एक तो बेचारी दूसरी थी, तिस पर गरीब गाँव-घर की। दहेज के नाम पर कुछ एक सूती धोतियाँ वगैरह ही लाई थी। वहाँ भी किसी को कुछ आशा नहीं थी। सो सब खाने-पीने में मगन थीं। थोड़ा-बहुत कौतूहल यदि किसी को था तो बच्चों को, वकील साहब के छह बच्चों को। बारी-बारी से आकर वे अपनी नई माँ को देखते और चले जाते। उसे देखने में आशा से अधिक भय था, जो 'सौतेली' शब्द से उपजा होगा।

मैं जितने गुस्से में गई थी, वकीलनी को देखकर उससे कहीं अधिक आक्रोश में भरी लौटी। आते ही माँ से उलझ पड़ी। ''देख लिया न माँ, वकील साहब को। तुम तो कहती थी बड़े बेचारे हैं। क्या हक था उन्हें ऐसी बहू लाने का?''

''क्यों, क्या हुआ?''

''हुआ क्या, आप तो कब्र में पैर लटकाए बैठे हैं और बहू लाए हैं सोलह बरस की। मुझसे भी छोटी।''

''शर्म कर। क्या अशुभ बोलती है? चालीस का ही तो है।''

''दुगुने से ज्यादा का हुआ कि नहीं? तिस पर छह बच्चे भी उसे पालने होंगे। वह तो खुद बच्ची सी है। राजेश की माँ नहीं, बहन जँचती है। मुझे तो ऐसा क्रोध आ रहा है कि क्या बताऊँ, सच कहो माँ, विधुर से ब्याह होने में बुरा नहीं लगता?'' माँ कुछ बोली नहीं। जब आँख का पानी आटे में गिरने से रोकने को उसने पल्ला उठाया, तो मैं चेती। छिह! भला माँ से ऐसी बात की जाती है। होंठ चबाती मैं वहाँ से उठ गई।

वकील साहब और हमारे घर के बीच एक ट्रांसमीटर लगा हुआ है, जिससे दोनों घरों की मिनट-मिनट की स्थिति रनिंग कमेंट्री की तरह हमें मिलती रहती है! नहीं समझे आप। वह हमारी महरी है न जुगनी, वही हमारा जीता-जागता ट्रांसमीटर है। सबसे पहली खबर आई, विस्फोट! नई बहू एकदम छोटे घराने की निर्लज्ज आचार-विचारों की। बेहया इतनी कि ब्याह के अगले दिन ही घूँघट को तिलांजलि दे, पल्ला पीठ में खोंसे, मर्दानी बनी घूम रही है और एक-एक कर, महीनों से ठहरी, चाची, बुआ, मौसियों को बिदा दे रही है। सुनकर आश्चर्य हुआ। आश्चर्य ने घी का काम किया। जुगनी भभकी, ''अरे बिटिया, हैरत क्या। उसे क्या पता बड़े घर की बहू-बेटियों का सहूर-कायदा। गाँव में धंधा पेला, दो जून का खा लिया। सो यहाँ भी यही करने लगी। देख लेना, दो दिन में ही मिस्सर (रसोइए) को भी छुट्टी दे देगी। अब गए पहली वकीलनी के दिन। अब बच्चों का भगवान् ही मालिक है।'' मुझे भी चिंता बच्चों की ही थी। खासकर सबसे छोटी पिंटू में तो मैंने अपनी जान बसा छोड़ी थी। अगर वकीलनी ने उसे मारा तो? तो मैं क्या कर सकूँगी। वह तो माँ है उसकी। चले थे न दूसरा ब्याह करने, अब लें मजे।

दोपहर को फिर कमेंट्री हुई। वकील साहब तो सिटपिटाए से कोर्ट चले गए हैं। रिश्तेदार भी सब जा रहे हैं और 'मल्लो रानी' सारा घर साफ करवाने में लगी है।

शाम को बिन्नो उधर से निकला। मैंने पकड़कर पूछा, ''अरे बिन्नू, माँ कैसी हैं?''

''पता नहीं।'' वह भाग गया। मैं असमंजस में ही रह गई।

जरा दिन चढ़े सोकर मैं उठती हूँ। अगले दिन उठ घर की दरार में झाँका तो धक्का सा लगा। वकील साहब के यहाँ बड़ी शांति थी। बच्चों का कोलाहल सुनाई नहीं देता था। रोज तो लॉन में लड़ते-झगड़ते खेलते रहते थे सब।

दसेक बजे फिर उधर निगाह गई। देखा पाँचों लड़के नहाए-धोए बरामदे में कतार बाँधे बस्ता-पट्टी लिये बैठे हैं और गिरधर शास्त्री स्टूल पर बैठे उनका काम जाँच रहे हैं। बच्चे कोई विशेष प्रसन्न नजर नहीं आते, गरमियों की छुट्टियों में विद्यारंभ देखकर कुछ सोचूँ कि इसके पहले ही 'खबरें' आने लगीं।

जुगनी ने आकर बताया, "जो कहा था, वही हुआ न आखिर। मिस्सर की छुट्टी। चौका-चक्की खुद सँभाले बैठी है और मिस्सर के बदले शास्त्रीजी बुलाए गए हैं। बच्चे बेकार झंझट में फँसा दिए गए हैं अभी से। बेचारे!"

दोपहर कोई दो बजे राजेश माँ से सिलाई की मशीन माँगने आया। माँ ने आश्चर्य पूछा, "क्यों रे, क्या करेगा मशीन का?"

"वह, वह जो माँ है न। उन्होंने मँगाई है, ताई। मुन्नी की और गुड्डू की बनियान-जाँघिया सिएँगी।"

"इतनी धूप में? बला की तो गरमी है। भला यह क्या टाइम है कपड़े सीने का, सुबह से क्या कर रही थी?"

"सुबह खाना बना रही थी। मिस्सरजी तो चले गए न!"

"अरे हाँ, मैं तो भूल गई थी। रज्जो बेटा, भला यह मिस्सर को क्यों निकाला उसने? कब से तो था, पड़ा रहता।"

"पता नहीं, ताई।"

राजेश मशीन ले गया। माँ बड़बड़ाई, "मुझे तो रंग-ढंग ठीक नजर नहीं आते। ऐसा तो न कभी देखा, न सुना। जब देखो, काम में ही लगी रहती है यह लड़की।" उसके कोई दो दिन बाद पिंटू मेरी गोद में बैठी थी। मैं पत्रिका देख रही थी। माँ ने पूछा, "ए पिंटी, तेरी माँ क्या कर रही है?"

"पूजा कर रही है भगवान् की। ताई, माँ ने बड़ा अच्छा मंदिर बनाया है। कृष्ण भगवान् रखे हैं। रोज पूजा करती है। वह रात में भी वहीं सोती है। कल से तो मैं भी वहीं सोऊँगी। मंदिर में सोने से रात को डर नहीं लगता।"

माँ कुछ देर चुप बैठी रही और फिर एकाएक चप्पल पहनकर वकील साहब की ओर चल दी। माँ तो अकसर वहाँ जाती ही रहती थी।

मैं पत्रिका पढ़ती रही और बोर होकर पिंटू मेरी गोद में ही सो गई। मैं कंधे उसे लगाकर उसके घर ले चली। पिंटू को चारपाई पर लिटाकर मुझे कुछ देर उसे थपकाना भी पड़ा, क्योंकि वह जाग गई थी और मेरा आँचल छोड़ती ही नहीं थी।

कुछ ही क्षण बीते होंगे कि दोपहर के सन्नाटे में बराबर के कमरे की खुली खिड़की से माँ की आवाज आई, "बहू अपना कुछ खयाल रखाकर, गरमी बहुत है, बीमार पड़ जाएगी।"

''नहीं अम्माँ, मैं तो ठीक हूँ।'' यह अम्माँ-बेटी कब से हो गई दोनों? माँ पता नहीं, कैसे सबसे रिश्ता जोड़ लेती है।

''ठीक कहाँ? मुझे तो ठीक नहीं लगती। मिस्सर को क्यों निकाल दिया। गरमी में खुद खटती रहती है।''

''अम्माँ, स्त्री के रहते खाना और कोई बनाए, यह तो अच्छा नहीं न! खाली बैठी मैं ही क्या करूँगी। मास्टरजी भी तो आने लगे हैं...।''

''अभी तो स्कूल भी नहीं खुले, मास्टर क्यों लगा लिया?''

''क्या करूँ। घर की सफाई कराई तो एक का भी तख्ती-बस्ता साबुत नहीं मिला। लगता है, महीनों से इन सबने कुछ पढ़ा ही नहीं। अभी कचाई निकल जाएगी तो अच्छा है।''

''बहू यह मंदिर कब बना लिया तूने? और यह अपनी क्या हालत बना रखी है, न तन पर ढंग का कपड़ा, न हार, न झुमका।''

''यह तो जीवन के साथ है अम्माँ, सिंगार करके क्या करना है?''

''और तू सोती भी यहीं है?'' माँ ने हौले से पूछा। मानो कठिनता से इतनी देर रह सकी थी।

''...।''

''वकील साहब कहाँ सोते हैं?''

''अपने कमरे में।''

''बैठक में?''

''जी।''

''यह क्या बात हुई? तू बच्चों को लेकर अलग पड़ी रहती है और तेरे ब्याह को दिन ही कितने हुए हैं। लड़ाई हो गई क्या, अभी नहीं खाए-पहनेगी तो फिर कब? झगड़ा हो गया हो तो मुझे बता?''

...!

''देख, कोई बात हो तो मुझे बता। तेरी माँ के बराबर हूँ...तेरे से पहले जो थी, वह भी बहुत मानती थी। बचपने में आकर कुछ न कर बैठना...।''

उधर से धीरे-धीरे सिसकने का स्वर आने लगा। पिंटू को थपकाता मेरा हाथ एक बारगी थम गया। माँ उसे सहलाकर सांत्वना में कुछ कह रही थी। क्या बात हुई, समझ नहीं आई। फिर सिसकियों में नई बहू की आवाज उभरी, ''ब्याह की रात कहने लगे-मेरे बच्चों का खयाल रखियो। यही तेरे भी बच्चे हैं। ईश्वर के दिए पहले से ही छह हैं। इसलिए इंतजाम कर आया हूँ। परसों ही ऑपरेशन करवा लिया है अपना।''

''क्या, वकील साहब ने ऑपरेशन करवा लिया, शादी से पहले ही?''

''हाँ, माँजी, लेकिन एक बात का उनका उपकार है कि पहले ही बता दिया। नहीं तो गल-गल कर मैं मरती। अब तो बच गई। यह शरीर भगवान् को सौंप दिया है। उन्हें चढ़ा दिया है। नहीं तो यह देह कलंकित हो जाती, झूठी हो जाती माँ।''

''कैसी बात कहती है बहू?''

''ठीक कहती हूँ माँजी। ज्यादा पढ़ी-लिखी मैं नहीं हूँ। शास्त्र कुछ पढ़े हैं। उनमें लिखा है, स्त्री और पुरुष में शरीर का कर्म संतान की इच्छा से ही होना चाहिए, अन्यथा यह दुष्कर्म होगा, व्यभिचार होगा। जब संतान होनी ही नहीं, फिर यह कर्म कैसा? नहीं माँ, वह तो अधर्म है, घोर पाप। मैंने उन्हें कह दिया है कि जिंदगी भर तुम्हारी सेवा करूँगी, तुम्हारे बच्चों को भी माँ की तरह पालूँगी, पर शरीर मेरा मत छूना कभी भी। वह तो मैं अर्पण कर चुकी हूँ कृष्ण महाराज को।''

इसके बाद एक हृदय-विदारक सिसकी सुनाई दी। फिर आवाज आई बड़ी कटी सी, थकी सी, जो आवाज से अधिक आह थी।

''उन मेरी जीजी को छह लाल इन्होंने दिए माँ—एक मुझे भी दे देते तो जीवन सफल न हो जाता। बिरथा तो न जाता।''

उस रुलाई को सुनने की शक्ति मुझमें नहीं थी। मैं वैसी-की-वैसी बनी बैठी रह गई, समझ न पाई, भाग जाऊँ या सुनती रहूँ।

□

पार्वती जब रोएगी

सिगरेट का पैकेट जेब से निकालते हुए उसकी उँगलियाँ अँगूठी की डिबिया से टकरा गईं और जेब में ही ठिठक गईं। सोनिया की कार बाईं ओर मुड़कर ओझल हो चुकी थी। शाम के घिरते अंधकार में शिकागो की भीमकाय धुँधली कलसाई इमारतों के सायों में दबा वह एकाएक थका सा हो गया, पोर-पोर में थकावट ऐसे रिस आई कि खड़ा रहना दूभर हो गया। पैर घसीटता वह 'इंटरनेशनल हाउस' की सीढ़ियाँ चढ़ने लगा, 'हैलो' किसी ने कहा।

"हैलो," बिना देखे ही उसने जवाब दिया।

सोने की सादा अँगूठी अभी जो सोनिया पसंद कर गई थी, उसकी जेब में थी। परसों वह उसे पहन लेगी, परसों वह उसे पहना देगा।

शर्मा सामने से आ रहा था, वह कतराकर अपने कमरे की तरफ बढ़ गया साला...उसके मुँह में एक शब्द उभरा। उसे देखते ही शर्मा की आँखों में जो एक घिनौना वासना भरा प्रश्न उभर आता है, उसे वह सहन नहीं कर पाता और कुछ कह भी तो नहीं पाता। शर्मा की मिचमिची आँखों और युवावस्था के मुँहासों के दागों से भरे चेहरे पर वह प्रश्न लपलपाता रहता है।

पहले वह मिलते ही कंधे पर हाथ मारकर पूछता था, "है न गोरी चमड़ी कमाल की चीज? दोस्त तू बड़ा किस्मत वाला है, आते ही बढ़िया माल हाथ लगा है। यहाँ चार साल में सब घिसी-पिटी..."

तब भी उसका मन होता; शर्मा का मुँह नोच ले, आँखें निकाल ले, पर वह खिसियाकर रह जाता। कभी सोनिया पर झल्लाता कि क्यों ऐसे सबके सामने उससे सटकर चलती है, सटकर बैठती है, पर अब शर्मा कुछ नहीं कहता। सोनिया उसकी वाग्दत्ता है, पर घिनौना जिज्ञासा भरा भाव वहाँ बन आता है सदा, "हैं न मजे..."

बॉब के अँधेरे कमरे के सामने से गुजरते एकाएक उसके पैर लड़खड़ा आए।

अँधेरे में दो मृत, फूली आँखें उभर आईं, सारा शरीर काँप उठा। मंगलवार को जब बहुत खटखटाने पर भी बॉब ने किवाड़ नहीं खोला था, तब पुलिस ने आकर दरवाजा तोड़ा था और कारीडोर में खड़ी उत्सुक भीड़ को कुरसी पर सीधे बैठे, सामने देखते बॉब की आँखें दिखाई दी थीं। फिर कुरसी के दोनों ओर जमीन पर सूखे रक्त का कत्थई सा ढेर।

जल्दी-जल्दी वह कमरा पारकर अपने कमरे में आ गया, मानो बॉब उसका पीछा कर रहा हो। इसे ही भूत-प्रेत का डर कहते हैं क्या? उसने हँसना चाहा, एक सूखी, खोखली, फटी सी आवाज खाली कमरे में भर गई।

बत्ती जलाए बिना ही वह पलंग पर लेट गया। आजकल छुट्टियाँ हैं। 'इंटरनेशनल हाउस' में बहुत थोड़े लड़के हैं। बाकी लोग घूमने गए हैं या इधर-उधर नौकरी पर। उसके कमरे में रहनेवाला मद्रासी लड़का भी नियागरा गया है। सब ओर शांत चुप्पी है।

आज किसी हिंदुस्तानी ने चोरी से कमरे में हलवा भूना है शायद। हवा में घी-आटे की भारी गमक अभी है, वैसी ही जैसी उसके कमरे में शादी के बाद कितने ही दिनों तक भरी रही थी माँ ने बची-खुची मिठाई कनस्तरों और टोकरों में भर उसके हीं कमरे में रखवा दी थी। और वह तब तक वहीं रखी रही थी, जब तक कि झल्लाकर एक दिन उसने उन्हें छत पर नहीं डलवा दिया था।

□

धर्मपुरे की वह दो कमरों की ऊपरी मंजिल, जिसमें वे रहते थे, माँ, पिताजी, कम्मो, विम्मो और मन्नो, स्वयं वह और पार्वती।

"कम्मो जरा उसे भेजना तो," कमरे में खाने की थाली लेकर आई कम्मो से उसने कहा था।

"वह···भाभी···तो···" साँवली कम्मो होंठ काटती नीचे उतर गई थी।

हाथ का हैंगर पलंग पर फेंकते वह बेहद झुंझला गया था। वह 'अलग' है, कम्मो का आधा वाक्य बेढंगा मुँह बना उसने पूरा कर दिया था।

नीचे किसी कोने में टाट पर गठरी बनी पड़ी होगी। अखबार पर रख खाना खाएगी और मिट्टी के बरतन में पानी पिएगी जाहिल! उसने दाँत पीसे थे, जाने पार्वती पर, घर पर, माँ की छुआछूत पर या कि सारे धर्मपुरे पर, सारी दिल्ली, सारे समाज पर।

धर्मपुरे से उसे नफरत थी, सख्त नफरत। गली में पैर रखते ही नाक पर रूमाल रख वह सिकुड़ा-सिकुड़ा, गंदगी और खिड़कियों से फेंके गए कूड़े से बचता, आवारा गाय-भैंसों से कतराता चलता था। यहीं वह पैदा हुआ था, यहीं खेला था, पर हर दिन के साथ उसकी घृणा यहाँ के लिए बढ़ती जाती थी।

छत पर बैठा वह मोटी-मोटी किताबें लैंप के प्रकाश में पढ़ता, माँ की कराहट और पिताजी की दमा-खाँसी को सुना करता। लोहे के जाल के नीचे रसोईघर से आती-जाती तीनों बहनों के युवा शरीर और पीले चेहरे उसे जहर से लगते थे। कभी सीधे मुँह वह उनसे बोलता नहीं था। बेचारी सहमी रहती थीं उससे। वह चाहता था कि वे पढ़ें, कुछ करें, घर में खाली न पड़ी रहें। सबको टी.बी. हो जाएगी टी.बी., उसका मन चिल्लाता। पर कहाँ जाएँ वे?

गली में आवारा गुंडे हर पनवाड़ी के यहाँ जमघट लगाए रहते हैं। उनके छज्जे की ओर मुँहकर सीटियाँ बजाते हैं, पान से रँगे होंठों पर जीभ फेरते हैं। किस-किस से लड़े वह। लड़ने लायक हों भी तो। नाली के गंदे कीड़े! और मेज पर मुक्का दे मारता।

□

सच ही तीनों को टी.बी. हो जाएगी और एम.एस-सी. में पढ़नेवाले उसने, उस मोटे मारवाड़ी की चार फीट आठ इंच की अनपढ़ दुबली लड़की से बिना चूँ-चा किए ब्याह की हाँ भर दी थी। मन्नो और बिम्मो दोनों का ब्याह एक सप्ताह आगे-पीछे हो गया था, एक का खेकड़े, दूसरी का रिवाड़ी।

माँ खुश नहीं थी। गाँव में लड़कियाँ जाएँ और वह भी देहातियों के यहाँ। शहर में क्या "बाबू लड़के नहीं थे?" थे तो, किंतु ये भी सब गंदी गली, कूचा सेठ, मालीवाड़े में रहते थे, जहाँ कबूतर और इनसान, बदबू और धुआँ साथ-साथ पनपते हैं, जहाँ पाखानों का मल कठपुतले सिर पर ढोते हैं, जहाँ टी.बी. के कीटाणु साँसों में जीते हैं। नहीं, मन्नो और बिम्मो साफ हवा में रहेंगी, गंदगी भरे इस वातावरण से दूर।

करवट बदलते उसे लगा पार्वती वहीं कमरे में धरती पर लाल दुशाले में लिपटी पड़ी है। पसीने से और घूँघट से फैली बिंदी, रोने से सूजी आँखें, पपड़ाए होंठ, मेहँदी की बासी गंध भरी हथेली, जिसमें सैकड़ों पतली आड़ी-तिरछी लाइनें खिंची थीं और सुबकियों में उठता-गिरता पार्वती का वक्ष।

पार्वती! अरे उमा ही हो जाता नाम। कॉलेज में साथ पढ़ती थी, विभा, रचना, अर्चना, संध्या, निशा, घर में पार्वती। पारो भी तो कैसे कहे? बिमल राय प्रोडक्शंस की पारो, कहाँ वह सुचित्रा सेन और कहाँ यह? नहीं पार्वती, पार्वती ही थी, फिर नाम लेना ही कब होता था। वह बोलती जो नहीं थी। हाँ,…जी…किया करती थी। शुरू में तो वह भी नहीं। हाथ लगाया तो रो पड़ी। बड़ी खीझ होती थी उसे कभी-कभी।

पहले दिन, शादी के छह रोज बाद जब उसे उसने अपने कमरे मैं बैठा पाया था तो थोड़ा अचकचाया था। यह नहीं कि वह विवाह में उसे विदा करा लाकर भूल

गया था। सिर्फ उसे विशेष उत्सुकता नहीं थी। इस घर में माँ के नियम-बंधन थे। वधू उसकी हुई तो क्या, जब माँ ठीक समझेगी, उसे भेजेगी, पर बाद में लगा कि पार्वती खुद ही आई नहीं होगी, रोई होगी। घूँघट उलटते न उलटते उसकी डर से घिग्घी बँध गई थी।

वह बाघ था क्या? वह जो अंग्रेजी के बहुत उपन्यास पढ़ता था, अंग्रेजी की फिल्में देखता था कि सही-सही चुंबन कैसे किया जाता है, उसकी सब 'नॉलेज' रखी रह गई थी। पार्वती ने शायद इस विषय में कभी सुना ही नहीं था। सुना था तो जाने क्या? घुटनों में मुँह छिपाया कि जो उठता नहीं था, अकड़ता ही जाता था। थककर वह पलंग पर सो गया था। पार्वती वहीं गठरी बनी बैठी रही थी, कितना समझाने-बुलाने पर भी नहीं आई थी।

लेटे-लेटे उसके शरीर में वही दोपहरवाली बिजली कौंधने लगी, वही उबाल। सोनिया के पसीने और सेंट की मिली-जुली गंध। गंध कि जो पहले-पहल उसने 'बीच पार्टी' के अवसर पर अनुभव की थी। तब भी वह धूप से ओट किए अनमना सा लेटा था, धर्मपुरा की ही सोचता, माँ के, कम्मो के, शायद पार्वती के संबंध में सोचता सा। वह उसके करीब रेत में पसरकर बैठ गई थी।

"तुम क्या सोच रहे हो?" मुँह से सिगरेट निकाल वह उठ बैठा था, परेशान सा···।

"कुछ नहीं, कुछ नहीं···"

"क्या सुनहरा दिन है थोड़ा तैरोगे?"

"मैं? मैं तो तैर नहीं सकता···"

"अरे अच्छा मैं तैर आऊँ, बड़ी गरमी है।" उसके पास ही खड़े हो उसने एक झटके से जिपर खोल अपनी पतली सूती फ्रॉक उतार दी थी। नीचे वह लाल-सफेद धारी का बेदिंग सूट पहने थी। लाल रंग में गोरा जिस्म कौंध गया था और वह पानी में उतर गई थी। पानी को चीरते उसके पैरों के तलवों को वह देखता रह गया था। सोनिया! पिछले साल उसने अपने पति को तलाक दिया था, कारण कि आपस में बनी नहीं। अब वह एक ऑफिस में काम करती है। विदेशी विद्यार्थी उसे बहुत अच्छे लगते हैं। इसी से 'इंटरनेशनल हाउस' में उसकी शामें बीतती हैं।

"टेलीविजन या फिल्म देखने से तो किसी विदेशी दुनिया के बारे में बातचीत करना अच्छा है, ज्ञान बढ़ता है," उसने कहा था, "हिंदुस्तानी मेरे फेवरिट हैं। भारत को मैं अच्छा मानती हूँ, कभी जाने का भी मन है वहाँ···पर हिंदुस्तानी लड़कों में, बुरा नहीं मानना कुछ लड़कों में, मैंने देखा है एक खराब आदत है कि हम लोगों को सस्ता या बाजारू मानते हैं। उनमें···उनमें महिलाओं के लिए विशेष आदर नहीं है। कुछ ही

की बात है, शेष सब बहुत सीधे, बहुत ही भोले, प्यारे होते हैं, बच्चों की तरह।''

सोनिया के दाँत बड़े साफ-सुथरे थे, उसकी हँसी उन्मादक। इस एकाकीपन में सोनिया जैसे उसका आसरा हो गई थी। छुट्टी के दिन वे सारे शिकागो में घूमते, सोनिया की छोटी सफेद कार में। एक दिन उसने उसका हाथ दबाकर धीरे से कहा था, ''तुम बहुत अच्छे हो, मनी।'' नाम मनींद्र है। यहाँ सब मनी बुलाते हैं, मनींद्र कोई कह ही नहीं पाता।

फिर सोनिया ने घर पर बुलाया था। कितनी बार शनिवार की दोपहर का भोजन अपने यहाँ कराया था। ''तुम्हें जब अकेला लगे, फोन कर दिया करो, मैं लेने आ जाऊँगी। हर व्यक्ति को दूसरे की जरूरत होती है मनी, मेरा भी तो मन उचाट हो जाता अकसर।'' सोनिया ने उस दिन उसे अमेरिकी नृत्य सिखाना चाहा था। अजब हुड़दंग नृत्य था, वह हँसते-हँसते बैठ गया। ''नहीं बाबा, मुझसे नहीं होग।''

''अच्छा आओ एक पुराना डांस सिखाऊँ...देखो ऐसे धीरे-धीरे।'' उससे कुछ नहीं सुना गया। सोनिया की कमर को घेरे हाथ पर त्वचा के स्पर्श का भान तीव्रतर होता जाता था, उसके सीने से सटे सोनिया के वक्ष की चुभन और तीखी। उसने एक भी स्टेप नहीं सीखा तो हँसकर वह उसके गले में बाँह लटकाकर झूल गई थी और माथे से माथा सटा दिया था। दोनों की साँसें एक-दूसरे के मुँह को रमा गई थीं, होंठों में इंच भर फासला था।

''अरे बुद्धु प्रिय!''

सोनिया ने नहीं रोका, न चुंबन को, न उसके हाथों को। सिर्फ उसने आँखें बंद कर ली थीं। साँसें उसकी बिंधे पशु की हुँकार सी हो गई थीं और मनी की जकड़ में उसका शरीर कितनी ही देर तड़पता रह गया था। बहुत देर बाद उसने आँखें खोली थीं। मनी का माथा अपने वक्ष में छिपाकर वह बोली, ''यू सिली। आई हैव वांटिंड यू फार सो लाँग।''

अजीब मस्त लड़की सोनिया! उसने कभी नहीं रोका, न उस दिन, न उसके बाद, आज तक भी नहीं। न कोई वायदे करवाए, न वचन लिये, न ही रोनी भावुकता भरी बातें कीं। एक तथ्य की स्वीकारोक्ति की तरह वह कहती, ''मनी, आई लव यू।''

पिछले सप्ताह भी उसी तथ्य की स्वीकारोक्ति के स्वर में उसने कहा था, ''मनी मुझे गर्भ है।'' नहीं, वह रोई-झींकी नहीं, उसने कुछ धमकी नहीं दी। सिर्फ उसके माथे पर थोड़ी चिंता की सलवटें उभर आई थीं और उसकी उँगलियाँ मनी की पकड़ में काँप रही थीं।

''तुम चिंता मत करो। तुम मेरे प्रति किसी तरह बाध्य नहीं हो। मैं आर्थिक रूप

से स्वतंत्र हूँ। जैसे भी होगा, निभा लूँगी···।''

''यू सिली···''

मनी ने जब विवाह की बात की, तब ही वह रोई थी, कृतज्ञता से, मुक्ति से भरकर।

''पर तुम सचमुच चाहते हो क्या?''

''हाँ सोनिया, हाँ।''

शर्मा ने एक बार कहा था, ''दोस्त, यहाँ जरा बचकर चलना। ये लोग इस्तेमाल के लिए हैं, बाँधने को नहीं। पकड़ाई में आ गए तो बँध जाओगे, फिर छुट्टी नहीं। रस्तोगी इसी चक्कर में फँसा बेचारा, क्रिस भी···।''

''सोनिया, हम इसी सप्ताह रजिस्ट्री करवा लें।''

''एकदम, इतनी जल्दी क्या है?''

''नहीं, इसी सप्ताह···।''

हाँ, उसे जल्दी थी, शर्मा की विजय वह नहीं होने देगा। किसी को पता चलने से पहले वह विवाह कर लेगा। फिर उसे उस धर्मपुरा में नाली के कीड़े सी जिंदगी में लौटना ही कब है, लौटेगा भी कैसे, और क्यों? 'साइंटिस्ट्स पूल' में बहुत होगा; चार सौ की नौकरी मिल जाएगी। उतने में रिटायर्ड पिता, बीमार माँ को लेकर कहीं रह सकेगा दिल्ली में? यहीं से दस हजार रुपए कम्मो के ब्याह को भेज चुका है। दो-ढाई सौ रुपए महीना तो यूँ ही भेज देता है।

कमरे में सिगरेट का धुआँ भर गया था। हलवे की गंध से उसे मिचली होने लगी। उठा कि कुछ खा ही लिया जाए। डिनर तो नहीं मिलेगा अब, कॉफी-केक ही सही। बॉब का कमरा वैसे ही बंद था। कई अफवाहें उठी थीं कि उसकी प्रोफेसर से अनबन हो गई थी, उसने आत्महत्या कर ली; क्योंकि एक्सपेरीमेंट सफल नहीं हो रहा था। वह 'मैंटली डिस्टर्ब्ड' था। बॉब! बहुत मेधावी था वह लड़का। आँखों पर मोटा चश्मा चढ़ाए वह कुछ-न-कुछ करता रहता था। हरदम। किसी ने कहा, उसका ब्रेक-डाउन हो गया ओवर-वर्क से।

कैफेटेरिया अब तक खाली हो गया था। एक काली लड़की मेजों की सफाई में लगी थी। कॉफी और केक ले; वह एक कोने में बैठा। भूख थी, पर खाना दूभर हो रहा था।

वह अमेरिका जाएगा, सुनकर पार्वती ने तुलसी का चौरा छत पर अपने कमरे के बाहर लीपा था। छत की यह बरसाती उन दोनों का कमरा थी। ऊपर टीन की टाँड में घर का फालतू सामान भरा था। गद्दे-रजाई जो मेहमानों के लिए बनाए गए थे, फालतू बरतन, पुराना चरखा, गरम कपड़े, दीवाली की हटड़ी, खिलौने। वह ठीक से

जाए और ठीक से लौटे, इसी से पार्वती तुलसी के नीचे दीपक जलाती थी, पूजा-व्रत करती थी और आने के समय वह उसे देख भी नहीं पाया। वह 'अलग' थी तीन दिन को। उन फालतू दो-ढाई सौ रुपयों को भी उसे अपने हाथ से सौंप नहीं सका, जो सब खर्चे के बाद उसके पास बच रहे थे। उसके संदूक में ऊपर रखकर चला आया था। नहीं, उसे पार्वती से प्यार नहीं था। उस अनडेवेलप्ड लड़की से भला किसे प्यार हो सकता था।

कॉफी के कड़वे घूँट निगलता वह सामने बैठी, बॉब की गर्ल फ्रैंड सूजी को बॉब के पक्के दोस्त जॉर्ज के साथ बातें करते देखता रहा। दफन के समय भी वे दोनों साथ-साथ खड़े थे। जब सूजी रोई थी तो जॉर्ज के कंधे पर सिर रखकर, किंतु पार्वती जब रोएगी तो···तो···किसका कंधा होगा···।

□

इतने बरसों बाद

उसकी नई-नई नौकरी लगी थी। जितना डर उसे पहली क्लास पढ़ाने में लगा, उतनी ही खुशी अपना ऑफिस देखकर हुई। हालाँकि उस ऑफिस में एक अन्य प्रोफेसर का डेस्क इत्यादि भी था, जिसका पुराना और निर्विरोध आधिपत्य शायद उसके हिस्से में पड़नेवाले कमरे के कोने के महत्त्व को अन्य की दृष्टि में कुछ कम कर देता, पर उसके लिए उस कोने, डेस्क, बुकशेल्फ का क्या महत्त्व था, इसे वही समझ सकते हैं, जो बहुत लगन से किसी वस्तु को चाहें और उसे तनिक सी आशा न होने पर भी प्राप्त कर लें। संक्षेप में एक जाग्रत् स्वप्न सा उसे अपना ऑफिस महसूस होता था। वह चाहती थी जल्दी-से-जल्दी उसका व्यक्तित्त्व उसके ऑफिस से ऐसा घुल-मिल जाए कि जब सुबह वह दरवाजा खोले तो कमरे की गरमाई उसे गले लगती सी प्रतीत हो। शायद इसीलिए मेज पर बहुत छोटे दवातनुमा ठिगने से फूलदान में उसने एक फूल सजाना शुरू कर दिया। वे पतझड़ के दिन थे। गुलदावरी ताजा फूली हुई थी। घर से लाया फूल अगले दिन एकदम खिला मिलता।

मेज, कुरसी के अलावा अपने ऑफिस में सबसे खूबसूरत उसे लगती थी पुराने स्टाइल की धनुषाकार खिड़की, जिसमें से धूप सदा झुकी-झुकी सी आती थी। ज यों पूछकर आहिस्ते से आई हो, न कि अक्खड़ नौकर सी और खिड़की के नीचे थी झील, जिसमें कॉलेज की सीढ़ियाँ उतरती थीं। झील में तैरती कॉलेज की दो-तीन छोटी सेलबोट और एक बड़ा याच। झील के दूसरे किनारे के सघन वृक्षों में मेपल वृक्ष कभी लाल, कभी सुनहरे रंग बदलते रहते।

वह अकसर ऑफिस में अपने को अकेला ही पाती। सुबह साढ़े आठ की क्लास लेने के बाद उसकी अगली क्लास ग्यारह बजे होती। बीच में वह लगभग सवा घंटा खाली थी। उस खाली समय में चाय की बेहद आवश्यकता महसूस होती, क्योंकि कॉलेज घर से 35 मील दूर था। सुबह-सुबह इतनी गाड़ी चलाने और पढ़ाने के बाद अगला लेक्चर लेने से पहले गले में खुश्की मालूम होती। देखा कि कमरे के एक

कोने में कॉफी बरतन हैं, कुछ बिना धुले प्याले भी रखे हैं। लगता था बहुत अरसे से किसी ने वहाँ कॉफी नहीं बनाई। घर से वह अगले दिन कॉफी का डिब्बा, चीनी, मिल्क पाउडर वगैरह सब चीजें ले आई। अपने हाथ की कॉफी की बात ही और है। क्लास के लिए चलने लगी तो खयाल आया कि पानी तो इतना गरम है, जॉर्ज के लिए भी एक प्याला बनाकर रखती जाए। जॉर्ज सीनियर प्रोफेसर थे, जो उस कमरे मैं बहुत सालों से थे। लंबे इकहरे शरीर के व्यक्ति। सिर पर बहुत थोड़े बाल और बालों में आ चली सफेदी। एक-आध बार उनसे काम-काज के विषय में तथा औपचारिक बातें हो चुकी थीं। अधिक चर्चा नहीं चल पाती, क्योंकि जब वह फ्री होती थी, तब पढ़ाते और जब वे पढ़ाकर आते, तब उसकी ग्यारह बजे की क्लास का समय हो जाता। क्लास पढ़ाते ही वह प्रायः घर चली जाती, क्योंकि उसका सबसे छोटा बेटा स्कूल नहीं जाता था। 'बेबी सिटर' के यहाँ से उसे लेने को वह उतावली रहती।

एक-आध दिन बाद की बात होगी, वह कमरे से निकल रही थी, जॉर्ज पढ़ाकर आ गए। हवा में फैली कॉफी की सुगंध को लंबे साँस में भरकर प्रसन्न हुए, बोले, "देखता हूँ, मेरा प्याला भी तैयार है।"

"यह तो नहीं मालूम था कि आप चीनी-दूध भी लेते हैं या सिर्फ ब्लैक कॉफी, फिर भी बना देती हूँ...।" उसे समझ नहीं आया कि और क्या कहे। जॉर्ज लंबे-लंबे डग भरते अपनी मेज के प्याले तक पहुँचकर बोले, "ब्लैक ही पीता हूँ। अच्छा है तुम इस कमरे में हो। तुम्हारे आने से कमरा साफ रहने लगा है।" धूप की एक किरण जॉर्ज के मुँह पर उस समय पड़ रही थी। उनकी अकसर हरी जैतून के रंग की आँखें सहसा रंग बदलकर गहरी बादामी लगने लगी थीं।

अक्तूबर के अंत में उसके लिए घर से दीवाली के उपलक्ष्य में कई नई साड़ियाँ आईं। उसमें उसकी मनपसंद काली साड़ी भी थी, जिस पर चौड़ा लाल बॉर्डर था। क्लास पढ़ाकर वह आई और ऑफिस का दरवाजा ठेलकर चौखट पार करने लगी ही थी कि सुना, "बस एक मिनट खड़ी रहो। देखें तो कैसी लग रही हो। हिलना नहीं, हाँ।" उसे हँसी आई, कुछ सकुचाकर अपनी मेज से टिककर खड़ी हुई। आदेश देनेवाले बॉब थे, जो अकसर पहले भी उसकी साड़ियों पर, पहनावे पर कई कॉम्पलीमेंट दे चुके थे।

"बहुत खुश हैं आज?"

"इस लिबास में तुम्हें देखकर खुश न हों? आखिर तो इटालियन खून है मेरा। दो पुश्त से अमेरिका में रह रहे हैं तो क्या," उसे लगा कि बॉब की पत्नी ने कुछ तीखा सा उसकी ओर देखा, ऐसा तीखापन, जो मुसकराहट के परदे में भी छुपता नहीं। वह अपने लिए कॉफी डालने लगी। बॉब और उनकी पत्नी भी वहीं पढ़ाते थे। गैलरी

के दूसरे छोर पर उनका ऑफिस था। जॉर्ज से मिलने आते रहते थे। कॉफी प्याले में डाल उसने सबकी ओर देखा।

बॉब से बोली, ''सुनिए, आप से परीक्षा-पत्र के विषय में पूछना था। डीन कह रहे थे आप भी वहीं पढ़ा रहे हैं, जो मैं और मुझे गाइड कर देंगे... ?''

बॉब और वह कुछ देर बातें करते रहे। फिर बॉब अगले दिन आया। पुराने परीक्षा-पत्र लाया, कुछ अन्य साइक्लोस्टाइल्ड पर्चे इत्यादि भी। उसकी पत्नी उस दिन छुट्टी पर थी। काफी देर बैठे रहे। फिर बोले कि जेम्स जायस ने लिखा है, पूर्वी देशों की महिलाएँ बेहद 'एक्जाटिक' होती हैं। अब देख रहा हूँ कि ठीक लिखता है वह। जॉर्ज तुम हमसे कमरा क्यों नहीं बदल लेते?

बॉब के जाने के काफी समय बाद उसने जॉर्ज की तरफ देखा, उसे देखना पड़ा; क्योंकि वह गंभीर होकर उसी ओर देख रहे थे। बोले, ''बॉब की बातों का बुरा न मानना। उसकी यह सब कहने की आदत है।'' जॉर्ज का अपने प्रति 'कंसर्न' उसे बहुत अच्छा लगा।

नवंबर में उनके टाइम-टेबल में परिवर्तन हो गया। जॉर्ज भी उसी फ्री टाइम में फ्री रहने लगे। साहित्य पर काफी दिलचस्प वार्त्ता चलने लगी। सिलविया पलाथ ने हाल में ही आत्महत्या की थी। मृत्यु से पूर्व की उसकी दो कविताएँ उसे बेहद पसंद थीं। जॉर्ज ने एक बार टोका, ''देखता हूँ सिलविया पलाथ को बहुत पढ़ती हो। वहाँ प्रतिभा होते हुए भी पागलपन को इतना अंगीकार कर लिया गया है कि मृत्यु और जीवन में असंतुलन हो गया है। तुम पढ़ो हरमन हैस का 'सिद्धार्थ' और जीवन के प्रति जो संकल्प उनमें है, उससे इस अँधेरे की तुलना करो, जिसे सिलविया ने छाना है... ।''

दिसंबर के अंत में बड़े दिन की छुट्टियाँ प्रारंभ होने से पहले बॉब उसे और जॉर्ज को लंच के लिए झील पर बने एक बेहद खूबसूरत रेस्टोरेंट में ले गया, जहाँ बत्तखें किनारे-किनारे तेजी से तैर रही थीं। बर्फीले पानी में तेजी से घूमती बत्तखों को देख उसे सालिंजर का खयाल आया, वार्त्ता चली, जीवन को हर क्षण स्वीकार करते चलने पर। जॉर्ज बहुत कुछ चुप थे। उसने उन्हें एक-आध बार अपनी ओर देखते पाया। बॉब कुछ ज्यादा पीकर अधिक मुखर हो गया था। जैसे स्पंदन सिर्फ अनुभव होते हैं, व्यक्त नहीं किए जा सकते, वैसी ही कुछ थी वह दोपहर।

लौटते समय गाड़ी वही चला रही थी, बॉब को उसने कॉलेज छोड़ दिया। जॉर्ज बोले, ''घर जाने की जल्दी तो नहीं?''

गाड़ी जॉर्ज ने ली और दोनों एक स्टेट पार्क में गाड़ी पार्ककर कुछ देर वहाँ के सन्नाटे को सुनते रहे। जॉर्ज बोले, ''तुम्हें डर तो नहीं लग रहा है?''

वह हँस पड़ी, ''क्यों?''

''बड़ी अजीब लड़की हो।'' कुछ रुककर, ''समझती तो हो कि तुम मुझे बहुत अच्छी लगने लगी हो, खासकर आज इस सफेद साड़ी में बहुत ही भली दिखती हो।''

जॉर्ज ने उसका पल्ला हाथ में ले सफेद साड़ी पर कढे कत्थई और 'हरे रंग के' रेशम के फूलों पर उँगली चलाई। ''सच में ही मुझसे डर नहीं लग रहा?''

''जहाँ घृणा या जोर-जबरदस्ती की बात न हो, वहाँ डर स्वयं से होता है। दूसरे से नहीं।'' वह बोली।

''तुम अमेरिकी स्टैंडर्ड से एक छोटी, नाजुक सी लड़की हो, इतना बल तुममें कहाँ से रहता है। कभी कमजोर होती नहीं दिखती। इतने दिनों से मेरा इतना खयाल करती आ रही हो, सोचता हूँ किस प्रतिकार की इच्छा से...''

''यह तो अमेरिकी सोचने का तरीका है न। अपने यहाँ संबंधों के बहुत से रंग ही नहीं, शेड भी होते हैं, या कहिए अनाम रिश्ते। सो आपकी तरह न हम 'गिल्ट' की भावना से ग्रस्त होते हैं, न डर पनपता है।''

जॉर्ज देर तक सोचते रहे। फिर एकाएक बहुत ही प्रसन्न हो गए। एकदम जैसे छोटा बच्चा किसी रहस्य को सुलझाकर विभोर हो जाता है। कार के शीशे पर बर्फ की बारीक चादर बिछ गई थी। बोले, ''चलो तुम्हारी कार में तो स्नो टायर भी नहीं और तुम्हें दूर जाना है।''

उसने जॉर्ज को कॉलेज उतारा, घर पहुँचने तक बर्फ का अंधड़ चलने लगा। सुबह उसकी छुट्टी थी। रात-रात में कई फीट बर्फ सड़कों पर जमा हो गई थी। दस बजे के आस-पास जॉर्ज का फोन आया, ''मैंने ऐन को बताया है कि हम कल स्टेट पार्क गए थे और तुमसे काफी बातें हुईं। मैंने उसे कह दिया है कि मुझे तुम बहुत अच्छी लगती हो।'' झल्लाहट भरे विस्मय से वह स्तब्ध रह गई। क्या सोचेगी ऐन, उसकी पत्नी। एक पार्टी में उससे मुलाकात हुई थी। अच्छा कलात्मक व्यक्तित्त्व था ऐन का, पर पता नहीं क्यों, फिर भी एक रोचक उपन्यास के 'एपीलॉग' सी वह लगी थी उसको। उसे चुप पा बोले, ''वह बहुत खुश हुई सुनकर, तुम्हें वह फोन करेगी।''

ऐन का फोन आया। निमंत्रण भी। इनफॉर्मल से डिनर के बाद वे सब बच्चों को लेकर उनके घर के पास पहाड़ी पर 'टोबागन' में फिसलने गए। जॉर्ज अपने और उसके कुल मिलाकर छह बच्चों को बारी-बारी से टोबागन में फिसलाने लगे। इस बीच ऐनक पर चढ़ी बर्फ पोंछती ऐन उसके पास सरककर खड़ी हुई, बोली, ''सुनो मैं तुम्हारी बहुत ही आभारी हूँ, जॉर्ज को इतना प्रसन्न और खुला-खुला बहुत अर्से में देखा है।''

सुनकर अच्छा भी लगा और कुछ अटपटा भी। उसके बांद वे लोग उसके घर आए कई बार। बॉब के यहाँ भी पार्टी में उनसे मिलना हुआ। हर बार उसे यही लगा

कि ऐन और जॉर्ज कुछ खुलते नहीं। पार्टी के दौरान जॉर्ज अकसर उसके निकट आकर बैठ जाते और दोनों फिर किसी प्रिय लेखक के जीवन-दर्शन पर विवाद करने लगते। जॉर्ज के इस व्यवहार में कुछ अटपटा भी हो सकता है, यह वह दूसरी सभ्यता में पली होने के कारण, उस समय लक्ष्य नहीं कर सकी।

मार्च महीने में उसके घरेलू वातावरण में कई परिवर्तन हुए। उसके पति को एक दूर शहर से बहुत अच्छी नौकरी का ऑफर आया था। बहुत सोच-विचारकर यह निर्णय हुआ कि वह पहले चले जाएँ, जाकर रहने लायक अच्छी जगह देखें, तब तक बच्चों के स्कूल बंद हो जाएँगे। उसकी भी साल भर की 'कमिटमेंट', जो कॉलेज से थी, वह पूरी हो जाएगी, साथ ही जिस घर में वे रह रहे थे, वह उसका बनवाया हुआ था। उसके विक्रय के लिए समय मिल जाएगा। उसके पति के जाने से कुछ दिन पहले जॉर्ज बड़े उन्मत्त ऑफिस आए और आते ही दरवाजा ठेलकर बंद कर दिया, उसका हाथ दोनों हाथों में पकड़ उसे वक्ष पर रखते हुए बोले, ''जानती हो मैं तुम्हारे आत्मबल का रहस्य समझ गया हूँ। एक बार मैंने कहा था कि मेरा इतना खयाल रखती हो, वह किस प्रतिकार की इच्छा से। समझता हूँ प्रतिकार नहीं चाहती, इसी से सबल हो। हमारी औरतों की तरह यह अपेक्षा नहीं करती कि मैं तुम्हें कहीं कॉफी पिलाकर लाऊँ, बल्कि कॉफी बनाकर रोज रख देती हो। देने की क्षमता है न, इसी से सबल हो।''

''आप भी अजीब हैं।'' हैरान सी वह बोली।

''नहीं; नहीं टालो नहीं, तुम दे सकती हो, बोलो दे सकोगी!'' और उन्नत से ही वह लौट गए।

वह सामान्यता शायद जॉर्ज के इस कथन पर अधिक विचलित होती, पर घर की उलझनें उन दिनों बहुत थीं। बच्चों के साथ अकेले रहना पड़ेगा, यह खयाल उसे रुच नहीं रहा था, पर फिलहाल दो-तीन महीने से पहले जाने का सुभीता भी नहीं था। पति के जाने से एक रात पहले उसने बॉब और जॉर्ज को सपत्नी खाने पर बुलाया। उस रात बॉब उसके 'अस्थायी वैधव्य' को लेकर छेड़छाड़ करते रहे और हँसी-मजाक में उसने यह भी नहीं देखा कि ऐन उस शाम बिल्कुल गुमसुम थी। अगले दिन एयरपोर्ट से वापस आ वह लेटी थी कि ऐन का फोन आया। फोन पर ऐन का स्वर बेहद त्रस्त मालूम होता था। बोली, ''जॉर्ज ने मुझसे कह दिया है कि वह तुमसे प्यार करता है⋯।'' धीरे-धीरे उसकी आवाज में रोष और अपमान की पीड़ा भरने लगी। बोली, ''मैं जानती हूँ तुम्हारा पति तुम्हें छोड़कर चला गया है और तुम भी शायद नए पति की तलाश में हो⋯।'' और वह काफी देर प्रलाप करती रही, कभी बुरा-भला कहने लगती, कभी अनुनय करने लगती। ऐन पर उस समय उसे न दया आई, न गुस्सा।

उसे हैरानी जॉर्ज पर थी, जिसने बिना कभी उससे कुछ कहे, उसका मन जाने इतना सब ऐन से कहा। उस समय वह इतनी क्षुब्ध हो गई कि अपनी सफाई देने की जरूरत भी उसे महसूस नहीं हुई और गुस्से वश ही उसने ऑफिस जाना छोड़ दिया। घर से क्लास और क्लास से सीधी घर। घर का काम-काज समाप्तकर वह अपने को बेहद अकेला पाती। टेलीविजन देखने से भी अनिच्छा हो गई थी। बच्चों के सो जाने के बाद सुनसान घर में बहुत सी बातें उसके मन में उठतीं। देश की बेहद याद आती, माँ की याद, अपनों की याद आती। ऐन ने जो बुरा-भला कहा था, वह उसे कचोटता रहता।

एक अमेरिकी मित्र से उसने बातचीत की। उन्होंने बात हँसी में टाल दी कि नौकरी के जगत् में महिला जो भी आकर्षक होगी, वह पुरुष की आसक्ति और नारी के अविश्वास का पात्र सदा रहेगी। इसमें क्षुब्ध होने की तो खास बात नहीं। सुनकर उसके मन को संतोष नहीं हुआ। तो क्या नारी केवल शरीर है, ममता, प्रेरणा, दया, शक्ति, उदारता कुछ भी नहीं, सिर्फ शरीर से आँकी जाए, नारी ऐसी बेबस किस सबब हो जाती है?

कॉलेज की नौकरी का अंतिम दिन था। ऑफिस में कुछ पुस्तकें पड़ी थीं, वह उन्हें लेने गई। कमरे की चाबी, जो उसके पास थी, उसे भी डीन को वापस करना था। जाते ही कुछ लड़के-लड़कियों ने उसे घेर लिया। उन्हें तभी मालूम हुआ था कि वह अगले साल वहाँ नहीं पढ़ाएँगी। वे लोग कहने आए थे कि उसकी अनुपस्थिति उन्हें खलेगी। हो सके तो वह न जाए। उनकी वाणी में विनय था और उसे लगा था कि एक अच्छे शिक्षक की परीक्षा में वह उत्तीर्ण हो गई है।

जॉर्ज भी कमरे में थे, जैसे उसी की प्रतीक्षा में बैठे हों। विद्यार्थियों की भीड़ छँट जाने पर वह एक-दो क्षण खड़ी सोचती रही कि चली जाऊँ क्या? बिना बोले? एकाएक वह लंबा सा डग भर उसकी मेज पर आ टिके, "सुनो मैं तुम्हें बताना चाहता था कि ऐन मुझे तलाक दे रही थी इस साल। उसका कई वर्ष से एक कवि से प्रेम है। वह कवि विवाहित है और ऐन का प्रेम लौटाने में असमर्थ। फिर भी वह मुझसे दूर होती चली जा रही थी और उसने कह दिया था कि कॉलेज बंद होते ही मैं यूरोप चला जाऊँ, ताकि वह बच्चों को लेकर कहीं चली जाए। बच्चों के बिना मेरा जीवन अँधेरे में डूब जाता, पर···अब वह नहीं जाएगी मुझे छोड़कर। बोलोगी नहीं कुछ भी···?"

वह नहीं ही बोल पाई। बस तनिक सा उनकी ओर देख चलती चली आई। उसे देखने में जॉर्ज ने बधाई पाई कि प्रताड़ना, कहना कठिन होगा।

पर इतने वर्षों के बाद वह सोचती है कि जॉर्ज ने मित्रता का ढोंग या नाटक किया, इस संशय ने भले ही उस समय उसे तिलमिला दिया था और यद्यपि उसका मन कहना चाहता था कि अच्छा हुआ हमारी मित्रता सार्थक हुई, जॉर्ज तुम्हारी गृहस्थी

टूटी नहीं। फिर भी कहीं एक अक्षमा जॉर्ज के प्रति भीतर से उसे तोड़ती, पर अब प्रताड़ना और बधाई के वृत्त से ऊपर, एक अन्य ही बात उसके मन में आती है। वह सोचती है सर्दियों में झील का पानी जम जाने पर एक छोटे से घेरे में तेजी से तैरकर जीती, जीवित रहने के प्रयत्न में निरंतर संलग्न बत्तखों से ही नहीं थे, क्या जॉर्ज और जॉर्ज की हर चेष्टा और जॉर्ज ही क्यों, क्या हम सब जब-जब बर्फ जम जाती है हमारी अपनी अपनी झील में?

□

काफी नहीं

हुआ वही, जिसका डर था। हमारी फ्लाइट न्यूयॉर्क में ही फँस गई। दो घंटे देर से चले हम। परसों भी ऐसा ही हुआ था, यह कल के अखबारों में छपा था। एक भारतीय मूल के कलाकार, लंबा, काला कुरता पहने थे, लंबे बाल, कश्मीर में जन्म, हिंदू होने के बाद भी कुछ संदिग्ध सा नाम! उन्होंने लाख समझाना चाहा, मैं एक संतूरवादक हूँ, भारत का पद्मश्री हूँ, पर नहीं। उन्हें और उनके बेटे को तो रोक ही लिया गया और बाकी के यात्री भी लेट हुए। उनकी कनेक्टिंग फ्लाइट छूट गई।

गनीमत कि दो घंटे देरी से हमारी यात्रा आरंभ हुई, पर अब फ्रेंकफर्ट से ठीक समय अगली फ्लाइट जा रही थी। तो भी मेरा सिर दुःख रहा था। असहायता की पराकाष्ठा हो गई आजकल अंतरराष्ट्रीय यात्राओं में। जाने कौन आपको कब धर दबोचे, या किसी अन्य के कारण आप बीच राह में ही राख हो जाएँ। एक झुरझरी सी हुई। इस खयाल को मन से दूर करने की कोशिश की मैंने।

अब पंद्रह मिनट शेष थे। सभी यात्री बैठ चुके थे। मेरे पास 'आइल' सीट थी। बीच की एक खाली और खिड़कीवाली सीट पर केरल का एक युवक। कुल मिलाकर सब ठीक ही था। बीच की सीट खाली होने से तनिक हाथ-पैर फैलाने की सुविधा होगी। अब तो किसी की यात्रा में कोई सीट खाली नहीं होती। सभी फ्लाइट ठसाठस भरी होती हैं और यह केरलवाला तो वैसे भी नहीं बोलेगा, ये लोग अपनी ही दुनिया में जीते हैं तो यह आठ घंटे थोड़े शांति से कटने की संभावना थी।

मैंने जैसे ही यह सोचा, एक लंबी-तगड़ी महिला हमारी ही ओर झपटती सी नजर आई। ओफ्फ! यह बीच की खाली सीट इसी की होगी। वह भागती आई थी और हाँफ रही थी। हाथ का सामान उसने किसी तरह ऊपरी, 'ओवरहेड' बनी जगह में ठूँसा और स्वयं हम दोनों के बीच 'एक्सक्यूज मी' कहती धँस गई।

हरा सलवार-कमीज, काफी सारा सोने का गहना, क्या पता नकली ही हो, होंठों पर भद्दी सी लिपिस्टिक। मैंने दूसरी ओर को मुँहकर आँख बंद कर लीं। वह समझ

जाएगी कि मैं बात नहीं करना चाहती। सामान्यत: इतनी अभद्र मैं नहीं होती, पर आज, जैसे-तैसे दिल्ली पहुँच जाऊँ, फिर शायद कई वर्ष विदेश यात्रा की न सोचूँ, कम-से-कम अमेरिका की तो नहीं। वे दिन अब जा चुके, जब आप यूरोप या अमेरिका बड़ी शान से लहराते जाते थे। मुसकरा-मुसकराकर एयरपोर्ट पर सहयात्रियों से बातें करते थे, पते अदलते-बदलते थे। दोबारा मिलने के, पत्र लिखने के वायदे करते थे।

अब ? अब कोई एक-दूसरे की ओर देखता तक नहीं। हर व्यक्ति संदेह के घेरे में, हर कोई संदेह भरा, अपना बैग सँभालता, चुपचाप बैठा, आँख बचाए।

मुझे लगा कि महिला को सीट की पेटी बाँधने में कठिनाई हो रही है, किंतु मैंने सहायता करने की चेष्टा नहीं की। शायद खिड़कीवाले यात्री ने सहायता की हो। भोजन आने तक वह महिला भी आँख बंद कर बैठी रही। मैं भी, क्योंकि वह भी मुझसे न बोली तो मैं अपने मन में तनिक ढीली हुई, उसके प्रति।

खाने के समय एयर होस्टेस पूछ रही थी 'वेजेटेरियन' लेंगे या 'चिकन' डिनर। महिला न समझ पा रही थी, न अपनी बात ठीक से समझा पा रही थी। मैंने ही सहायता की कि वह क्या खाएँगी, क्या पिएँगी। मन में सोचा कि कहाँ से उठकर आई है यह ! न हिंदी जानती है, न अंग्रेजी। ऐसे यात्री कैसे विदेश में काम चलाते हैं ?

उसने मुझे उसकी सहायता करने के लिए धन्यवाद किया 'थैंक यू'। खाना समाप्त हुआ तो नींद नहीं आ रही थी। फिल्म देखने में मेरी रुचि न थी। देखा वह भी जागी थी। कम-से-कम छह फीट दो इंच कद, उसी अनुपात में बड़े-बड़े हाथ, नाखून रँगे हुए। बालों का जूड़ा, हाथ में चूड़ा। चालीस से तो कुछ ऊपर की ही लगती थी। मुझे कुछ हँसी भी आई, थोड़ी जिज्ञासा भी, लेखक होने के नाते, पर मैं बात शुरू करना न चाहती थी।

तभी उतरने के पहले भरे जानेवाले कार्ड आ गए—एक सफेद, एक हरा। वह थोड़ा घबराई। पंजाबी में बोली, "एदा कि कराँ ?" इसका क्या करूँ ? भरिए। मैंने कहा। प्लीज आप मेरी मदद कर दो, मुझे नहीं आता भरना... वह पंजाबी में मुझे कह रही थी। मुझे दया भी आई गुस्सा भी। सच में, ऐसे यात्री कैसे विदेश में अपना काम चलाते हैं ? मैं पंजाबी बोल नहीं सकती, पर समझती खूब हूँ, क्योंकि मैं बचपन में कई वर्ष पंजाब में रही थी। मैंने उसका पासपोर्ट निकलवाया। उससे पूछ-पूछकर उसके कार्ड भर दिए। कुछ सूचनाएँ उसके पास कागज में लिखी हुईं थीं, इसी काम के लिए।

कार्ड भरकर जाने क्यों हम दोनों एक-दूसरे के निकट सी हो आईं। वैसे भी दिल्ली पहुँचने में अब दो-ढाई घंटे ही बचे थे।

"जर्मनी क्या करने गई थीं, या वहीं रहती हो ?" मैंने पूछा।

"नहीं, मेरा घरवाला वहाँ है। पहली दफे गई थी। अभी शादी हुई है।" उसने भेद भरी मुसकराहट बिखेरी।

''कितने दिन रहीं?''

''दो महीने। छोटा लड़का वहीं पिंड में है अमरसर के पास। इसलिए ज्यादा नहीं ठहर सकी।''

''छोटा बेटा? अभी तो शादी हुई कह रही थी, तो क्या बड़ा बेटा भी है?''

''एक बड़ा है'' उसने जैसे मेरे भीतर उठ रहे प्रश्न को सुन लिया, ''वह तो अपने पिता के साथ जर्मनी में ही रहता है। रेस्टोरेंट के काम में मदद करता है।''

''इतना बड़ा कैसे हो गया?''

''सोलह साल का है नरिंदर। असल में हमारी शादी तो अट्ठारह साल पहले हुई थी, अभी तो दोबारा हुई···।''

''तो क्या तलाक हो गया था?''

वह हँसी। बड़ी रहस्यमय और गहरी प्रसन्नता की हँसी।

''नहीं, नहीं। मेरा घरवाला बारह साल पहले जर्मनी चला गया काम के वास्ते। वहाँ के वीसा के लिए वो अपनी जर्मन मालकिन के साथ रहने लगा, जिसका रेस्टोरेंट था। फिर उन दोनों ने शादी कर ली।···नहीं डाईवोर्स नहीं लिया मुझसे। उस औरत को बताया थोड़े कि हमारी शादी हुई थी, उसे तो यही बताया कि वह कुँआरा है।''

''और तुम्हें?''

''मुझे तो बता दिया कि शादी कर रहा है वीसा के लिए। कुछ साल घर नहीं आ सकता। जब पक्का वीसा वगैरह बन गया, तब आता-जाता रहता था हमारे पास···धीरे-धीरे नरिंदर को भी ले गया, उसे उसी जर्मन औरत को गोद दिलवा दिया।''

''पर उसे तो यही मालूम था कि तुम्हारा पति कुँआरा है।''

''हाँ, मेरे घरवाले ने उसे बताया कि नरिंदर उसकी बहन का बेटा है। इस तरह उसे ले गए। वह वहीं पढ़ने लगा। तब तक मेरा छोटा लड़का पैदा हो गया महिंदर। वह तो अभी दो साल का है···।'' वह फिर आत्ममुग्ध सी हँस रही थी।

''लेकिन कागज, कागज कैसे बने? लड़के के माता-पिता का नाम, जन्म सब कैसे साबित किया जर्मनी ले जाने से पहले?'' मैं सचमुच हैरान थी।

वह फिर हँसी। हँसते हुए वह बुरी भी न लग रही थी। जैसे कोई संपूर्ण समर्पित महिला हो संतुष्ट भी। ''वह तो जी सब हो जाता है। घरवालों ने मदद की, कागज बनवा दिए···दूसरों के नाम हमारा बेटा दिखाकर।''

''तो फिर तुमसे दुबारा शादी कैसे की, क्यों की?''

उसने मेरी ओर ऐसे देखा मानो कह रही हो, 'तुम्हें इतनी सीधी सी बात समझ क्यों नहीं आती?' प्रत्यक्ष में बोली, ''क्यों, की तो कोई बात नहीं न। उसने तो जर्मन औरत से शादी सिर्फ वीसा के लिए की थी। जब वीसा पक्का हो गया तो कुछ साल उसके साथ

रहना जरूरी था, नहीं तो भेद खुल जाता, वह पुलिस में पकड़वा देती। दस साल बाद तलाक देने में कोई परेशानी खड़ी नहीं होती। पूछताछ नहीं होती। तो जब सब ठीक-ठाक सा लगा, उसने उस जर्मन औरत को सब बता दिया या खुद ही उसे पता लग गया कि वह शादीशुदा है और नरिंदर उसी का बेटा है। औरत ने तलाक दे दिया। वो तो जी, वैसे भी काफी बड़ी थी—उसके बच्चे तो होने नहीं थे, साथ रहकर क्या करती⋯।''

''और होटल?''

''वह तो पार्टनरशिप डलवा ली थी न मेरे घरवाले ने। आधा बिजनेस उसे मिल गया। डाईवोर्स देकर वह इंडिया आया और मेरे से कोर्ट में शादी की, कागज बनवाए। अब वीसा भेजा तो मैं जर्मनी गई।''

''और छोटा बेटा?''

''हमने उसका जिकरा नहीं किया कागजों में। धीरे-धीरे उसे भी अडॉप्ट कर लेंगे⋯।''

''तुम्हें बुरा नहीं लगा उसका दस साल किसी और के साथ रहना और तुम्हारे भी?''

''ओ जी, हमारे और बच्चों के लिए ही तो कर रहा था वह सब। बुरा तो लगता था कभी-कभी⋯। पर क्या करें। तरक्की वास्ते करना पड़ता है। सब करते हैं⋯अभी केनाड़ा से एक मियाँ-बीवी आए। हमारे गाँव के ही हैं। दोनों वहाँ से तलाक ले के आए। बड़े चिर से वो वहाँ रह रहे थे। वहीं के सिटीजन हो गए, तब तलाक लेकर आ गए। आकर जनानी ने अपने भाई से शादी रचाई कागजों पर, आदमी ने अपनी बहन से। बस कागजों पर, जी और इस तरह दोनों अपने बहन-भाई को केनाड़ा निकालकर ले गए। थोड़े दिन पीछे कागजों में तलाक ले लेंगे—चारों साथ ही रहते हैं। मियाँ-बीवी पहले की तरह ही मियाँ-बीवी हैं। उनके बहन-भाई नौकरी पे लग गए हैं। कमा खा रहे हैं। डाईवोर्स हो जाएगा, तब वो भी वहीं के किसी लड़के-लड़की से ब्याह कर लेंगे। करना पड़ता है जी⋯सब करते हैं⋯तरक्की वास्ते।''

मेरा जी कच्चा-कच्चा हो रहा था। सब करते हैं? अपने देश के कानून को धोखा! दूसरे देश के कानून को धोखा। एक भरोसा करनेवाली औरत को धोखा! अपने बच्चों को अपने ही बच्चे न कह फर्जी माँ-बाप के बच्चे दिखलाना⋯क्यों करना पड़ता है? किस तरक्की खातिर अपने जमीर, अपने खुदा, अपने समाज को धोखा⋯? इतना तो गरीब भी नहीं है मेरे देश का पंजाब! मैं भी तो वहीं पली थी कभी। मैंने देखे हैं लहलहाते गेहूँ के खेत, फलों के बगीचे, सब्जियों से पटी धरती। मैंने देखा है कुओं में छरछराता पानी, धान की फसल और हर घर की गोशाला से आता गाढ़ा ताजा दूध बालटी भर। देखी है सुबह को मक्खन पड़ी छाछ और दोपहर को मकई की रोटी और हरा साग! क्या यह

काफी नहीं इज्जत से जीने को ?

मुझे याद आया कुछ वर्ष पहले मिल्वाकी में भी एक व्यक्ति मिला था। पेट्रोल पंप पर काम करता था। उसने भी ऐसी ही कुछ कहानी सुनाई थी। पहले काली अमेरिकी औरत से शादी की, फिर अपनी ब्याहता को गाँव जाकर ले आया।

याद आई एक प्रसिद्ध पंजाबी लेखिका की रिपोर्ट। वह भारतीय मूल के उन हजारों अवैध-अप्रवासी लड़कों से मिली, जो पकड़े जाने पर जर्मनी की जेलों और पुराने किलों में बंद हैं। न उनका कोई वकील, न पैरवी। न माता-पिता को उनके मरने-जीने की कोई सूचना। कैसे वे गिड़गिड़ा रहे थे अपने देश लौट आने को···कैसे चले गए थे विदेश बसने के लोभ में अपने पुश्तैनी खेत, खलिहान, मकान बेचकर, बूढ़े माँ-बाप को कर्जों में डुबाकर।

याद आई एक तुक,

बिना संतोष नहीं कोई राजे।
सुपन, मनोरथ बिरथे सब काजे॥

यह किसने कही थी, लिखी थी?

□

रामसिंग

रामसिंग को पहले-पहल मैंने कब देखा, वह कहाँ से आया था, उसकी वय तब क्या थी, यह सब बताना शायद आज संभव न हो। हाँ, मुझे ठीक-ठीक याद है कि वह हमारे चाँदनी चौकवाले घर में था, जब 1963 में भारत-चीन युद्ध छिड़ने पर मैं उस घर में रह रही, अपनी दो वर्ष की बेटी को लेने भारत आई।

मेरा बेटी को लेने आना, बेटी का भारत और हमारा स्विट्जरलैंड में होना भी अपने आप में एक कथा है, जो भुलाई नहीं जा सकती। बेटी जब 8-9 महीने की थी, हम उसे उसकी दादी से मिलवाने भारत आए। वैसे भी हमें न्यूयॉर्क छोड़ स्विट्जरलैंड जाना था, जहाँ मेरे पति ने नई नौकरी ली थी, किंतु स्विट्जरलैंड में घर कठिनाई से मिलते हैं और हमारा नंबर आने में कुछ देर थी। वे मुझे यहीं छोड़कर चले गए। उनके जाने पर उनकी माँ एकदम बेहाल थीं। मेरे पति अपनी माँ के एकमात्र बेटे थे। उनका बिछोह मेरी सास से सहन न होता। वे बीमार भी थीं।

पति के स्विट्जरलैंड प्रस्थान के बाद यह मालूम हुआ कि दूसरा बच्चा आने को है। बस तो क्या? मेरी सास, उनकी सात बहनें तथा अन्य परिजन बारी-बारी से कभी हँसके, कभी नसीहत दे मेरे पीछे पड़े कि मैं अपनी बेटी, अपनी पहली संतान अपनी सास के पास छोड़ दूँ तो उनका मन लगा रहेगा। पहले तो मुझे विश्वास नहीं हुआ कि कोई ऐसा कह भी सकता है। फिर डर लगा कि ये लोग मेरी बेटी को मुझसे जुदा न कर दें? वे बहुत सारे थे, मैं एकदम अकेली और दूसरे बच्चे के गर्भ के कारण अस्वस्थ थी। तिस पर छोटा सा घर। भारत की गरमी।

ज्यों-ज्यों मेरे जाने का दिन निकट आने लगा, मेरी सास का रोना और वेदना बढ़ने लगी। वे बार-बार यही कहतीं, "अबके तुम जब लौटोगे, मैं नहीं रहूँगी..." इत्यादि। सुनकर कष्ट होता। वे बताती रहतीं कि अपने बेटे को उन्होंने कितने कष्ट से पाला था। अपनी विधवा सास का यह विलाप मुझे सालता रहता। लगता, मैं बहुत स्वार्थी हूँ। जिस दिन मेरा प्रस्थान था, उस दिन तो वे जैसे धरती पर बिछ गईं। बोलीं, "बहू तेरे तो एक

और हो जाएगा, इस लड़की को मुझे दे दे⋯।'' 'जिस मुख निकसत नाही' के अपने स्वभाव से विवश और बड़ों के आशीर्वाद से अपने को वंचित करने के डर से डरी, मैंने विमान में बैठने से पहले बेटी को उनकी गोद में दे दिया और विमान में बैठने के बाद मुझ पर जो गुजरी, वह शब्दों में न बँधे तो ही ठीक। समय निकलता गया। दूसरा बच्चा, स्विट्जरलैंड में पैदा हुआ, उसे देखती तो बेटी और याद आती। कभी किसी बच्चे को 'मम्मी' कहते सुनती, तो ठगी रह जाती। मैं दो बच्चों की माँ थी, पर मैंने अभी तक 'मम्मी' नहीं सुना था। जब बेटी को छोड़ा, वह बोलना नहीं सीखी थी। बेटा तो पाँचेक महीने का ही था। इसी सब उदास करनेवाली स्थिति के कारण मेरा मन पीछे समय में जाने लगा।

और तभी भारत-चीन के बीच युद्ध छिड़ गया। उन दिनों न तो घरों में टेलीविजन होते थे, न विदेश से आप दनादन फोन कर सकते थे। मात्र पत्रों की सुविधा थी और उन्हें भी आने-जाने में पूरा मास ही बीत जाता था। मेरे निरंतर भारत जाने की रटन से तंग मेरे पति ने भारत में 'पूल ऑफिसर' का पद स्वीकार कर लिया था, पर मैं रुकने को एक दिन भी तैयार न थी और उन्हें जाकर पद पर पहुँचने में अभी समय था। सो मुझे और पाँच-छह महीने के मेरे बेटे को उन्होंने इटली से पानी के जहाज में बैठाकर बंबई के लिए रवाना कर दिया। बंबई से दिल्ली तक रेल का सफर था।

पानी की वह दुखदायी यात्रा कर और फिर ट्रेन से दिल्ली एक नन्हे बच्चे को साथ लेकर मैं पहुँच ही गई, इससे पहले कि दिल्ली पर (मेरी कल्पना में) कोई चीनी आक्रमण हो जाता और मैं अपनी बेटी को खोज न पाती। बेटी तब तक दो वर्ष से बड़ी हो चुकी थी। बोलने लगी थी, किंतु जब उसे कहा गया कि 'यह तुम्हारी माँ है' तो उसका वह भयमारा मुख देखते ही बनता था। वह आँख में आँसू भर कभी मेरी सास को देखती, जो उसके लिए अब तक माँ थी, कभी मेरी ओर! जब मेरी सास ने भी उसे कहा, ''हाँ, हाँ, जाओ न, यह तुम्हारी माँ है, तुम्हारी मम्मी है।'' तो वह आहत बच्ची डरकर जिसकी गोदी में जा छुपी, वह रामसिंग था। और रामसिंग को जाने कैसे हमसे अधिक समझ थी कि वह सैर कराने के बहाने उस घबराई और डरी बच्ची को घर से बाहर ले गया।

रामसिंग जब तक हमारे पास रहा और जिया, मेरे और मेरे बच्चों के बीच ढाल बना रहा, उन्हें मुझसे, मेरी झुँझलाहटों और नासमझियों से बचाता रहा, बीच-बीच में जरूरी हो तो मुझसे खफा भी हो जाता।

फिलहाल मैं खफा थी, स्वयं से। जिस बच्ची की याद में एक वर्ष; एक युग सा बिताया, वह मुझे 'माँ' नहीं मान पा रही थी। यह एक खीझ और झेंप का कारण तो था ही और अपनी इस पीड़ा में मैं अकेली थी। मेरी सास अपने प्रेम से लैस थी और मैं अपने माँ होने के अधिकार से। इस ठनाठनाई में बच्ची पर क्या न बीतती ? मेरे लिए नियति का

क्रूर उपहास भी था और आत्मग्लानि जैसा भी कि भावुकता के एक क्षण में मुझसे जो वर्ष भर पहले हुआ, उससे अब कितने प्राणी प्रभावित थे—अबोध बेटी, जिससे पहले उसकी एक 'माँ' छूटी, अब दूसरी छूटने को थी, मेरी सास जो पहले अकेली थीं, अब बच्ची के मेरे पास आ जाने के बाद कितनी अधिक अकेली होंगी और मैं मूढ़ सी इस सबका कारण भी थी और अवश भी।

शायद स्थिति इतनी गंभीर नहीं थी, जितनी मेरे भावुक मन में उसकी स्मृति। कुछ महीने बाद जब पति दिल्ली लौट आए, तो उन्होंने ही निर्णय लिया कि दोनों बच्चे साथ पलेंगे और चाँदनी चौक में बेटी को अधिक दिन नहीं छोड़ा जा सकेगा। अब तक मैं अपनी अति-उदारमना जेठानी की अतिथि थी। जाहिर था कि उस घर में इतनी जगह नहीं थी कि एक और गृहस्थी बस सकती। सो पति के नौकरी सँभालते ही हमने अपने लिए घर देखना आरंभ किया। दिल्ली में घर भी इतनी सुविधा से मिलते नहीं, न ही उन दिनों दिल्ली में इतनी कॉलोनी बनी थीं। मेरी माँ के घर के पास एक घर खाली था, उनके किसी परिचित का। माँ की सहायता से वह हमें मिला।

किंतु चाँदनी चौक छोड़ना अन्नु के लिए कितना दारुण रहा होगा, यह कौन जाने, यदि रामसिंग न होता तो जाने क्या होता? हम दो माँओं के बीच तीसरी और असली 'माँ'—रामसिंग, अन्नु को बहलाकर हमारे साथ नए मकान में ले आया। गनीमत कि बच्ची अपने भाई से प्यार करने लगी थी और दोनों संग खेलते भी थे।

धीरे-धीरे मेरी इस छोटी गृहस्थी को चलानेवाला भी रामसिंग ही था, क्योंकि नए घर आने के कुछ ही महीने बाद जिस सूचना ने मुझे सुन्न कर दिया, वह यह कि मैं एक बार फिर माँ बननेवाली थी। जब मेरी माँ को यह पता लगा, वे भी मुझसे नाराज हुईं कि कैसे इतने बच्चे पालोगी, किंतु आज की लड़कियों की तरह मेरी कल्पना में भी यह बात नहीं आई कि बच्चे की हत्या की जा सकती है। हाँ, यह प्रण अवश्य किया कि यह बच्चा हमारी अंतिम संतान होगा, क्योंकि मैं स्वयं अंदर तक दुखी थी और चिड़चिड़ी हो गई थी। रामसिंग ही दोनों बच्चों को तैयार कर नर्सरी स्कूल पहुँचाता, लाता और घर का सब काम करता।

क्या था इस एकदम कृष्ण वर्ण मझोले कद के तीसेक वर्ष के व्यक्ति में कि उसने मेरे सारे कामों को अपने सिर ओढ़ लिया। आज भी याद आता है वह, तो आँसू रुकते नहीं। बहुत कम बोलता था वह। बच्चों से बोलता था। उनका कोई भी काम उसे अरुचिकर नहीं लगता। न मैले कपड़े, न नहलाना-धुलाना, न बार-बार गीले बिस्तर को बदलना। किसी बच्चे के बिस्तर गीला करने पर यदि मेरा धीरज छूटता, तो वह कहता, "सीख जाएँगे, अम्माँ आपने कभी किसी को बड़े होकर गीला करते देखा है? ये भी नहीं करेंगे।"

कैसी अद्‌भुत बात, कितनी सरल उक्ति। ऐसा ही था वह। शायद बिहार का था।

पूछने पर कहता, ''हमारा कोई नहीं। यही तो अपने हैं अब।'' और बच्चों के साथ उलझा रहता। नए घर की छत दो-तीन घरों से जुड़ी थी। एक छत से दूसरे मकान की छत पर जाया जा सकता था। छत पर बरसात के बाद कुछ कीमती सामान धूप लगवाने के लिए भेजा। शाम को उसमें से एक कंबल चोरी हो गया। पति घर आए, उन्हें पता लगा। रामसिंग पर संदेह का तो सवाल ही नहीं था, किंतु जाने कैसे और लोगों ने उनसे कहा, ''पहले तो अपने घर के नौकर को पुलिस में दो।'' वे भी मान गए, पर ज्यों ही उन्होंने मुझसे कहा कि पुलिस को फोन करेंगे, मैं दोनों हाथ फैलाकर रामसिंग के आगे खड़ी हो गई और बोली, ''यह गया तो मैं भी जाऊँगी इसके साथ!'' वे मेरे इस दुस्साहस पर अवाक् रह गए, क्योंकि मैं तब तक बहुत ही भीरु थी और कभी उनका सामना मैंने नहीं किया था। एक बार तो वे लाल-पीले होने को हुए, फिर उन्हें स्वयं समझ में आया कि मेरा आशय क्या है। रामसिंग मेरे पीछे से गिड़गिड़ करता रहा, ''अम्माँ, कोई बात नहीं। ले जाने दो पुलिस को।''

''नहीं रामसिंग, तुम नहीं जाओगे,'' मैंने रोकर कहा, ''मैं रामसिंग पर इससे ज्यादा कीमती चीजें वार सकती हूँ। यदि वह चोर है तो कोई ईमानदार हो नहीं सकता।''

मेरे इस अकस्मात् रौद्र रूप से सारा घर सामान्य हो गया, पर एक उदासी थी जो मुझे बहुत दिन घेरे रही, उस दिन मैं और रामसिंग जिस रिश्ते में बँधे, वह आज भी मेरे लिए वैसा ही है, यद्यपि रामसिंग को गुजरे आज 30 वर्ष से अधिक हो गए।

इस घटना के कुछ ही महीने बाद हम फिर से अमेरिका चले आए और रामसिंग मेरी जेठानी की गृहस्थी में लौट गया। जाते-जाते मैंने पूछा, ''हम आएँगे तो तुम मिलोगे न?'' ''तो और कहाँ जाएँगे हम,'' कहकर वह बच्चों को बार-बार लिपटाकर रोने लगा।

और सच ही जब अमेरिका से सात बरस बाद हम लौटे तो वह वहीं था। इन सात बरस में मैंने एम.ए. और पी-एच.डी. कर ली थी। आते ही एक कॉलेज में मेरी नियुक्ति हो गई। हमारा मकान, जो मेरी अनुपस्थिति में बना, मेरे कॉलेज से बहुत दूर था। प्रतिदिन 18 किलोमीटर जाने और आने में शाम हो जाती। बच्चे दस, आठ और सात वर्ष के थे। तीनों को हिंदी नहीं आती थी, मुझे समय नहीं था। ऊपर से नई-नई बीमारियाँ दिल्ली की—कभी पेट खराब, कभी वायरस, इन सब भीषण परिस्थितियों में मेरा एक ही कर्णधार था, रामसिंग। आज सोचती हूँ तो अन्याय सा लगता है, एक व्यक्ति पर यों लद जाना। मैं तो कठिनाई से शाम का खाना बना पाती थी, शेष सब वह देखता।

उसका बोझ हल्का करने के निमित्त मैंने घर के पास बने एक नए कॉलेज में स्थानांतरण करवा लिया, किंतु उसका बोझा घटा, यह दावा तो नहीं कर सकती। मैं जितने समय घर पर रहती भी तो कुछ-न-कुछ लिख रही होती या परीक्षा की कॉपियाँ जाँच रही होती। मेरे बच्चों की, फिर असली माँ, हमारा रामसिंग ही था, यहाँ तक कि

हमारा मकान जब बना, उसमें भी वह चौकीदार की तरह रहा, तभी निर्माण संभव हुआ। यह बात बाद में मेरे परिवारवालों ने मुझे बताई कि मेरे घर की एक-एक ईंट रामसिंग की देख-रेख में लगी। एक-एक सीमेंट की बोरी और लोहे की छड़ का उसने हिसाब रखा, क्योंकि हम लोग विदेश में थे और मेरी ससुराल में कोई भी इस योग्य नहीं था कि आकर मकान के निर्माण को सँभालता। मेरे बड़े भाई ने मकान बनवा तो दिया, किंतु चौबीस घंटे चौकसी पर जो रहा, वह रामसिंग ही था। दुर्भाग्य कि हमारे भारत लौटने के बाद उसी मकान में रामसिंग बहुत दिन नहीं जिया। अब तक वह शायद चालीस बरस का हो गया था। ठीक से तो वह भी नहीं बता पाता कि क्या उम्र थी उसकी? उसकी दोनों टाँगें धीरे-धीरे वक्र सी होने लगी थीं। पहले भी बहुत सीधी तो नहीं थीं। यदि मैं अपनी व्यस्तताओं से इतनी घिरी न होती तो जल्दी ही भाँप लेती कि उसकी तबीयत ठीक नहीं, किंतु मेरे लिए तो वही लौह पुरुष था। उसके बीमार होने की बात की मैं कल्पना तक नहीं कर सकती थी।

जिस वर्ष वह गया, उस वर्ष उसका व्यवहार अटपटा होने लगा था। कभी-कभी आँखें लाल हो उठतीं और वह मुझ पर गुस्सा जाता कि काम ज्यादा है। कभी खाना नहीं खाता। यदि वह सेवक न होता तो हम समझ लेते कि उसका रक्तचाप बढ़ा हुआ है। एक नासमझी थी मेरी, एक उस पर विश्वास। दूसरा वह कभी कुछ बताता भी तो नहीं था।

एक दिन वह उठकर नहीं आया। जाकर देखा तो सन्निपात जैसी स्थिति में था। पास के डॉक्टर को बुलवाया। उसने जो आकर कहा तो उससे मेरे हाथों के तोते उड़ गए। रामसिंग बचपन से अफीम जैसा कुछ खा रहा था। इधर उसकी मात्रा बढ़ा दी थी। उसका गुर्दा फेल हो गया है, डॉक्टर को ऐसी आशंका थी।

रामसिंग को सफदरजंग में भरती करवा दिया गया। मैं कॉलेज जाती, बच्चों को दिन का खाना बनाकर देती, भागकर शाम को उसे देखने अस्पताल जाती। आकर रोने लगती। फिर शाम का खाना, कपड़े धोना, घर की सफाई, खरीदारी। पति का दफ्तर शहर के दूसरे सिरे पर था। जल्दी जाते, देर से आते। बच्चे छोटे थे, होमवर्क से घिरे थे और मैंने कभी रामसिंग के अतिरिक्त किसी को रखा नहीं था। इतनी जल्दी मिलता भी कौन? और वह नहीं रहेगा, यह कोई मुझे कह देता, तो मैं ही फिर बिस्तर से उठती नहीं।

उसे देखने जाती रही। वह दिन-दिन 'कोमा' में जाता रहा। कभी-कभी बात भी नहीं होती। जो कुछ उसके लिए ले जाती, पास में रखकर चली आती। एक दिन एक नर्स मुझ पर झल्लाई कि 'इस मरीज के पास कोई घर का क्यों नहीं रहता?' यह बात एक तमाचे सी लगी। जो सबसे अधिक हमारा था, हम ही उसके घर के न हो सके। हम दोनों नौकरी पर थे, सो कौन उसके पास रहता? उसका बक्सा खोलकर उसके सामान की पड़ताल की, पर किसी भी परिजन का कोई नाम-पता न मिला।

मुझे याद है, दशहरे की सुबह चार बजे का समय रहा होगा। वह सफेद उजले कपड़ों में स्वस्थ, स्फूर्त मेरे सम्मुख मेरे स्वप्न में खड़ा था। मैंने ललककर कहा, 'रामसिंग तुम ठीक हो गए?'

"हाँ अम्माँ, हम ठीक हो गए।"

और तभी दरवाजे की घंटी बजी। मेरी आँख खुली। अस्पताल से तार था कि 'आपका मरीज नहीं रहा, आकर उसे ले जाइए।'

वह जाते-जाते भी मेरे पास आया था। सपने याद नहीं रहते, किंतु उसका वह रूप, वह सपना आज भी ज्यों-का-त्यों साफ है। वहीं खड़ा है वह, साफ धुले सफेद कुरते-पाजामे में। रामसिंग यदि स्वर्ग नहीं गया तो कौन जाता होगा वहाँ?

□

कमाई

आज सुबह से उसके सिर में हल्का दर्द है। बड़े ही बेमन से वह जल्दी-जल्दी तैयार होकर घर से निकली। निकलते-निकलते दरवाजे के पास लगी लेटर बॉक्सों की कतार में अपने लेटर बॉक्स में झाँकना नहीं भूली है। जानती है, डाक दो बजे से पहले कभी नहीं आती और अभी आठ भी नहीं बजे हैं; पर उसका मन घर से आनेवाली चिट्ठियों में भरमता फिरता है। मुश्किल सबसे बड़ी यह है कि छह-सात रोज के इंतजार पर चिट्ठी आती है और मिनट-दो-मिनट में पढ़ी जाती है, जैसे ही पढ़कर रखी जाती है, नई चिट्ठी का इंतजार शुरू हो जाता है।

कभी-कभी तो उसे लगता कि दिन-ब-दिन जिंदगी कैद होती जाती है और चिट्ठियाँ दूर के घंटाघर की आवाज। उसे लगता है कि जो यथार्थ है, वह भ्रम हुआ चला जा रहा है और जो वास्तव में भ्रम है, वह यथार्थ सा उसे जकड़े है। वह डर जाती है।

अप्रैल का महीना है। सुबह की हवा में अभी ठंडक बाकी है। सड़क पर आ उसने स्वेटर के बटन बंद करते हुए घड़ी की तरफ देख लिया है। बस आने में दस मिनट और हैं। वैसे तो अस्पताल दूर नहीं और वह पैदल भी जा सकती है, पर इस देश में उसे लगता है कि पैदल कोई चलता ही नहीं। एक-आध बार पैदल गई तो उसे बेहद अकेलापन महसूस हुआ और फिर कितने ही लोग बाद में पूछते हैं, ''आशा, आज सुबह तुम्हें वाइन स्ट्रीट पर देखा था, मैंने हॉर्न भी किया, पर तुमने देखा ही नहीं। कहाँ जा रही थी इतनी सुबह ?''

''कहीं नहीं, जरा स्टोर तक जा रही थी।''

वह टालती रही है अब तक। सुबह की धूप में चमकती अपनी यूनीफार्म और रबर के सफेद जूते देख वह थोड़ी कलसा गई है और किनारे से हट पेड़ के नीचे हो गई है। कल ही की बात है। किनारे खड़ी थी कि सर्र से खोसला की गाड़ी बगल से निकल गई। वह कटकर रह गई थी। वह तो अकेला था, शायद उसे पहचान नहीं सका होगा। खड़े-खड़े एकाएक उसे अपने पर बेहद दया आने लगी और जी हुआ कि घर लौट

जाए और खूब रोए, पर बस आने में पाँच मिनट बाकी हैं और उसे काम पर जाना है।

सामने की डोनट-कॉफी शॉप से एक आदमी आधा खाया डोनट हाथ में लेकर बस स्टॉप की तरफ बढ़ा आ रहा है। वह मन-ही-मन में हिसाब लगा रही है कि अपने देश में इस समय शाम होगी। घर पर खाना बनकर तैयार हो गया होगा और माँ बारी-बारी से सबको बुला रही होगी, ''अरे शामू, अपने बाबूजी को बुला कि खाना तैयार है और गुड्डो, रत्ती को भी बुला भई। मैं क्या सारी रात यहाँ बँधी बैठी रहूँगी।'' और फिर बहन-भाइयों का शोर 'हम यह नहीं खाते, हमें गोभी अच्छी नहीं लगती, भिंडी क्यों नहीं बनाई?' 'कल ही तो बनाई थी, रोज-रोज वही बनेगी तो तेरे बाबूजी बिगड़ेंगे, अब खा ले गुड्डो। ये नखरे अभी कर ले, ससुराल जाएगी तो रोज याद करेगी माँ के हाथ का खाना।'

उसके सिर का दर्द बहुत बढ़ गया। सामने से बस आती दिखाई नहीं दे जाती तो वह जरूर मुड़कर घर वापस चली जाती। चाहे फिर जो भी होता। बस वाइन स्ट्रीट से चल होल्डरिज पर बाएँ मुड़ी। खोसला का घर वहाँ से दिखाई देता है। खोसला नया-नया आया है यहाँ। डिटराय से आते ही उसने बड़ा सा आलीशान मकान खरीदा है। दो-दो कारें रखी हुई हैं। एक खुद चलाता है, दूसरी बीवी के पास रहती है। कोई कह रहा था उसे बीस हजार डॉलर सालाना मिलते हैं। बीस हजार डॉलर, डेढ़ लाख रुपया साल। उसने हिसाब लगा लिया और एक लंबी साँस छोड़ दी। इतना कमा रहा है और फिर यहीं बसा हुआ है। वह सोचती है कि उसे इतना पैसा मिले तो फौरन बिस्तर बाँधकर दिल्ली का ही टिकट कटवाए।

अस्पताल की सोलह-मंजिल इमारत दूर से दिखाई देने लगी। उसकी उँगली उसकी नाक के सूने छेद पर आकर तनिक रुक गई और हाथ उसने गोदी में गिरा लिया। छह या सात बरस की थी वह। मामा के यहाँ गरमी की छुट्टियों में आगरा गए थे। इस बात को भी अठारह साल हो गए। नाक-कान बींधने वाला उनकी गली में आया था। मामी ने कहा कि लाओ लगे हाथ लड़की की नाक बिंधवा ली जाए। माँ की तो ज्यादा इच्छा नहीं थी, पर वह स्वयं ही उतावली हो गई थी :

''नहीं माँ, कृष्णा और गुन्नो की तो नाक में लौंग है, हम भी पहनेंगे।''

नाक बिंधवाई, जरा भी रोई नहीं और तीसरे दिन उसकी नाक पर खूब बड़ा दाना बन गया था।

कृष्णा और गुन्नो ने खूब छेड़ा उसे। ''जरूर तूने चने खाए होंगे, तभी नाक पर चना उगा है। हमने मना नहीं किया था?''

और जब धागा कटा तो आँख से झर-झर पानी बह गया था। छेद में मामी ने नीम के सूखे तिनके को पहले तेल में नरमकर फिर थूक में भिगो-भिगोकर उसे पहनाया था।

दिल्ली के लिए जब वे वापस चलने लगे थे, तब मामा ने हल्की सी बेहद बारीक हीरे की कणी की लौंग ला दी थी, जो माँ ने उठाकर रख ली थी। कोई चार बरस पहले जब वह बी.ए. के पहले वर्ष में थी, वह लौंग उसे पहनने को मिली थी और तब से वह उसे पहने ही रही थी, पर परसों एक साथ में काम करनेवाली पूछ बैठी, "अरे, यह नाक में क्या पहना है ?" बात अनसुनी कर वह खिसक गई थी। जानती थी कि साथिन पूछेगी, तुम कहाँ की हो और उसे कहते हुए लाज लगती है कि वह 'इंडिया' की है।

उसे जब यह नौकरी मिली तो पहले दस दिन उसे बच्चों के वार्ड में काम करना पड़ा। वह काम उसे तनिक बुरा नहीं लगा। कुछ व्यस्तता, कुछ नई-नई नौकरी ने उसे सोचने या महसूस करने का मौका ही नहीं दिया। पिछले पाँच दिन से उसकी बदली वृद्ध व मानसिक रोगियों के वार्ड में हो गई। पहले ही दिन से उसे वहाँ बेहद बुरा लगता है। उसे अपने पद की हीनता का एहसास एकाएक बहुत अधिक हो गया है। उसे लगने लगा है कि वह अपने प्रति, अपने देश के प्रति कुछ लज्जाजनक काम कर रही है। वह रात-रात भर सो नहीं पाती है और थकावट से टूटते शरीर को उसका जी होता है; किसी गहरे तालाब में डाल दे, जहाँ से वह पूरी-की-पूरी स्वच्छ होकर निकले।

अस्पताल से बस एक ब्लॉक दूर रह गई। एक कंपन उसके शरीर में होकर चला गया। जाते ही उसे हेड नर्स के साथ उन दोनों अति-वृद्ध रोगियों के बिस्तर लगवाने होंगे और फिर उन दोनों को नहलाना होगा। मल-मूत्र के पैन उठाने की तो शायद उसे फिर भी धीरे-धीरे आदत पड़ जाएगी, पर रोगियों को नहलाने में उसके शरीर का रोआँ-रोआँ घृणा से भर जाता है। फिर उसे इस सबकी आदत नहीं। वह वृद्धा बेहद भारी है और उससे सँभलती नहीं। हेड नर्स को परसों काफी शिकायत उससे थी। कहाँ छह फुटी वह अमेरिकी औरत, कहाँ एक सौ पाँच पौंड की वह खुद, पर किसी से कह भी तो नहीं सकती। डर लगता है कि कहीं घर तक बात न चली जाए।

पिताजी को बहुत बुरा लगेगा। वह सोच भी नहीं सकते कि आशा ऐसा काम करती होगी और तिस पर गौड़ ब्राह्मण होकर, पर अवध, उसका पति और ही तबीयत का जीव है। उसी ने तो जोर दे-देकर यह नौकरी करने को कहा है। हिंदी में आशा एम.ए. है। कोई और तो नौकरी मिल नहीं सकती। एक यही नौकरी थी और अवध का बार-बार कहना, "हाथ की मेहनत की कदर सिर्फ यही देश जानता है। आशा, इसी से इतनी तरक्की की है इसने। यहाँ तो लखपति का लड़का अखबार बाँटता है और बड़े-बड़े लोगों के बच्चे होटलों में वेटर का काम करते हैं। तो हममें ही क्या लाल लगे हुए हैं, जो झूठी मान्यताओं को पकड़े बैठे हैं।"

अवध से वह डरती है। कहती कुछ नहीं कभी। उसे अस्पताल में क्या-क्या हीन काम करने होते हैं और वह अपने आपको मेहतरानी जैसा महसूस करने लगती है, यह

भी उससे बताया नहीं जाता। जिसे खुद नहीं दीखता, उसे दिखाना क्या।

अस्पताल की सीढ़ियाँ चढ़ते उसे याद आ रहा है कि जब अवध से उसकी सगाई हुई थी और उसकी सहेलियों को मालूम हुआ था कि वह अमेरिका जाएगी तो वे उसे अपने घेरे से बाहर किसी अच्छी, किसी बड़ी दुनिया का जीव मानने लगी थी। उनकी ईर्ष्या में आदर भी था और उनके भीतर विस्मय, कि आशा में ही ऐसा क्या है, जो उसे अवसर मिला है। अवध कहा करता है कि अवसर के सिर्फ एक लट होती है, बाकी सिर गंजा। जब सामने आए, पकड़ लेना चाहिए, अन्यथा पकड़ से छूट जाएगा।

शायद वह ठीक कहता है। जब डबलरोटी खाते-खाते जी तंग आ जाता है तो उसको गरम-गरम मकई की रोटी याद आती और सरसों का साग, जिसमें ताजे बिलोए मक्खन की बड़ी सी सफेद-सफेद डली डुबकियाँ लगाती हैं। यह सोचकर तो उसका दिल ही बैठ जाता है कि अवध ने अभी पढ़ाई शुरू ही की है और पी-एच. डी. करते उसे चार साल लग जाएँगे। सड़क पर मिलने-जुलनेवालों से तो वह कतराती है कि कहीं कोई उसकी नौकरी के विषय में न जान जाए।

लंच टाइम में आशा जल्दी-जल्दी अस्पताल की सीढ़ियाँ उतर कोने के ड्रग स्टोर की तरफ जा रही है। उसे याद नहीं रहा था कि यहाँ वेतन हर दो सप्ताह में मिलता है। उसके वेतन का पहला-पहला चेक आया है। वह हिसाब लगाती जा रही है कि छोटी ननद की गुड़िया लेनी है, बड़ी ननद का स्वेटर। दोनों कब से मँगा रही हैं। रती ने बैटरी से चलनेवाला छोटा टेप रिकार्डर मँगाया है और गुड्डो ने बहुत लिखा है, जीजी रेवलोन की लिपस्टिक भेज दो।

उसकी चाल में इस समय एक अजीब तत्परता है। वह एकदम भूल गई है कि उसने सफेद यूनीफार्म व भद्दे से दिखनेवाले रबर के जूते पहने हैं और यह कि घुटने से टखने तक उघड़ी उसकी टाँगों की शेव तीन दिन पुरानी हो गई है। उन पर छोटे-छोटे नए बाल उग आए हैं। उसे यह भी याद नहीं है कि वह अभी नर्स भी नहीं है, सिर्फ नर्स-सहायिका है, जिसे अपने यहाँ दाई कहते हैं।

उसकी हथेलियों में उसकी अपनी कमाई है—साफ-सुथरे हरे-हरे अमेरिकी डॉलर!

□

परदेस

आज फिर जैक बच्चों के सामने लड़-झगड़कर गया है। मिम का जी है कि एक भारी पत्थर उसकी जाती कार पर दे मारे। बच्चे सब सीधे बने अपने-अपने कमरों में दुबके हैं। मिम बैठी है। न्यूयॉर्क स्टेट में तलाक इतनी कठिनाई से मिलता है अन्यथा जल्दी ही उसका पीछा छूट गया होता। तलाक जब तक मिलता नहीं, वह यूँ ही आकर हर शनिवार बच्चों को मिलने के बहाने उसे सालता रहेगा। पुरुष का आहत दर्प है। वह कैसे सह लेगा पत्नी को बच्चों का अधिकार मिलना और कानूनन प्रतिमाह तीन सौ डॉलर बच्चों के खर्च के निमित्त मिम को देना। शाम को खाना नहीं बनाया। बच्चों को दूध देकर मिम ने गिलास में थोड़ी जिन अपने लिए डाली। टेलीविजन खोलते उसने दाँत पीसे।

''डर्टी रैट!'' मिम को आश्चर्य है, कभी इस व्यक्ति से उसने शादी कैसे की थी। दस बजे पेरीमेसन देखकर वह उठी कि फोन बजने लगा। सोचा, उठाए, शायद जैक हो। फिर अनमनी सी उधर बढ़ गई।

''हैलो!''

''मिम!''

''रूपा!''

''हाँ, अकेली हो, कुछ देर बात कर सकती हूँ क्या?'' उधर आवाज टूट गई।

''रूपा, क्या हुआ है तुझे?''

''कुछ नहीं।''

''तू रो रही है रूपा?'' लगा कि रूपा ऐसे रो रही है, जैसे कोई मर गया हो।

''रूपा! रूपा···मुँह से बोल···क्यों रो रही है, किसी ने कुछ कह दिया तुझे?''

मिम जानती है रूपा ओवर-सेंसिटिव है। बात; बिना बात अपमानित महसूस करने लगती है और सदा ही मिम के आगे अपने मन का गुबार निकालती है, पर ऐसे रोती कभी नहीं।

''ओ मिम...लोग इतने गंदे हैं...मिम इतने काले, नीच कपटी...मिम...।''

''तुझे किसी ने कुछ कह दिया क्या?''

''नहीं''

''तो फिर?''

वह फिर सुबक-सुबक कर रो दी।

''ऐसे काले कपटी। मिम, मैं मर जाना चाहती हूँ। मुझे जीना नहीं है। बस अब यहाँ रहना नहीं...।''

''घर जाना है?''

''हाँ, मिम मुझे घर जाना है। मुझे मरना है। तेरे पास नींद की गोलियाँ नहीं हैं क्या?''

''बेवकूफ लड़की। क्या तू इस समय यहाँ आ सकती है?''

''आकर क्या होगा? कार लिन ले गई है...।''

''देख, मैं उधर नहीं आ सकती। बच्चे सोए हैं और मैं खुद क्लांत हूँ, पर तू पहले रोना बंद कर, फिर बता, क्या हुआ है?''

''हुआ कुछ नहीं।''

''नहीं बताना चाहती तो अच्छा है। अब तू टब में गरम पानी भरकर आधा घंटा नहा ले। फिर चाय पीकर सो जा। सुबह इतना क्लेश नहीं रहेगा...।''

उधर रोना दुगना हो गया, मिम खिन्न हो गई।

''अब न तू बताएगी, न चुप होगी?''

''मिम, मैं जीना नहीं चाहती। मिम, लोग कितने...।''

''नीच हैं, कपटी हैं। अरे तो नई बात है क्या और तेरे मरने से क्या सब सुधर जाएँगे? मैं बताऊँ, तू गधी है। तू सोचती है, सबने तेरा उधार खाया है कि तू भली है तो सब भले क्यों नहीं हैं? मेरी सुन, न सब भले हैं, न होंगे और तुझे मरना नहीं है। कोई एक लात मारे तो तू दो लात मार, मरती क्यों है? लिन से तेरा झगड़ा हुआ है?''

''नहीं तो।''

''तो फिर?''

''किसी से नहीं...''

''तू रोना क्यों बंद नहीं करती है? देख तू इधर बहुत पढ़ रही थी। शायद तू जरूरत से ज्यादा काम करती रही है और अगर तेरा मन ठीक नहीं तो तू किसी की सहायता ले। मैं तो तेरी सहायता कर नहीं सकती।''

''मिम, पर मैं जिऊँ कैसे। तू कहती है, चुप हो जा। मेरे बस का तो नहीं न। मेरे अंदर इस समय गाँठें-ही-गाँठें पड़ गई हैं और दम घुट रहा है।''

''कहा तो गरम पानी से नहा ले, लंबी साँस ले। खुली हवा में कोई किताब पढ़ना शुरू कर दे। जानती हूँ, कहना आसान है, करना कठिन, पर निदान क्या है? सुबह तू किसी डॉक्टर से मिल।''

''डॉक्टर से?''

''हाँ तेरा मन अस्वस्थ है। तुझे सहायता चाहिए उसकी, जो दे सके। मैं वह दे नहीं सकती। उसके लिए तुझे किसी योग्य डॉक्टर के पास जाना होगा।''

''पर डॉक्टर क्या करेगा?''

''करेगा क्या? शरीर बीमार हो, दवा देगा। मन बीमार हो तो वैसा उपाय करेगा। देख मैं एक बड़े अच्छे मनोचिकित्सक को जानती हूँ...।''

''नहीं, नहीं मैं ठीक हूँ...मिम। मुझे कुछ नहीं हुआ है। सब इतने घिनौने हैं कि जीने का साहस नहीं रहा। इतनी गंदगी कैसे झेली जाएगी मिम?''

''अच्छा अब तू जाकर नहा और सो जा। सुबह मैं आऊँगी।''

ग्यारह बजे मिम ने फोन किया।

''क्या कर रही थी?''

''बैठी थी यहीं।''

''नहाई नहीं, सोई नहीं?''

''कैसे सोना होगा, मुझसे हिला नहीं जाता, तुमने इतनी रात क्यों तकलीफ की?''

''कहती है, क्यों तकलीफ की? अरे मुझको फोन करते हिचक नहीं हुई और अब मुझ पर इतनी बात लाद दी। चिंतित किया, लेकिन कहा जरा नहीं माना? देख जिसे कष्ट देते हैं, उसकी बात मानते हैं अन्यथा तुझे कोई अधिकार नहीं था कि मुझे दुविधा में डाले।'' मिम बेहद गुस्सा हो आई थी।

''अब सुन, सुबह मैं नहीं आ सकती। मुझे बहुत काम है और मैं तेरी सहायता भी नहीं कर सकती। मैंने अपने डॉक्टर को फोन किया था। यह उसका नंबर है एच.आर. 4-4422। डॉ. ग्रांट। सुबह तू उससे समय ले ले...।''

''पर मिम मैं डॉक्टर को कहूँगी क्या?''

''यह मैं नहीं जानती। मैं इतना जानती हूँ कि तू दुःखी है और तुझे डॉक्टर की सहायता चाहिए। अब तू वायदा कर कि एक बार उसके पास जाएगी...''

''महँगा नहीं होगा?''

''होगा तो तेरा शरीर कोई मूल्य नहीं रखता? वैसे यह डॉक्टर ज्यादा महँगा नहीं है। विशेषकर विद्यार्थियों के लिए है यूनिवर्सिटी की ओर से। बेहद भला आदमी है।''

''मैं वादा नहीं करती। अभी इतना रो लेने पर मन कुछ ठीक है। शायद सुबह सब ठीक हो जाए।''

''नहीं तो समय ले लेगी ?''

''हाँ, नहीं तो डॉ. ग्रांट से समय ले लूँगी।''

''अच्छा अब सो जा।''

''मिम शुक्रिया···।''

''सो तू बचा के रख, कहीं और काम आएगा।''

रूपा नहाई। रूपा ने चाय पी। रूपा ने 'सुनहरे शैवाल' के दस-बीस पन्ने पलटे और अकेले कमरे में भरी रात में रूपा छटपटाकर रोई। गिरीश का फोटो खोजकर निकाल, बेतहाशा वह हँसता चेहरा चूमा और फिर जोर से दीवार में मारकर अपना माथा फोड़ लिया।

हाल ही में नई बनी दुमंजिली इमारत की सीढ़ियाँ चढ़ती रूपा का मन हुआ कि अब भी लौट जाए। 'साइकोलॉजिकल सर्विस' की तख्ती के पास आ वह क्षण भर खड़ी रही। घड़ी साढ़े नौ बजा रही थी। साढ़े नौ बजे डॉक्टर से उसका अप्वाइंटमेंट था, ऑफिस दो कदम भर और था।

''कहिए ?'' सुनहरी बालों वाली सेक्रेटरी ने हरे शेड से रँगी पलकें उठाईं।

''मेरा अप्वाइंटमेंट है डॉक्टर ग्रांट से।''

''श्रीमती सिंग ?''

''जी।''

''बैठिए, डॉ. ग्रांट अभी आते हैं।''

अधिक बैठना नहीं पड़ा। दो-एक मिनट में बाईं ओर का दरवाजा खोलकर डॉक्टर ने उसे भीतर आने का संकेत दिया। सोचा, इतनी कम आयु का डॉक्टर। नहीं उसका असिस्टेंट होगा, पर डॉक्टर ही था। कमरे में सुबह की धूप थी। खिड़की के नीचे पार्किंग लॉन में कारों की कतार भरी थी।

''मैं रूपा हूँ, डॉ. ग्रांट। मिम मेरियम ओब्रायन ने मुझसे वायदा करवाया था कि मैं आप से सहायता लूँ।''

''हाँ, मेरियम का कल रात फोन आया था कि आप व्यथित हैं, पर आप क्या स्वेच्छा से नहीं आईं ?''

''जी, वह बात नहीं। मैं पहले कभी किसी मनोचिकित्सक के पास गई नहीं और मुझे भय था कि मैं कुछ कह नहीं पाऊँगी।''

''देखिए मानसिक चिकित्सा एक विशेष प्रकार की चिकित्सा है। इसके लिए आप किसी प्रकार बाध्य नहीं हैं। वैसे संकोच स्वाभाविक है, पर जो आप नहीं कहना चाहें, वह न कहने को आप स्वतंत्र हैं।''

लगा कि टूटकर जिस आशा में वह यहाँ तक चली आई थी, वह भी संभव नहीं

होगा। रुँधे गले से बोली, "मिम का कहना है कि मुझे सहायता की आवश्यकता है।"

"आपका अपना भी यही मत है कि आपको आवश्यकता है?"

दो बड़ी-बड़ी डबडबाई काली आँखें डॉक्टर के चेहरे पर जम गईं। धूप के तार में चमचमाता आँसू पहले एकाएक उभरा, फिर धार बनकर।

"अच्छा, आपकी आयु कितनी है?"

"छब्बीस वर्ष।"

"विवाहित हैं?"

"जी।"

"कितने वर्ष से?"

"पाँच वर्ष।"

"पति यहीं हैं?"

"नहीं, वे रिवर साइड में हैं। मुझे बर्कले फेलोशिप मिल गया। मैं एक साल से यहाँ हूँ। वे रिवर साइड में पढ़ाते हैं।"

"बेबी?"

"जी एक बेबी है तीन साल की। वह दादी के पास है देश में। साल भर की थी, तभी हम यहाँ आ गए थे।"

"···से आपके संबंध कैसे हैं?"

"···"

"सुखद?"

"सुखद? कह नहीं सकती, मैं शायद उनके योग्य नहीं हूँ।"

"यह तो कोई बात नहीं हुई।"

"वे मुझसे घृणा करते हैं।"

"कल आप इसी कारण दु:खी थीं?"

"जी नहीं, उनका इससे कुछ संबंध नहीं है। उनकी घृणा की तो मैं आदी हूँ।"

"तब?"

"डॉ···क्ट···र?"

"अच्छा, आप पढ़ती हैं?"

"जी सोशल वर्क में एम.ए. कर रही हूँ।"

"आपका विद्यार्थी जीवन संतोषप्रद है?"

"था। डॉक्टर पिछले कई महीनों से हमें फील्ड वर्क के लिए जाना पड़ा है। उस क्षेत्र में मेरी एक व्यक्ति से भेंट हुई। जब मेरा उस व्यक्ति से परिचय नहीं था, तब मैंने सुना था कि वह बेहद लंपट है, पर मैंने जब उन्हें जाना, तब बेहद सहृदय व भद्र पाया।

मैं दिन रात उन्हीं के विषय में सोचने लगी।''

''ऐसा क्यों?''

''वह सदा इतने नम्र रहे और मेरा इतना खयाल रखते रहे कि···साथ ही वह बहुत मेधावी भी हैं।''

''अच्छा वह व्यक्ति कितनी वय के होंगे?''

''लगभग पचास। शायद अधिक या कम भी हों, ठीक से नहीं कह सकती।''

''विवाहित हैं?''

''जी, उनके तीन बच्चे हैं।''

''आपका उनसे मिलना कहाँ होता रहा?''

''काम के सिलसिले में उनके ऑफिस में ही।''

''और मित्रता बढ़ी?''

''जी।''

''कितनी?''

''जितनी मित्रता बढ़ सकती है।''

''यानी आपका उनसे संबंध हुआ?''

''पिछले सप्ताह मैं उनसे मिली।''

''उसके बाद?''

''नहीं।''

''सुझाव उनकी ओर से था?''

''मेरी ओर से नहीं था, यह कहना तो गलत होगा। जो मेरे चेहरे पर लिखा, शायद उसी को उन्होंने शब्द दे दिए। ऐसा मान लीजिए।''

''और यह संबंध पूरक रहा?''

''अब तक पूरक से अनभिज्ञ थी।''

''फिर?''

''डॉक्टर, बीच में ईस्टर की चार छुट्टियाँ पड़ीं। इस बीच उनसे बात नहीं हुई, न टेलीफोन ही, पर मैं उसी सबके विषय में सोचती रही। छुट्टियों के बाद काम से ऑफिस गई। लगा कि बदले से हैं। यकीन नहीं हुआ। उम्मीद थी, फोन करेंगे, वहाँ चुप्पी बनी रही। मैंने फोन किया। बड़े ठंडे से बोले। कल ऑफिस गई···डॉक्टर उनकी आँखों में पहचान तक नहीं थी। मैंने सोचा, मुझे धोखा हुआ। शाम को लाइब्रेरी से लौट रही थी तो मैंने देखा कि उनकी कार में एक अन्य महिला बैठी। सुबह उसे ऑफिस के बाहर भी देखा था···डॉक्टर, मुझे लगा कि मेरे जिस्म में कीचड़ सनी है और दुर्गंध उठ रही है। मैं नहीं जानती, कैसे घर पहुँची, पर मुझे दुःख हुआ कि मैं जीवित पहुँच गई हूँ। मैंने

कई तरह मरने की सोची, फिर मिम से बात हुई।''

''अच्छा यह बताइए कि क्या आप उनसे विवाह की आशा रखती थीं?''

''विवाह? नहीं तो। वह विवाहित हैं और मैं भी।''

''तो? केवल संबंध जारी रखना चाहती थीं?''

''कम-से-कम पहचान तो चाहती थी। यह नहीं चाहती थी कि एक दिन में ही अजनबी हो जाऊँ।''

''पर यह आप जानती थीं कि यह संबंध स्थायी नहीं होगा?''

''जी।''

''फिर इतना संताप क्यों?''

''डॉक्टर, एक विशेष समाज में पली, उसके संस्कारों से जकड़ी मान्यताओं को निभाती एक स्त्री जब उन सब मान्यताओं के विरुद्ध इतना बड़ा या इतना हेय कदम उठाती है और फिर जान जाती है कि यह जो किया, वह सब किसी इतनी छोटी, इतनी गंदी, इतनी कुरूप वस्तु के लिए किया, तो मन में घिन्न-ही-घिन्न भर जाती है। यह गंदगी सनी सी जो लगती है, इसके साथ कैसे जीना होगा...। माफ कीजिए; मैं रोना नहीं चाहती, पर मेरा बस नहीं है। कल सोचा था कि सब रोना चुक गया है, पर अभी...।''

''आप जितना चाहिए, रो लीजिए। उसमें क्षमा नहीं माँगिए। यह एक घंटा आपका है। अच्छा आपने कहा कि पति आपसे घृणा करते हैं?''

''जी उन्हें जब से मालूम हुआ कि विवाह से पहले मैं किसी अन्य से विवाह करना चाहती थी, उन्होंने मुझे क्षमा नहीं किया।''

''वह घृणा कैसे प्रकट होती है?''

''सुबह से शाम तक की दिनचर्या में, हर छोटे-मोटे कार्यकलाप में। जिसमें मेरी रुचि हो, वही नहीं करने देना। यह जानते हुए भी कि बेबी से मुझे अलग करना मुझे जीवित ही मार देगा, उन्होंने उसे अपनी माँ के पास छोड़ दिया। साल भर मैं बहुत रोई अपनी बच्ची के लिए। फिर यह फैलोशिप मिल गई तो यहाँ आ गई। नहीं तो जाने जीती भी कि नहीं। डॉक्टर मुझे अपने से नफरत हो गई है। मेरी बच्ची मुझे भूल गई, ऐसा खत में लिखा रहता है। पति के पास छुट्टियों में जाती हूँ, तो ताने देते हैं। वे नाराज हैं मेरे यहाँ आने से और अब यह पतन और वह भी अकारण...।''

''देखिए आप अपने को व्यर्थ सालिए नहीं। पाँच साल के वैवाहिक जीवन में यह पहला अवसर था कि आपने बाहर संबंध स्थापित किए?''

''जी, सिर्फ विवाह से पहले गिरीश से प्रेम था, पर संबंध नहीं। वह शादी नहीं हो सकी। जब यहाँ इस व्यक्ति से मिलना हुआ तो दूसरा जन्म हुआ, पर वह तो छलना थी।''

''श्रीमती सिंग, व्यक्ति साधारणत: वही खोजता है, जिसका अभाव हो। आपका

सीधा सा केस है। आप इतनी दु:खी हैं तो जैसा आपने कहा; अपने संस्कारों की वजह से, अन्यथा मुझे तो आश्चर्य है कि इतने साल आपने ऐसा जीवन बिताया और संतुष्टि की खोज नहीं की।''

''मैंने आशा की थी कि आप मुझे डाँटेंगे। आप तो मेरी गलती को गलती तक नहीं कह रहे।''

''नहीं, डाँटने का प्रश्न ही नहीं। प्रश्न यहाँ यह नहीं कि व्यक्ति को क्या करना चाहिए, क्या नहीं। प्रश्न यहाँ यह है कि व्यक्ति जो करता है, वह क्यों करता है ? आपने जो बताया, उसके अनुसार आपकी किसी में रुचि थी। वह स्वप्न बीच में भंग हो गया। विवाहित जीवन में असंतुष्टि रही। मानसिक क्लेश भी। आप एक व्यक्ति से मिलीं, जो लगा, इस अभाव को दूर कर देगा। आप आकृष्ट हुईं, उस व्यक्ति में आपको तृप्ति मिलती थी। उसे आपने पुनर्जन्म कहा। वह आपका आपके विवाह से पहले की स्थिति में लौट जाना हुआ।''

''डॉक्टर अपने को मैं शायद समझती हूँ, पर यह जो हो रहा है, इसे नहीं समझती।''

''इसे भी देखिए। आप उससे प्रेम करने लगीं, पर वह विवाहित है और शायद उस व्यक्ति को छोटे-मोटे अस्थायी संबंध स्थापित करने की आदत है। स्थायी संबंध के लिए न उसकी वय है, न स्थिति, न शायद भावनाओं के लायक मन:स्थिति। वह उन लोगों से संबंध स्थापित करने का आदी है, जो ऐसे संबंधों के आदी हैं। अब आप भिन्न थीं, आपने अस्थायी से अधिक चाहा। शायद वह व्यक्ति समझ गया कि आपको उससे वास्तव मैं प्रेम है और वह डर गया।''

''डर ? वे ऐसे नहीं कि किसी से डरें।''

''श्रीमती सिंग, एक पुरुष जो भयभीत है, वह सदा सुदृढ होने को भान देता है। यह जरूरी नहीं कि वह आपको पहले से कम पसंद करने लगा हो, पर वह अवश्य आपसे दूरी चाहता है, अपनी सुरक्षा के हेतु, क्योंकि शायद उसकी इसमें कोई भावना मिश्रित नहीं है। यदि है तो वह उसे स्वीकारने की स्थिति में नहीं। अब रहा आपकी मृत्यु कामना का प्रश्न, सो मेरी राय में आप इस व्यक्ति के संपर्क में बिल्कुल न आएँ। क्या ऐसा संभव है ?''

''संपर्क यथासंभव कम हो सकता है, टूटना अभी संभव नहीं। दो-एक महीने अभी काम बाकी है।''

''ठीक है। दूसरी बात, आप इस समय बहुत टेंस हैं, वक्ष में या पेट में दर्द महसूस होता है ?''

''जी, भीतर सब ऐंठता है।''

''आप खुलकर साँस लीजिए और अपने को व्यस्त रखिए। जब तक आप ठीक

न समझें, कार भी न चलाइए।''

''वह कैसे होगा डॉक्टर, कार नहीं चलाना अपने से भागना होगा। मैं अभी अपने से भागी तो जीवन क्या जीने लायक रहेगा?''

बाहर धूप पर बादल आ गए थे।

''अगले सप्ताह आप इसी समय आइए। तब भविष्य के लिए कुछ सुझाव खोजेंगे, ताकि आपकी जो असली बीमारी है एकाकीपन, उसे दूर किया जा सके और अगर इससे पहले आप जरूरत समझें तो फोन कर लीजिएगा।''

एक सप्ताह में पतझड़ आ गया है। पत्ते, जो लाल-सुनहरे हो पके से वृक्षों पर अटके थे, एकाएक झड़ गए हैं। शाखें नंगी हैं, दिन मातमी। कमरे में आज धूप नहीं। डॉक्टर की गहरी बादामी आँखों में चमक है, पहचान है, सौहार्द है, चिंता है।

''आज रोने की तैयारी में पहले ही से रूमाल हाथ में है?''

''नहीं डॉक्टर, आज रोऊँगी नहीं। अभी उस दिन की लज्जा बनी है।''

''आपका भेजा हुआ गुलाब मिला। देखिए अभी भी खिला है। शुक्रिया।''

''मैंने तो बेहद रुक-रुककर भेजा था और भेजने के बाद भी पछताती रही थी।''

''क्यों?''

''कहीं आप भी डर न जाएँ,'' हँसी में कही बात।

''आपका उस व्यक्ति से फिर सामना हुआ?'' एक साँवली छाया कमरे में उतर आई।

''जी बात नहीं हुई। मैं आपकी बातों पर सोचती रही। डॉक्टर अभी भी कभी-कभी दम घुटने लगता है और शरीर घिन्न से भर जाता है और मरने की तबीयत होती है। डॉक्टर ऐसा छोटा काम मैंने कैसे किया?''

''देखिए श्रीमती सिंग, आपकी बातों से यह अनुमान लगाया है कि आपका अपने विषय में कुछ निर्धारित मत है कि आप ऐसी हैं और आपको यह तकलीफ इसलिए नहीं है कि आप उस व्यक्ति से प्रेम करती हैं, बल्कि इसलिए है कि आप अपमानित महसूस करती हैं और जो घटना आपके लिए इतना महत्त्व रखती है, वह उस व्यक्ति के लिए तो आए दिन की बात है। अच्छा यह बताइए, आपने अपने भावी जीवन के लिए क्या सोचा, आप क्या पति से तलाक चाहती हैं?''

''नहीं, नहीं तो।''

''तो इस स्थिति में, जिसमें पति आपसे प्रेम नहीं करते, आप रहना चाहती हैं?''

''डॉक्टर, विवाह हमारे लिए एक ही ओर को जानेवाला रास्ता है और फिर तलाक, जो सुख की उम्मीद में लिया तो कौन जाने वह सुख हाथ आएगा भी कि नहीं? डॉक्टर जीवन तो ऐसे ही चलाना होगा।''

''खैर, यह आपका निश्चय है, पर ऐसे जीवन में जो स्नेह का अभाव है, वह आप फिर कहीं खोजेंगी। वह स्वाभाविक बात है और फिर स्थिति ऐसी ही हो सकती है या तो आपको यह स्वीकारना होगा या फिर कष्ट के जीवन को छोड़ सही रूप से सुख खोजना होगा। अभी आप बंधन में हैं। या तो बंधन के जीवन को सुधार-सँभालिए या छोड़ दीजिए। देखता हूँ कि छोड़ना आप नहीं चाहतीं और सुधारना आपके पति के ही हाथ में है। ऐसे में बाहर से अभाव पूरा होना...।''

''नहीं। डॉक्टर नहीं। यह जो एक बार हुआ, क्या कम हुआ। अब फिर ऐसा नहीं होगा। दोबारा कभी नहीं...।''

''चलिए, ठीक है। इस बीच कुछ और?''

''विशेष कुछ नहीं। सिर्फ कार चलाते समय मैं संगीत लगा लेती हूँ। उससे ध्यान बँट जाता है और तेज नहीं चलाती और इधर आपके विषय में बहुत बार सोचा मैंने। सोचती हूँ आपकी सहायता की आदी न हो जाऊँ या...लगता है, पतली रस्सी पर चल रही हूँ, कदम-कदम पर संतुलन रखती...।''

''प्राय: रोगी अपने मनोचिकित्सक के प्रति स्नेहशील हो जाते हैं। यह भी स्वाभाविक है। मैं समझता हूँ आप स्वस्थ हैं और संस्कार कहिए या आपकी सुबुद्धि, यह चिकित्सा आपको लाभ नहीं देगी। इस स्थिति में अगले सप्ताह के लिए अप्वाइंटमेंट नहीं लीजिएगा। भविष्य में कभी भी आपको लगे कि मैं सहायक हो सकता हूँ तो आप फोन कर लीजिए...डॉक्टर के नाते या मित्र के...।''

''जी, धन्यवाद!''

कार तक पहुँचते रूपा के सीने में फिर गाँठें भर गई हैं। चमड़े के पर्स पर स्टीयरिंग से टकराकर आँसू टपकते जा रहे हैं। अंधकार ने बाजू पसार दिए हैं।

□

तलछट

पूरे एक रुपए का टिप बैरे के लिए छोड़ वह बाहर निकली। लगूना आज देख लिया उसने भी। मालदारों का नया खर्चा-घर, बेहद उदास, घुटा-घुटा और नकली। जब से वह दिल्ली आई है, कितनों ने उससे पूछा कि वह लगूना में कभी चाय पीने गई कि नहीं ? और उसके नकारात्मक उत्तर पर उसे दया की दृष्टि से देखा। इसीलिए आज यहाँ आई, क्योंकि तीस रुपए जहाँ खाने के लगे, जरूर वहाँ खासियत होगी ही। आज अकेले उसने वहाँ काफी पी ली है। वेतन मिला था। पर्स में दो सौ के नोट चुभ रहे थे। शाम भर मन भर्राता रहा था कि कुछ आज किया जाए, तोड़ दिया जाए।

इंडियन एयर लाइंस के ऑफिस के बाहर बस भर विदेशी उतरे। कुछ देर वह ठिठककर देखती रही। एक थुलथुल अमेरिकी महिला की रंगीन शीशों की माला बिजली में झलमल करती, नीले टूरिस्ट बैग, चेकदार हल्के सूटकेस, कैमरे, दूरबीन, थके चेहरे। लंदन, पेरिस, जिनेवा, न्यूयॉर्क, कैलीफोर्निया। वहाँ शायद साँस खुल कर आती हो, घुटती नहीं हो, वहाँ शायद लोग जीते हों, वहाँ शायद जिंदगी बीमार न हो।

धीरे-धीरे चली। अन्नपूर्णा पीछे रह गया। जनपथ के खोखे भी। इन्हीं लकड़ी के खोखों में दिन-रात लाखों का व्यापार। दिल्ली की हर फैशनेबल लड़की के गिरजे, मंदिर, गुरुद्वारे यही खोखे। यहाँ सब मिलता है। नकली जेवर। नकली बाल। चेहरे के लिए रंग-रोगन। शरीर के लिए झाड़-फानूस, परदे।

"आजकल तो सभी लड़कियाँ नौकरी करती हैं," भाभी ने कहा था। भैया ने सिर हिला दिया था चुपके से।

माँ बहुत रोती थी। मरते समय कहना चाहती थी, देख संतोष, तेरे दहेज का यह सामान मैंने बना रखा है…।" किंतु उसने ही ध्यान नहीं दिया था। भैया ने गुस्सा दिखाया था, "हम किसलिए हैं ? हम पर छोड़ दो।" अब कभी-कभी वह रो लेती है। तेरहवीं के महीना भर बाद भाभी बोली थी, "बीबी, लड़के आसानी से तो मिलते नहीं। तुम्हारे भाई देख तो रहे हैं।"

कट गई थी वह यह सुनकर।

"टाइप-वाइप कुछ सीख लो। बी.ए. कर खाली बैठोगी तो कैसे होगा? आजकल सभी को हाथ-पैर चलाने पड़ते हैं।"

घर छोड़ते दिल टूटा था। डर लगा था, पर वह घर, घर क्या, जहाँ वह सबको खटके दिन-रात। भाभी के भाई की सिफारिश चली। भैया भीगी बिल्ली से टैक्सी में बिठा होस्टल में छोड़ आए। रुके नहीं थे तनिक भी। उसकी ओर देखा भी नहीं। हाँ, चलते समय भाभी ने कहा था, "अरे ये साड़ियाँ क्यों ले चली संतोष। ऑफिस में अपटू-डेट कपड़े पहनना"...और साड़ियाँ सब भाभी ने अलमारी में सहेज दी थीं।

अनाथ!

पैर के अँगूठे में बड़ा पत्थर लगा। अँधेरे में सामने से आता एक शोहदा वक्ष पे चिकोटी काट गया।

कमबख्त...सूअर...।

इंपीरियल होटल से वापस मुड़कर वह कनाट प्लेस की तरफ चली। कुल सात बजे हैं। समय भी तो कटता नहीं। हल्की नाइलोन की साड़ी। लुधियाने की किसी हौजरी का बना काला कार्डिगन। नवंबर की शाम। अकेली वह। लोग घूरते हैं। अपने आपको पागल सी लगती है बेमतलब घूमती, पर रोज पिक्चर नहीं देख सकती। रोज टिकट भी तो नहीं मिलते।

"वेणी मेम साहब...वेणी...पच्चीस पैसे...।"

"नहीं चाहिए भाई, नहीं चाहिए। कहा न...।"

दुबला बीमार लड़का। पतली सूती कमीज। सर्दी की शाम। थाली में उसने चवन्नी छोड़ वेणी उठा ली। सूँघा। फूल बेला के नहीं, डेला के सफेद फूल थे। उन पर इतर छिड़का हुआ। इस शहर में फूलों की भी शार्टेज। वेणी उसने कलाई पर लपेट ली। पैर दुखने लगे उसके चलते-चलते।

कमरा एक है। सोने, बैठने, पढ़ने के काम आता है। शृंगारघर भी वही है। एक छोटा गुसलखाना है। छोटी सी गैस के स्टोव की रसोई है। कभी-कभार ही उसमें शाम का खाना बनता है। सुबह चाय उबालकर पी ली, दोपहर में सैंडविच, शाम को कहीं आलू की टिकिया, समोसे खा लिये। इला और अप्पी उसकी रूम-मेट हैं। इला शाम को घर कभी रहती नहीं। अप्पी बेहद आलसी है।

रही वह, सो अपने लिए कौन झंझट करे, साथ ही इतना समय नहीं होता कि आटा-दाल लाया जाए। इससे तो मद्रासी रेस्तराँ की थाली अच्छी—सस्ती, तैयार। शाम को ऑफिस से लौटने पर ताला पड़ा कमरा और आग बुझी रसोई देख सदा तबीयत घबराने लगती है।

जी करता है कि भागकर फिर भीड़ ही में खो जाए। भीड़ धड़कती है···भीड़ की धमनी में रक्त रहता है···शोर, गंध, स्पर्श रहता है। भीड़ एक नशा है, जो धीरे-धीरे गहराता है। पर्स अप्पी के पलग पर फेंक वह नीले बेडकवर से ढके दीवान पर लेट गई।

कमरा महक-भरा था। मुफ्त मिलते हैं न इला को सभी सेंट। न लगाने से खत्म होते हैं, न बाँटने से। उसे भी तो इला ने कई शीशी फ्रेंच सेंट की दी हैं, पर उससे लगाए नहीं जाते। झिझक होती है। जब नई-नई आई थी, तब उसे इला अजीबोगरीब लगती थी। ऑफिस से आकर इला नहाती है, नहाकर बिना कपड़े पहने बाथरूम से चली आती है। श्रृंगार मेज पर घंटों बैठी रहती है। अला-बला लगाती है। मोटे होंठ तीखे लाल रंगती है। भौंह और पलकों को गीले काजल से तराशती है। बगल में, सीने पर, सेंट रगड़ती है। फिर सिल्क की साड़ी पहनती है गहरे रंग की और पेटीकोट मलमल का कि साड़ी शरीर एक हो रहते हैं। इला उसपर हरदम बिगड़ा करती थी, ''ओ लड़की, यह सूरत-ही-सूरत है तेरी कि इसका कुछ करे-बनाएगी भी, यह धुला चेहरा। इस शहर में इसका क्या होगा? आ तुझे कुछ अक्ल सिखाऊँ···।''

''न बाबा। मैं ऐसे ही भली।''

पर इला तब तक भूल भी गई होती थी कि क्षण भर पहले वह क्या कह रही थी।

''यह राबिन्स का बच्चा पूरा गधा है। हब्शी कहीं का। सभी को एक ही मर्ज। कभी-कभी जी में आता है, किटमैन की तरह बंदूक लेकर आठ-दस लड़कों को ठिकाने लगा दूँ···।''

दो बार कार का हल्का सा हॉर्न सड़क पर बजता है, इला पर्स झुलाती अप्पी के गाल पर चिकोटी काटती संतोष के बाल झटकती चली जाती है।

''अप्पी, यह इला ऐसी क्यों है?''

''कैसी है?''

''नहीं, कुछ नहीं, मैंने यूँ ही पूछ लिया था।''

''तू उसे नहीं जानती, तोषी। इला बड़ी ही प्यारी है। सिर्फ उसकी जुबान करारी है। मैं और यह एक ही कॉलेज में पढ़ती थीं। मैं तो इसे बरसों से जानती हूँ। बुरा यह हुआ कि एक सरदारजी से इसका लव हो गया, पर वह था लुच्चा। इससे शादी का वायदा कर कैलीफोर्निया भाग गया। इसने बहुत खत लिखे, पर एक का भी जवाब नहीं। पीछे उसने एक सरदारनी से शादी कर ली वहीं पर और इसे तीसरा महीना था। कहती थी, मर जाऊँगी। हमने बहुत समझाया। रफा-दफा किया एक डॉक्टरनी को डेढ़ सौ रुपए देकर, पर तभी से इसको कुछ हो गया है···।''

''यह जिसके साथ जाती है, उससे ब्याह क्यों नहीं कर लेती?''

''ब्याह? तोषी यह दिल्ली है, यहाँ कोई किसी से शादी-वादी नहीं करता। जानती

है इला ऐंग्लो-इंडियन है और ऐंग्लो-इंडियन लड़की से कोई ऐंग्लो इंडियन शादी करे तो करे, बाकी हिंदू, सिख तो सब कायर हैं, एकदम नीच। समझते हैं कि लड़की के बाल कटे हैं, स्कर्ट पहनती है तो जरूर ही उसका 'मॉरल स्टैंडर्ड' भी स्कर्ट के जितना ही छोटा है। इला को सब तंग करते हैं। ऑफिस का हर छोकरा, बॉस-मिस टामस शाम को मेरे साथ चाय पीजिएगा, डिनर लीजिएगा? दस रुपए चाय पर उड़ा दिए, किसी की कार माँग लाए वायदे पर कि उसकी भी इला से मुलाकात करवा देंगे और घर लौटते समय बेचारी को उल्टा-सीधा पटाते हैं, पीछे अपनी हिंदू बीवियों के पास लौट जाते हैं सीधे-सादे बनकर।''

''वह जाती क्यों है उनके साथ?''

''तू बच्ची है। दो साल रह इस कमरे में, तो तू जानेगी दीवारें क्या होती हैं···।''

अप्पी और ही लड़की है। सबसे हँसती-बोलती है, पास नहीं फटकने देती। किसी मेजर से सगाई हुई है। हर पंद्रह दिन में वह देहरादून से आता है। तब अप्पी रात को लौटती नहीं। हैंडबैग में एक साड़ी रखकर ले जाती है।

आज सुबह ठुड्डी के पास पड़े नील पर ढेर सी क्रीम की मालिश करते इला उसके पास आई थी।

''क्यों तोषी? मैं तो सोचती थी तू बड़ी सीधी है।''

''क्या हुआ मेरे सीधेपन को, इला?''

''यही तो पूछती हूँ। यह निक्की के साथ क्या है तेरा?''

''निक्की?''

''अरे वही नानकचंद खन्ना, मिस्टर निक्की। तेरा बॉस। सुना है, तू पिक्चर देखने गई थी उसके साथ?''

''तुझे किसने कहा?''

''उससे तुझे क्या? गई थी तो गई थी, पर यह बता कि निक्की को छोड़ तुझे कोई और नहीं मिला? देख तोषी, तू बड़ी अच्छी लड़की है और तू बहुत उदास रहती है। अकेली रहती है। तेरी ओर, लोग ज्यादा ध्यान नहीं देते। कोई तेरे से बात नहीं करता। निक्की बहुत भला है। पोजीशनवाला आदमी है, रोबदाब है। लंच टाइम में तुझसे मीठी बात करने लगा है···।''

''इला?''

''बुरा लगता है मेरा कहना? मुझे परवाह नहीं। मुझे परवाह तेरी है। जानती है कि वह शादीशुदा है। उसकी एक 'स्वीट हार्ट' भी है। वह भी शादीशुदा है। जब वह नहीं आ पाती, तब वह ऑफिस की छोकरियों से इश्क बघारता है। समझी। असल में शादीशुदा आदमी शादीशुदा औरतें ही पसंद करते हैं। तेरे जैसी सीधी-सादी लड़की उन्हें

बोर कर देती है, जबकि तू दिल तोड़कर बैठ जाएगी उसके लिए। रोएगी। मेरी मान, झटपट ब्याह कर ले उस कवि महाराज से, जो अभी-अभी तेरे डिपार्टमेंट में आया है। मैंने तेरे पीछे जाते और दूर-दूर से ताकते देखा है। होते तो कवि शायद सब पगले हैं। तू क्या कम है ? नहीं तो आज निक्की, कल कोई और पटाएगा। यहाँ सब चोर हैं तोषी··· डाकू ठग···खासकर जो शादीशुदा हैं। वे एक ही बात जानते हैं, सुना।''

ऑफिस से जब वह बाहर निकली थी, तब उसने एक बड़ी सी काली कार स्टार्ट होती देखी थी, मिस्टर खन्ना की कार। बगल में ऊँचा जूड़ा बनाए कोई बैठी थी। निक्की ने तोषी की ओर देखा तक नहीं।

पर उस दिन सिनेमा हॉल के अँधेरे में उसने तोषी की उँगलियाँ अपने होंठों पर रख ली थीं। ''एकदम नूतन का चेहरा है, संतोष तुम्हारा,'' तोषी के कान में उसने कहा था।

भीगे तकिए में भीगा चेहरा रगड़ते हुए वह सिसकी। घर की याद उभर आई।

विभा, कीटू जब स्कूल से लौटकर पूछते हैं, ''मम्मी, बुआ कहाँ गई हैं ?''

भाभी चीखकर कहती है, ''हर समय बुआ-बुआ। मर गई है।''

□

गुलमा बेगम

कहते हैं, मेरा जन्म लंदन की किसी फैक्टरी में हुआ और वहाँ से भारत लाया गया। वह तो सब मुझे याद नहीं, पर मुझे याद है वह बड़ा कमरा, जिसमें तरह-तरह की सेंट की महक भरी रहती थी और जहाँ मेरी मालकिन मेरे सामने बैठ शृंगार किया करती थी। जूलिएट समाँलट था उनका नाम और अपने पति कर्नल समाँलट से उम्र में वह बहुत छोटी थीं। अकसर कर्नल साहब उस कमरे में कॉफी का प्याला लेकर चले आते और मैं उनकी बात सुना करता, पर तब मैं बहुत छोटा था और आधे से अधिक बातचीत मेरी समझ में नहीं आती थी। हाँ, इतना मैं जरूर समझ गया था कि मेम साहब को यह देश बहुत अच्छा लगता है और साहब को इससे सख्त नफरत है। वह अकसर यहाँ के लोगों को काला,जाहिल इत्यादि कहते रहते थे और जूलिएट मेम साहब प्रतिवाद में खिलखिलाकर हँस पड़ती थीं और जल्दी-जल्दी बालों में ब्रुश घुमाने लगतीं, कभी मुँह में पिन दबाए कहतीं, "हेनरी! मुझे तो बहुत आराम है यहाँ। देखते हो देवी की तरह पुजती हूँ।" कर्नल साहब को यह उपमा सदा अखरती और वह गुर्राते, "कितनी बार कहा है यह मत कहा करो।" कर्नल के बारह जाते ही जूलिएट मुँह बनाकर फिर हँस देती।

बात सन् पैंतालीस की है। चारों ओर बहुत हंगामा हो रहा था उन दिनों और समाँलट साहब कई-कई दिन दौरे पर रहते थे। मैं दस बरस का रहा होऊँगा तब। एक दिन समाँलट साहब अचानक चल बसे। हुआ यह कि वह बहुत तेजी से बँगले की सीढ़ियाँ उतर रहे थे, उनके हाथ की छड़ी एक गुलदावरी के गमले में फँस गई, धक्के से वह लुढ़के तो ढेर होकर ही रहे। भारी-भरकम आदमी थे नहीं तो शायद हाथ-पैर टूटकर रह जाता। जूलिएट मेम साहब ने जाने किस-किससे मिल-जुलकर उसी समय हवाई जहाज से शव इंग्लैंड ले जाने का प्रबंध कर लिया और एक छोटा सूटकेस साथ ले उसी शाम वह चली गई। जाते समय उन्होंने मेरी ओर ठीक से देखा तक नहीं और यह गम हफ्तों मुझे सालता रहा। उस बंद कमरे में सेंट की महक में घुटता मैं जूलिएट मेम साहब के लौटने की प्रतीक्षा करता रहा, पर वह नहीं आई। सोलह दिन बाद दरवाजा

खोला गया तो एक गोरे साहब (जो क्लर्क से दिखते थे) के साथ दो-तीन 'काले लोग' कमरे में आए। यह पहला मौका था कि काले अजनबी उस कमरे में आए, नहीं तो आया और घर के स्टॉफ को छोड़ कोई काला उसमें नहीं आ सकता था। मेरे भी कान खड़े हुए। उन काले लोगों में मूँछोंवाला रोबीला सा दिखनेवाला एक शख्स बार-बार मेरे नजदीक आकर मुझे घूर रहा था और हर बार एक मुसकराहट उसके मुँह पर तैर जाती थी। मैं तब तक नहीं जानता था कि समाँलट साहब से दशवासियों के लिए इतनी नफरत मैंने भी विरासत में पा ली हैं और उन्हें नीची दृष्टि से देखने लगा हूँ। इस आदमी का बार-बार मुझे छूना हिमाकत सा लगा।

पर तब मुझे यह एहसास नहीं था कि यह शख्स मेरा नया मालिक होगा। उसी दिन कुछ लोगों ने मिलकर मुझे उठाया और एक पुराने कंबल में लपेटकर दो कुलियों के सिर पर रख कहीं के लिए चलता कर दिया। कंबल मेरे चारों ओर इस तरह लपेटा गया था कि मुझे कुछ दिखाई नहीं देता था कि मैं कहाँ जा रहा हूँ, पर मेरे चारों ओर शोर-शराबा हर कदम के साथ बढ़ता जा रहा था। इससे मैंने अंदाजा लगाया कि मैं काले लोगों की बस्ती में पहुँचाया जा रहा हूँ। उस वक्त बहुत याद आई जूलिएट मेम साहब के महकदार कमरे की, जिसमें हमेशा ठंडक रहती थी और शोर तो कभी सुनाई ही नहीं पड़ता था।

आधा घंटा दो इनसानों के सिर की सवारी कर मैं अपने नए मुकाम पर पहुँच गया और बरामदे में उतार दिया गया। वहीं मूँछोंवाले शख्स ने बहुत नरमी से मेरा कंबल उतारा और तीन लोगों की मदद से एक दीवार के सहारे खड़ा करवा दिया। उस वक्त तक मैं बहुत गुस्से में आ गया था और मैंने कुछ परवाह नहीं की कि देखूँ मैं किस तरह के माहौल में हूँ या कि मेरा मालिक कौन है ? हाँ, न चाहते हुए भी मेरे कानों मे उसका नाम पड़ चुका था। आस-पास सब लोग उसे 'नवाब साहब' पुकार रहे थे, पर खुदा को जैसा मंजूर, मेरा गुस्सा बरकरार नहीं रहा, क्योंकि जैसे ही ये लोग जरा हटे कि दो छोटे-छोटे पैर पाजेब खनकाकर मेरे सामने आ रुके। उन पैरों की मालकिन का मासूम चेहरा पहले यूँ मुझे देखकर जरा झेंपा, थोड़ा लाल हुआ, फिर अचानक ही वह मेरे सामने छमाछम नाच उठी। पैरों की थिरकन रुकी और दो गोरे हाथों ने मुझे लिपटाकर सीने से लगा लिया।

वह भी दस ही बरस की रही होगी तब या कुछ ज्यादा। मेरी नई मालकिन, पर उसे मालकिन कहना शायद गलत होगा। क्या कहूँ उसे ? उस दिन उसने मुझे रिझा तो लिया था, पर तब मैं इतना समझदार नहीं था कि अपने मन का हाल पहचान सकूँ। कुछ ही दिनों में वह मेरी सबकुछ और मैं उसका बहुत कुछ हो गया था। अगले दिन से उसका जो मेरे पास आना-जाना शुरू हो गया, उसका क्रम इन पिछले सात बरसों में बहुत नहीं बदला है। बहुत कुछ और सब बदल गया है, वक्त बदल गया है, माहौल बदल गया है,

पर उसका सुबह उठते ही मेरे पास आकर बैठना, अपनी नींद-भरी आँखों से मुझे देखना और मुझमें अपनी परछाईं को यों उलट-पुलट देना कि ज्यों कुम्हार चाक पर चढ़ी कच्ची सुराही को देखे कि नुक्स कहाँ है और कहीं भी नुक्स न पा खुश हो; गुनगुनाने लगे और प्यार से चढ़ती सुराही के हर उठाव-गिराव को परखे, वह सब नहीं बदला है। उसके बाद दोपहर में नहा-धोकर काम से निपट उसका मेरे पास बैठे अपने बाल लहरा देना, ओढ़नी एक ओर रखकर अँगड़ाई लेना, और वहीं फर्श पर लेट दिन-भर का किस्सा सुनाना और सुनाते-सुनाते पसरकर सो जाना भी नहीं बदला है।

पर उन दिनों उसके जीवन में मैं सिर्फ एक जरूरी हिस्सा था। उसके बहुत से साथियों, खिलौनों में से एक था। नवाब साहब उसके दादा थे और वह उनकी बहुत दुलारी थी। सूरजमुखी के फूल सी वह गदराई, गोरी, गोल-मटोल थी, पर टहनी सी लचक थी उसके बदन में। उन दिनों उसकी एक पक्की सहेली थी। निर्मला उसका नाम था—लाला ज्ञानचंद की लड़की, जो बगल में ही रहते थे। वह उसे निम्मो कहती थी। निम्मो मुझे एक दिन भी अच्छी नहीं लगी। बेढंगी उसकी शक्ल थी और ऊँट सा उसका जिस्म। आते ही दो उँगली से मुँह फाड़ वह मुझे चिढ़ाती थी और मेरा वह अपमान गुलमा भी सह लेती थी। यही नाम था उसका—गुलमा बेगम।

बहुत दिन मैं बेखबर रहा कि क्यों सारंगी सा मेरा दिल हर सुबह बज उठता है, क्यों दोपहर में दूल्हे सा उमड़ आता है, क्यों हर रात मैं कान देकर, घर में इधर-उधर बजती उसकी पाजेब की खनक सुनता रहता हूँ। बहुत दिन तक मैं बेखबर रहा और मेरे देखते-देखते उसका निकाह भी हो गया। नवाब साहब बहुत रोए घर में मुँह छुपा-छुपाकर, पर बाहर वक्त तेजी से बदल रहा था। दिन-रात दिल दहला देनेवाली खबरें आ रही थीं। उसका निकाह पास ही चाँदनी चौक के दूसरे सिरे पर बसनेवाले एक खाँ साहब के साहबजादे से हो गया था।

बहुत नगाड़ बजे, नाच-गाना हुआ, माल-असबाब खरीदा गया, मालपुए उड़े। निकाह की सुबह जब सब सोए हुए थे, वह चुपके से दबे पाँव मेरे पास आकर बैठ गई थी और मेरे सीने से सिर टिकाकर काँपती हुई बोली थी, ''यह अब्बा हमें कहाँ भेज रहे हैं?'' और उससे पहले कि मैं कुछ तसल्ली उसे दे सकूँ, सारा घर जाग गया था और वह छिटककर चली गई।

तब सोचता था; वह चली जाएगी तो कभी उसका दीदार फिर नहीं होगा। जैसे जूलिएट मेम साहब बिना पीछे मुड़े, बिना देखे चली गई थी, वैसे ही वह छोड़ जाएगी, पर मेरा सोचना गलत निकला। पहले तो वह गई ही नहीं, नवाब साहब ने फैसला किया; वह कुछ दिन इसी घर में रहेगी, दूसरा उसने कहा, वह जब जाएगी, तब मुझे भी लेकर जाएगी। जब मैंने सुना तो मैंने दुआ माँगी थी कि कभी खुदा वह मौका दे, जब मैं उसके

लिए यह जान कुरबान कर सकूँ।

पर क्योंकि वह दूब सी निर्दोष और सुबह की रोशनी से उजली थी, उसकी किस्मत में सुख अल्लाह ने नहीं बोया। छोटी थी, तब उसके वालदेन का साया सिर से उठ गया। नवाब साहब ने उसे पाला-पोसा। निकाह जशन से हुआ तो एकदम सन् सैंतालीस की लूट, मार-काट, खून-खराबा शुरू हो गया। दिन-रात सड़कों पर लोग कटने लगे, घर जलाए जाने लगे, कोई किसी का नहीं रहा। देखते-ही-देखते काफिले के काफिले चल पड़े। सुना देश के दो टुकड़े हो गए हैं। दो जहान हो गए हैं। हिंदू इधर रहेंगे, मुसलमान उधर जाएँगे। महीनों हो गए घर से किसी ने बाहर नहीं झाँका, खान साहब वहीं ठहरे हुए थे और गुलमा कहीं दिखाई नहीं देती थी। लाला ज्ञानचंद का आदमी बाजार का सब काम कर लाता था।

बाहर जरा अमन हुआ कि खान साहब वापस जाने को उतावले हुए। जाते-जाते गुमला को लेते गए। वहाँ जान की आपा-धापी पड़ी थी। मेरी याद किसी को नहीं रही। वह सब पीछे देखा जाएगा, कहकर खान साहब एक दिन अपने डेरे की तरफ चल दिए। इधर सारा घर नवाब साहब के लिए फिक्रमंद था। अब गए, तब गए, वे हो रहे थे। तभी खबर आई कि हिंदुओं ने खान साहब का सारा महल फूँक दिया है और सब सामान भी लूट ले गए हैं और यह कि खान साहब बहुत गरम हो रहे हैं, वे उसी दम लाहौर जाने की तैयारी करने लगे हैं। गुलमा साथ जाएगी। बहुत चिल्लाए नवाब साहब कि यह क्या सूझी है खान साहब को। उन्हें यहाँ लौट आना चाहिए था, यह फूल सी बच्ची कैसे काफिलों में जिंदा रहेगी? और इसी सदमे ने उनकी पूरी जान ले ली। मैं तो मर भी नहीं सकता था, सूने-सूने घर में उसके इधर-उधर छोड़े सामान को देखता रहता, हफ्तों किसी ने मेरा चेहरा साफ नहीं किया। सब नौकर-चाकर जो हाथ लगा, लेकर चलते बने और देखते-देखते उस पूरी बिल्डिंग पर गवर्नमेंट ने कब्जा कर लिया। उस इमारत के दो-दो कमरे कर हिस्सा बाँट दिया गया और तरह-तरह के अजनबी उसमें भर गए। सिर्फ दो कमरे रह गए, जिसमें मैं था और कुछ नवाब साहब का बचा-खुचा सामान, जो कि लूट की चपेट में नहीं आया। जिंदगी से तब तक मुझे कोई लगाव नहीं रह गया था। यही हैरानी थी कि जब सब लुट गया, तब मैं कैसे रह गया। तभी पता चला कि गुलमा लाहौर तक पहुँची नहीं, कहीं बीच ही में छूट गई है, कहीं शरणार्थी कैंप में पड़ी है और लाला ज्ञानचंद को उसने खत लिखा है वहाँ से। इसी वजह से लालाजी ने अपने सिर झगड़ा मोल लेकर किसी तरह यह दो कमरे उसके लिए बचा लिए हैं। वह आएगी, वह आएगी, वह कब्रनुमा, कैदखाने सा कमरा, जहाँ न धूप थी, न हवा, जन्नत के रंग सा हो गया। वह आएगी, या खुदा तेरी रहमत है, पर जब आई तो लगा; बचेगी नहीं।

उसका धूप सा शरीर काला पड़ गया था, बारह की बजाय नौ बरस की लगती

थी। हफ्तों वह मेरे पैरों के पास फर्श पर पड़ी रही। निम्मो आती, उसे कुछ खिला-पिला जाती, पर वह न बोलती थी, न अपनी परवाह करती थी। पीछे जरा सँभली तो उसी तरह मेरे सीने पर सिर रख बताती कि कैसे वह खदेड़े गए, दिनों बिना खाने के पानी पर रहे, कैसे सब लोग गाड़ी पर चढ़ गए और वह भीड़ में छूट गई। इधर-उधर मारी-मारी फिरी, किसी औरत ने बातें बनाकर, सब जो पास में था, झटक लिया और दिनों बाद किसी स्वयंसेवक ने उसे कैंप में पहुँचाया। वहाँ से महीनों पीछे यहाँ आने का बंदोबस्त हुआ। कैसे कैंप में हर कोई नफरत से भरा, दुत्कार से भरा, अपने जख्मों के दर्द से बौखलाया हुआ था। वह रोती जाती और कहती जाती थी··· । उसने जिंदगी का मुँह देख लिया था एकाएक और जिंदगी का चेहरा खूँखार होता है, जिससे दहशत होती है। वह सदा उससे बचाकर रखी गई थी। उसके लिए उस चेहरे पर रेशमी परदे खुशबू में बसाकर डाल दिए गए थे। उसने चिलमन से झलक देखी थी, असलियत नहीं। उसे वक्त देकर धीरे-धीरे यह परदा पठाया नहीं गया, ताकि वह दहले नहीं। एकदम बंद उसकी जकड़ में छोड़ दी गई, रौंद दी गई थी। गनीमत यही थी कि वह पागल नहीं हो गई।

वे दिन, दोपहर, शाम और रात, वह और मैं। वह अपना जहर उगलती, मैं पीता जाता था। मौत के साथ जिंदगी और जिंदगी के साथ मौत दी है खुदा ने, दर्द के साथ आराम। अब निम्मो मुझे बुरी नहीं लगती थी। उसका आना बहुत अच्छा लगता था। कभी-कभी ही आ पाती थी वह। ज्यादा देर रुकती नहीं थी। कभी उसकी माँ भी आती। समझा-बुझा जाती, पर उस पगली के पास जो बच रहा था, वह थोड़ा-थोड़ा कर उसकी फूफी-जान बन कोई दूर की रिश्तेदार आकर पहले ही उठा ले गई और निम्मो की सन् उनचास में शादी हो गई। पहले भारी समान बिकने लगा, फिर हल्का सामान चुक गया तो एक कमरा उसने लालाजी की मदद से कुछ रुपए पर उठा दिया। हवेली तब तक कबूतरों की बीट से, लोगों की गंदगी से, टूटी खाटों, जंग लगे संदूकों से, कनस्तरों से बदशक्ल हो चुकी थी। काश मैं उसके लिए कुछ कर सकता! निम्मो दो साल पहले एक दिन उससे मिलने आई। गोद में मक्खन सा बच्चा था। बढ़िया कपड़े पहने थी, देखकर गुलमा साँवली पड़ गई। एक वक्त था जब निम्मो गुलमा के सामने रूखी लगती थी। कुछ ही मिनट बैठी होगी निम्मो और वह भी बेमन से। उस दिन पहली बार गुलमा रोई, लोट-लोटकर रोई, खूब रोई थी और फिर एकदम पायताने से रस्सी खोल ऊपर खूँटे में बाँधने लगी थी। तब सारे जिस्म का जोर लगा मैं इसके पैरों के पास आ पड़ा था, एक सीधी तरेड़ मेरे आर-पार चीरती चली गई, पर उसे होश आ गया। मुझे उठाया, तरेड़ को उँगली से छूकर देखा और गोद में लेकर बैठी रही बहुत देर। "मैं क्या करूँ, तू बता मैं क्या करूँ? वह किराएदार भी किराया नहीं देता। लालाजी भी खुदा को प्यारे हो गए तब क्या होगा? इस फाके से तो खुदकशी बेहतर है।"

लालाजी जब ज्यादा बीमार पड़े तो उन्होंने उसे बुलाया और उसे काम करने की सलाह दी। उनके आदमी ने घूम-घूमकर एक टोपीवाले के यहाँ उसे सलमा टाँकने का काम दिलवा दिया। उस बात को दो साल हो गए। कई दिन तक तो सुई से उसकी उँगलियाँ छिलती रहीं, पर वह भी कमर कसकर लगी रही। टोपीवाले का आदमी आता, काम छोड़ जाता, बना माल ले जाता, कुछ पैसे उसकी मेहनत के दे जाता। अब एक चिराग उसने रोशन कर लिया था और उसे लगता था वह जीत जाएगी। हाथ की मेहनत में एक नशा रहता है। वह ज्यादा नहीं कमा पाती है, पर वह खुश है। उसका रंग लौटा नहीं है, पर म्लान भी नहीं है। घर में और घर हमारा यह एक कोठरी है, जिसमें कभी बावर्ची भी रहना पसंद नहीं करता था, मैं हूँ, वह है, उसकी चटाई है, जिस पर रात को वह सोती है, दिन-भर कसीदा करती है। उसका दो ईंट का चूल्हा है, एक हँडिया है। कुछ छोटे बरतन, एक रस्सी पर गिने-चुने कपड़े टँगे हैं। बरामदे के नल से वह मटकी भर लाती है। अल्लाह गवाह है, हम दोनों खुश रह रहे हैं; इन पिछले अठारह महीनों से।

मगर इधर कुछ महीने से टोपीवाले का आदमी बदल गया है। एक नया आदमी आने लगा है। रहमत नाम है उसका। काम लाता है, तब भी कुछ देर खड़ा बातें बढ़ाने की कोशिश करता है। काम ले जाता है, तब भी। पीछे वह मलेरिया में पड़ी थी। कई दिन काम नहीं किया। न पैसा आया, न दवा। न किसी ने पूछा। रहमत ही आया तीसरे दिन। डलिया में कुछ मीठा लाया, दवा लाया, दो संतरे और कुछ केले लाया। वह सिकुड़कर बैठी रही, मना करती रही, पर वह चाय बनाकर दे गया। उस दिन से वह कुछ खो गई है। मेरी तरफ देखती भी है तो न देखती सी, पर मुझे रहमत से ईर्ष्या नहीं। लंबा-चौड़ा है वह, तीसेक का होगा, साफ-सुथरा रहता है, टोपीवाले से उसका साझा हो गया है। जब दवाई लाया था, तब कलफ लगा कुरता पहने था, कढ़ाईदार लखनवी टोपी लगाए था। आँखों में चुभता था। गुलमा के खानदान को वह और उसका घर-बार जानता है। बड़े घर की लड़की है, मुसीबत की मारी है। कभी नीच बात उसने अब तक नहीं की है।

परसों शाम वह काम देने आया तो गुलमा ने डरते-डरते चाय को पूछ लिया। चटाई पर वह बैठा, चाय पी। गुलमा पर से उसकी नजर नहीं हटती। कल वह पैसे देने आया, एक मलाई का दोना चुपके से उसके लिए छोड़ने लगा। देख लिया गुलमा ने। उठाकर नहीं-नहीं···करने लगी। खींच-तान में हाथ उसका रहमत के हाथ में रह गया, जिसे कलेजे पर छुआ वह चला गया।

बहुत दिन से किसी अगल-बगलवाली की नजर गुलमा पर है। उसने गुलमा का हाथ रहमत के हाथ में देख लिया, उसके गंदे खयालातों को मसाला मिल गया। आज पानी भरती गुलमा को उसने खूब ताने सुना दिए हैं।

घर में आग नहीं सुलगी है, हँडिया नहीं चढ़ी है। वह बिना खाए-पिए अँधेरे में

पड़ी है। बहुत देर से रो भी रही है। रात आधी बीत गई है। कुत्तों को छोड़; सब सोए हैं। सड़क की तरफ खुलनेवाली खिड़की के थोड़े खुले पल्ले से रोशनी कमरे में से गुजरती मेरे मुँह पर पड़ रही है। अचानक वह उठकर मेरे सामने घुटने टेककर बैठ गई है, सालों पहले की तरह। हाथों से घेर लिया है, मेरे सीने पर उसका सिर हमेशा की तरह रखा है, "तू जानता है सब। तू तो जानता है। बता मैं क्या करूँ?

"लोग जब बुरी निगाह से देखते हैं तो खुदकशी कर लेने को जी चाहता है। जानती हूँ वह मुझसे शायद निकाह नहीं करेगा, पर मुझे वह अच्छा लगता है। मैं, जैसे भी वह चाहेगा, उससे निभा दूँगी, बता क्या यह बुरा है?…"

□

सरसी धरती

"गुड ईवनिंग लेडीज ऐंड जेंटलमैन। वि आर अबाउट टू लैंड।"

सीट बेल्ट कसते उसने नीचे झाँका। वायुयान जिधर झुक जाता है, उधर ही रोम की जगमगाहट बाँह पसारकर उठ आती है और फिर ज्यों उदास सा हो ठहर जाती है, वायुयान दूसरी ओर को डोल जाता है।

एक लंबी साँस ली उसने। दोनों पैर दुःख रहे थे, कमर में भी दर्द सनसना रहा था। चेहरा सूखा और बाल बेजान हो गए थे। सात-आठ घंटे का सफर उन्होंने डेढ़ दिन में तय किया है। दो बार वे कराँची से चले थे, दो बार लौटना पड़ा और उससे भी पहले बंबई में ही छह घंटे देर से फ्लाइट चली थी।

कराँची में वे सब थक गए थे। बच्चे चीख रहे थे, महिलाएँ सब इधर-उधर पसर गई थीं। आखिर एयरवेज की बस सबको होटल ले गई थी। होटल में चाय, खाना मिला। बिस्तर, कमरा भी स्वच्छ था, पर उसे नींद नहीं आती, अनजानी जगह। वह खिड़की के पास कुरसी डाले अंधकार में झींगुरों का हो-हला सुनती रही थी और हँस पड़ी थी। झींगुर भी तो बँटवारे के साथ परदेस के हो गए होंगे।

उसने कहीं पढ़ा था कि दोपहर के सन्नाटे में जब सूरज सीधा सिर पर होता है, रोम के भग्नावशेष तब लगता है, अभी जी उठेंगे। अभी उनमें युद्ध और नर्तन गूँजने लगेगा। घोड़े और बग्घी, सम्राट् और सेवक जाग जाएँगे। समय तब ठहर जाता है, हर ईंट पल और हर दीवार घंटा हो जाती है···। मोटे शीशे के दरवाजे से उसने चेहरा सटा लिया। आज रोम कोहरे में लीप दिया गया था। लखनवी खरबूजे के रंग की बिजली के लट्टुओं की कुछ कतारों को छोड़कर एक भी इमारत नजर नहीं पड़ती थी—कासल··· पांपे···गिरजे···कुछ भी नहीं, सिर्फ अंधकार।

लाउंज की एक कुरसी पर पीली साड़ीवाली एक लड़की बड़ी देर से आँखें बंद किए पड़ी थी। पास में उसका हैंडबैग, मैगजीन, कोट, सैंडल पड़े थे। शायद साड़ी की झलक थी, लड़की का रंग बेहद पीला, बीमार सा लगता था। झुककर उसका कंधा छूकर

बोली, "आपकी तबीयत तो ठीक है?"

लड़की ने नहीं सुना। सुना तो आँख नहीं खोली। उँगली से उसका माथा देखा, ठंडा था।

"आपकी तबीयत खराब है क्या?"

दो शैडो से रँगी पलकें बड़ी-बड़ी कजलाई आँखों पर से धीरे-धीरे उठीं। हल्की झुँझलाहट मुँह पर फैली। जगाया जाना अच्छा नहीं लगा।

"फ्लाइट का समय हो गया क्या?"

"नहीं, मुझे लगा आपकी तबीयत ठीक नहीं, अन्यथा जगाने की नीयत मेरी नहीं थी…।"

एक उबासी रोकती वह बोली, "अरे तबीयत तो बेहद खराब रही। मुझे तो लगा इस प्लेन से जीवित नहीं उतरूँगी। भीतर से सब उलट गया इतनी देर में। अगर अमेरिका तक यही हाल रहा तो ईश्वर ही जाने…।"

"उम्मीद तो है कि मौसम सुधर जाएगा और इतना ऊपर-नीचे जाना नहीं होगा। तुम कहाँ जा रही हो?"

"क्लीवलैंड।"

"अरे सच, क्या पढ़ने?"

"हाँ, वेस्टर्न में फेलोशिप मिली है, एम.ए. सोशल वर्क के लिए।"

"यह अच्छा हुआ। मैं भी तो वहीं जा रही हूँ। मेरा मतलब क्लीवलैंड। बाकी जितने लोगों से बात हुई, सब कहीं-कहीं जा रहे हैं। कोई पिट्सबर्ग, कोई फिलाडेलफिया, मुझे लगा क्लीवलैंड में कोई अपने देश का मिलेगा ही नहीं…।"

"अरे यह बात नहीं, मैंने तो सुना है कि वहाँ अच्छी-खासी भीड़ है हम लोगों की। आप बैठिए न! आप भी वेस्टर्न रिजर्व जा रही हैं क्या?"

"नहीं, मैं दो साल इंटर्नशिप के लिए जा रही हूँ क्लीवलैंड क्लीनिक में। नक्शे के अनुसार वह तुम्हारे विश्वविद्यालय से ज्यादा दूर नहीं है।"

"ओह, आप डॉक्टर हैं।" उन बड़ी-बड़ी आँखों में विस्मयमिश्रित आदर भर गया। "मैं डॉक्टर लोगों का बड़ा मान करती हूँ।" वह हँसी, मानो अपने अविश्वास पर कि यह पतली-दुबली, साँवली, बीमार, दिखाई देनेवाली लड़की डॉक्टरी करने जा रही है, वह भी अमेरिका में।

जब तक जहाज चला, दोनों एक ही जगह बैठी रहीं। दोनों दिल्ली की थीं।

"मेरा नाम आभा है, आभा मिश्रा। हम लोग ग्रीन पार्क में रहते हैं। मेरे बड़े भैया का ठेके का काम है, आप?"

"हम लोग करोलबाग में रहते हैं।"

''अच्छा? वहाँ तो मेरी बहुत सी सहेलियाँ रहती हैं। आप किस जगह रहती हैं करोल बाग में?''

''देशबंधु गुप्ता रोड पर कुछ गिरजे हैं, उनके चारों तरफ जो बस्ती है, वहीं पर हमारा घर भी है···।''

''आपने अपना नाम नहीं बताया?''

''नाजनीन टीबरसन''

''ओह! आप ईसाई हैं?''

''अं···हाँ···।''

क्लीवलैंड के हवाई अड्डों पर दोनों जुदा हुईं। आभा को मिलने एक 'होस्ट फैमिली' आई थी। वह उसे कार में ले गई। नाजनीन को अस्पताल की तरफ से पूरे निर्देश लिफाफे में मिल गए। वह बस से 'टर्मिनस' तक गई। वहाँ से टैक्सी लेकर होटल···।

नाजनीन उनमें से है, जिन्हें देखकर अन्य लोग; विशेषकर न उत्सुक होते हैं; न झेंपते हैं, पर जिन्हें देख लोग सहजता से मित्र स्वीकार कर लेते हैं, क्योंकि वे जानते हैं कि यह बोलेगी कम, सुनेगी अधिक, समय पर काम आएगी। वे यह भी जानते हैं कि इस साँवली त्वचा के नीचे बेहद तीक्ष्ण मेधा है। असमय यह सलाह-मशविरा भी दे सकेगी। नाजनीन भी यह जानती है। वह चुपचाप आते का स्वागत करती है। जाते को मुसकराकर विदा देती है। कभी बाँधकर किसी को रखने का उसका जी नहीं होता और अपना एकाकीपन वह रोगियों के दुःख से, सुख से भर लेती है। अपना फालतू समय अन्य डॉक्टरों को 'डेट' पर जाना हो तो उनकी शिफ्ट निभाकर गुजार लेती है।

दीवाली पर सुना क्लीवलैंड के भारतीय छात्र संघ की ओर से बड़ा आयोजन है। नाजनीन को फोन आया कि शाम को वेराइटी एंटरटेनमेंट हैं, वह भी कुछ 'आइटम' दे। नहीं, 'आइटम' कुछ देने लायक योग्यता उसमें नहीं, पर वह गुलाबजामुन बना लाएगी।

चार पौंड सूखे दूध में नाजनीन ने थोड़ा मैदा मिलाया, थोड़ा बेकिंग पाउडर डाला और मक्खन पिघलाकर डाला। थोड़े-थोड़े ताजे दूध के छीटें दे-देकर चार लोई तैयार कीं और लोइयों की नन्ही-नन्ही गोलियाँ बाँधी, गोलियों को गरम घी में तला, गुलाबी हो जाने पर उबलती चाशनी में छोड़ दिया। चार सौ के करीब गुलाबजामुन बनाए दो दिन में, दिन भी क्यों, रात में। सुबह, दोपहर, शाम ड्यूटी पर गुजर जाते। रह जाती रात। अल्युमीनियम के आठ लीटर साइजवाले भिगोने में भरकर वह टैक्सी में रख गुलाबजामुन दीवाली पर कॉलेज लाई। सबने बहुत पसंद किए। कम-से-कम बीस महिलाओं को लिखकर उसने रेसपी दी, पर आभा से मिलना नहीं हुआ।

आभा ड्रेसिंग रूम में ही रही इतनी देर। वह नागिन के गाने, 'मन डोले मेरा तन डोले' पर नृत्य दे रही है और आभा ने अपने वैजयंती मालानुमा चेहरे को वास्तव में

ही नागिन सा बना लिया है हू-ब-हू और उसके नृत्य ने 'ओडियन' या 'पैलेस' कर दिया है स्टेज को! लड़के सब तालियाँ पीटते थकते नहीं है। वंस मोर··· वंस मोर···की आवाजें हवा में तैर उठती हैं।

आभा से मिलना हुआ कुछ दिन बाद। नाजनीन कुछ डॉक्टर मित्रों के साथ कॉफी पीने गई थी 'ड्रग स्टोर' में, जो कि वेस्टर्न रिजर्व के पास ही था। पीछे क्लीवलैंड में बड़ा हंगामा रहा। नीग्रो और गोरे लोगों में जगह-जगह लूट, हत्या छिड़ गई। कितने ही लोग मरे, मिटे। घर जला दिए गए, दुकानें लूट ली गईं। अस्पताल में बेहद काम बढ़ गया। दो दिन कर्फ्यू रहा शहर में। कर्फ्यू हटा तो वह खरीददारी के लिए जाने को हुई।

"नाज, अकेले अभी कहीं नहीं जाना," उसके सहकर्मी जार्ज ने सावधान किया।

"पर क्यों जार्ज? मैं तो न गोरी हूँ, न नीग्रो। मुझे कोई क्या कहेगा? फिर थक गई हूँ, यहाँ दीवारें देखते, कुछ ताजा हवा चाहिए।"

"तो हम सब चलेंगे साथ कार में। वहीं चलकर कॉफी पिएँगे।"

बॉब, जार्ज, लिंडा और वह कॉफी और आइसक्रीम का ऑर्डर देकर बैठे। घूम-फिरकर बात फिर आ गई।

"इन नीग्रो लोगों पर इतना गुस्सा आता है मुझे कि क्या बताऊँ। काम कर नहीं सकते, सारी कमाई शराब, जुए में फूँक आते हैं। साल में एक के नहीं, दो बच्चों के बाप जरूर ही बन जाते हैं। फिर अपनी गरीबी, मुसीबतों के लिए गोरों के घर जला आते हैं। दो-चार को छुरों से चीर देते हैं, जंगली कहीं के।"

"शी-शी···" जार्ज ने लिंडा को चुप किया। एक काला चेहरा मैगजीन रेक पर झुका कोई पत्रिका ढूँढ़ रहा था। नाजनीन कॉफी में धीरे-धीरे चम्मच चलाती रही, अनमनी सी।

"तुम्हारा क्या मत है, नाज?" बॉब ने पूछा।

"मेरा! मत से क्या होता है बॉब। समस्या समय के साथ उपजती है। समय के साथ ही नष्ट होती है, मत से कुछ नहीं होता।"

बॉब ने नासमझा सा सिर हिला दिया।

"बात सीधी सी है। जब से आई हूँ, कई लेख पढ़ चुकी हूँ तुम्हारे समाचार-पत्रों में, भारत में गरीबी है, लोग मर रहे हैं, क्योंकि वहाँ अज्ञान हैं, आलस्य है, घूसखोरी है, अंधविश्वास है और सबसे ज्यादा है उदासीनता। कोई कुछ करता-धरता नहीं है, अब यह हुआ अमेरिकी व्यक्ति का मत भारत की गरीबी के बारे में। बताओ उससे क्या हल निकला। समस्या तो बनी रही वैसी की वैसी। किसी ने समाधान नहीं ढूँढ़ा और समाधान इसलिए नहीं ढूँढ़ा, क्योंकि समाधान से नीग्रो लोगों को यूँ इस्तेमाल कर और बुरा किया रंग-भेद कर या कि नीग्रो लोग बुरा कर रहे हैं घृणा को भड़काकर···, पर इन

सब आरोपों से कुछ बनता नहीं, मैं तो उदास होकर रह जाती हूँ और प्रार्थना कर लेती हूँ कि हमारा अकाल, गरीबी और तुम्हारा यह रंग-भेद का क्लेश समाप्त हो जाए···।'' तुरंत कुछ तिर आया है। नाजनीन ने भर घूँट कॉफी गले में उलीच ली।

चलने लगे तो दरवाजे में आभा से मुठभेड़ हो गई।

''ओह आप! मैं कब से आपसे मिलना चाह रही थी। सतीश ये हैं हमारी डॉक्टर दीदी और यह सतीश गिल है, इंजीनियरिंग एम.एस. कर रहा है। आप कहाँ जा रही हैं?''

''इन लोगों के साथ आई थी, पर तुम कैसी हो आभा?''

''अच्छी हूँ मैं तो। सुनिए आपको फुरसत हो तो रुक जाइए न, सतीश अपनी कार में पहुँचा देगा?''

ये लोग दरवाजा रोके खड़े हैं और बाहर से कुछ लोग भीतर आना चाह रहे हैं, नाजनीन असमंजस में है।

''क्यों नहीं नाज, तुम रुको। बस अकेले अभी कुछ दिन कहीं मत जाना।''

''धन्यवाद जार्ज, कल मिलेंगे। बॉब, लिंडा! कॉफी के लिए शुक्रिया।''

आभा सुंदर दिख रही है आज। सिल्क की बादामी साड़ी पर बड़े-बड़े फूल छपे हैं, गहरे ब्राउन। गले में उसी रंग के पत्थरों की माला है। एक चोटी किए है। बाल कुछ बिखरे हुए हैं। सतीश के साथ चलती अच्छी लगती है। लंबा है वह, इकहरा लेटेस्ट कट का सूट पहना है। नाजनीन कुछ और छोटी हो गई है, कलसा गई है।

''पढ़ाई कैसी चल रही है?''

''ठीक ही है, जमते-जमते समय लगेगा। आपका कैसा चल रहा है?''

''अच्छा है, बड़ा अच्छा क्लीनिक है। डॉक्टर लोग भी अच्छे हैं। फिर चिकित्सा के संसार में तो हर समय कुछ-न-कुछ नया बना रहता है।''

''तुम्हारे घर पर तो सब ठीक हैं आभा, पत्र आया होगा?''

''हाँ, आया था। एक महीना हुआ। भैया को तो फुरसत नहीं होती। भाभी हैं सो उन्हें हमारी याद क्या आएगी? छोटा भतीजा है, मॉडर्न स्कूल में पढ़ता है आठवीं में। उसने लिखा है। माउथ ऑर्गन मँगाया है। एक एलविस प्रेसले का रेकार्ड···।''

''मम्मी, डैडी?''

''उन्हें तो छह साल हो गए, कार एक्सीडेंट हो गया था आगरा जाते समय ट्रक से।''

''ओह!''

''आप कहाँ रहती हैं?'' सतीश ने पूछा इस बार।

''ज्यादा दूर नहीं, क्लीनिक और यहाँ के लगभग बीच में एक अपार्टमेंट मिल गया अच्छा-सा···। चलो न, हम लोग वहीं बैठकर बात करेंगे।''

आभा को अपार्टमेंट बहुत भा गया और भारतीय पराँठे और भी ज्यादा। मचलकर

बोली, ''डॉक्टर दीदी, इतनी बड़ी जगह अकेला लगता हो तो हमें रख लीजिए न?''

''अरे जरूर। मैं तो कहने ही वाली थी, अकेले अच्छा नहीं लगता। महँगा भी बहुत पड़ता है। सोचती थी कि शायद तुम्हें किसी ऐसी लड़की का मालूम हो, जो शेयर करना पसंद करे।''

''किसी को क्यों, मैं तो हूँ। मैं तंग आ गई होस्टल में। यहाँ अच्छा रहेगा। क्यों सतीश!''

''तुम जैसा चाहो। हमारी जगह भी तो यहाँ से पास ही है। अच्छा है।''

आभा अपने दो सूटकेस लेकर आ गई। पंद्रह तारीख को सतीश छोड़ गया। रात में सोफे को खोलकर पलंग बना नाजनीन सो जाती है। पलंग पर आभा का साम्राज्य हो गया है। बाथरूम में भी उसका ब्रश, कंघा, पेस्ट, क्रीम, पिन, पाउडर, सैंट, नाइट गाउन, स्लीपर, शावर कैप, मैले कपड़े; रसोई में उसके बिन धुले कप, प्लेटें, बिन पढ़ीं पुस्तकें, बैठक में उसके कुछ ग्रामोफोन रेकार्ड, बेडरूम में उसकी पच्चीस-तीस साड़ियाँ, चार कोट, सात स्वेटर, तीन सैंडल, दो हाउस कोट, चार काले-सफेद लाल पर्स और रेजगारी, पुराने पत्र, कुछ चित्र भतीजे और भतीजी के, अच्छी तरह फैल गए हैं।

नाजनीन ने चाहा, आभा उसे नाजनीन ही कहे, डॉक्टर दीदी नहीं, पर आभा की आदत छूटती नहीं। नाजनीन भी जोर नहीं देती। अब दीदी से बंधन लगता है और 'डॉक्टर' में जो आदर रहता है, वही इन बेतरतीब फैली पुस्तकों, ढेर लगे मैले कपड़ों, अनधुले बरतनों का बुरा नहीं मानने देता। सतीश के इधर-उधर छोड़े सिगरेट के टुकड़ों को भी साफ करवा लेता है और अस्पताल से लौटने पर कभी सतीश की गाड़ी नीचे खड़ी हो तो झिझक, जो पैरों को किसी उन्य दिशा में ले जाती है और बाहर खाने पर जो दो-तीन डॉलर लग जाते हैं, उन सबको भी सह लेने देता है और आभा मस्त है। वह जीवन से बदला ले रही है।

''जानती हो दीदी भाभी हमें फिल्म देखने नहीं देती थी। कहती थी, बिगड़ जाएगी। बिना बाहों का ब्लाउज नहीं पहनने देती थी। अब माँ से तो कोई जिद कर ले, भाई-भाभी से कैसे करे, और तो और हमें इंद्रप्रस्थ में, जानती हो, उस चिड़ियाघर में पढ़ने भेजा। कॉलेज की बस से जाओ और उसी से आओ। बड़ा मन जलता था और जानती हो, हम उन्हें क्या कहते थे, अपनी भाभी को? ललैन।''

''वह क्या होता है?''

''लाला लोगों के घर की यानी कछ गँवार, कछ अनपढ़।''

''तुम तो पूरी बच्ची हो आभा।''

''नहीं दीदी, तुम नहीं समझोगी। ईसाई लोगों में तो ये सब रेस्ट्रिक्शंस नहीं होतीं…।''

नाजनीन ने मुँह फेर लिया। कल पापा का पत्र आया है। ''मेरी प्यारी नीनी! तू जहाँ

रहे, यीशु की छाया तुझ पर बनी रहे। उसकी रोशनी तुझे रास्ता दे…।''

नाजनीन आज चिंतित है। सतीश बहुत दिन से नजर नहीं आया है और आभा के रंग-ढंग ठीक नजर नहीं आते। कल बहुत रात गए लौटी थी और लगता था पिए है। सीढ़ियों पर उसके मित्र लोग कुछ देर हंगामा मचाते रहे थे। फिर बाय…बाय…टा…टा…आज सुबह से वह सिर दर्द लिये बिस्तर में पड़ी रही। नाश्ता नहीं किया। बोली भी नहीं। नाजनीन अस्पताल से लौटी तो लगा आभा आज कॉलेज भी नहीं गई पढ़ने। बेमन सी नाजनीन ने आभा के ग्रामोफोन पर एक रिकॉर्ड रख दिया।

''कब तक यह रोना सुनती रहोगी, दीदी?'' आभा दो थैलों में खाने-पीने का सामान लेकर आई है, खड़ी-खड़ी कह रही है। रिकॉर्ड उतार नाजनीन ने ग्रामोफोन बंद किया, बोली नहीं कुछ भी।

''कल मैंने कुछ मित्रों को बुलाया है, बियर, क्रैकर वगैरह ले आई हूँ।''

''हूँ! कौन-कौन आ रहा है?''

''विजय सुराना है और किशन सहगल व उसकी गर्ल फ्रैंड सूजी। तुम भी कुछ डॉक्टर लोगों को बुला लो न। वह जो उस दिन आया था, भाटिया, वह अच्छा दिखता था…।''

अनसुनाकर पूछा नाजनीन ने, ''सतीश नहीं आएगा?''

आभा ने खाने के लिफाफे रसोई की मेज पर टिका दिए। कुछ देर गुस्से में खड़ी रही। ''नहीं, उसे नहीं बुलाया है, ब्रूट।''

नाजनीन उठी, आज सच ही बहुत ज्यादा थक गई है। इतना तो पोर-पोर कभी नहीं दुखे। बीयर की कैन निकालकर फ्रिज में चुनने लगी। आभा हथेली में मुँह दिए खूब गुस्सा हुए बैठी है, पर नाजनीन में इतनी शक्ति भी नहीं कि कुछ पूछे। क्रैकर के डिब्बे फ्रिज की छत पर चुन उसने कुछ चावल पानी में भीगने के लिए छोड़ दिए, उबले चनों का डिब्बा खोल रही है। यही छौंक देगी आज। भूख उसे नहीं है, पर शायद आभा भूखी हो।

''जानती हो डॉक्टर दीदी, यह सतीश का बच्चा पूरा पाजी है। इतना हमने उसके लिए किया और वह…कल उस जूली चुड़ैल के साथ 'डेट' पर गया। उसके दोस्त हँस रहे थे कि वह 'लवरज लेन' का पता पूछ रहा था…।'' गुस्से भरे गालों पर टपाटप आँसू बिखर रहे थे। मैं सोचती थी, वह मुझे प्यार करता है। दम तो बड़ा भरता था। मैं सोचती थी…।''

''क्या आभा''

''नहीं मालूम दीदी। ये लोग ऐसे ही होते हैं क्या…?''

''जानती हो, मैं क्या सोचती हूँ आभा? तुम सोचती हो कि सब लोग तुम्हारा उधार खाए हैं कि तुमने उन पर दया दृष्टि कर दी है तो वे केवल तुम्हारे हो जाने चाहिए…।

मैं सोचती हूँ आभा, तुम पाने की इतनी अभिलाषी हो। देना तुम बिल्कुल नहीं जानती हो···। देश की बात दूसरी है। वहाँ सामाजिक बंधन इतना है कि जो भी लड़की उन्हें थोड़ी अनुकंपा करने लगे, उसी पर लड़के जान देने को तैयार हो जाते हैं। यह दूसरा समाज है। यहाँ जिस लड़की को चाहे अटा-पटा लो। फिर, एक से बँधकर कोई क्यों बैठेगा? वैसे तुमने सतीश का प्यार तो चाहा, अपना भी दिया? प्यार कितनी तरह का होता है—एक देनेवाला ज्यों सूरज की गरमाई, जिसे छू ले, जीवन दे दे और देती रहे, एक पानेवाला ज्यों पतझड़ की अपनी झोंक में सब समेटता चला जाता है, फूल, पत्ता, रंग, रौनक और देता कुछ भी नहीं।''

आभा के आँसू रुक गए। काजल की आँखें आश्चर्य से फैल गईं। गोरा रंग राख हो गया। एक अजीब व्यंग्य भरा रहस्य उसके होंठ छू गया। तिरस्कार से भर गया उसका जी।

''तुम, तुम्हें··· ? तुमने कभी किया है··· ? जाना है, तुम्हें क्या मालूम प्यार क्या होता है?''

नाजनीन का माथा बहुत तेज घूम रहा है। लगता है छत का लट्टू गिर पड़ेगा। कभी उबलते चावलों की भाप उसके नासापुट में भर गई है। लगता अभी उल्टी हो जाएगी। छोलों का डिब्बा उसने अध-खुला काउंटर पर छोड़ दिया।

''आभा, यह तुम बना लेना, तुम ठीक कहती हो शायद।''

''नहीं···दीदी गुस्सा नहीं होओ, मेरा मन ठिकाने नहीं।''

''गुस्सा क्या होता है आभा? मेरी जरा तबीयत खराब है। एक एसप्रिन से ठीक हो जाएगी।''

सर्दियों में रात का अँधेरा कितनी जल्दी गहरा जाता है। हवा तेज चल रही है। बगल के अपार्टमेंट में कोई नहीं है, एक खुली खिड़की बज रही है। आभा बेडरूम में पढ़ रही है, नाजनीन सोफे का बेड बना रजाई ओढ़े पड़ी है। धरि-धीरे कमरा मिट चला कमरे की दीवारें डूब गई हैं। सड़क का शोर रीत गया है। नाजनीन उड़ चली है हवा के साथ-साथ।

रविवार था उस दिन, जब मोहन टेलर्ज के यहाँ से उसकी सफेद लेस की वेडिंग ड्रेस और 'वेल' तैयार होकर आ गई थी। गिरजे से आकर उसने शीशे के आगे खड़े होकर उसे शरीर से लगाया था। घर पर सिर्फ मुंडू था। पापा पादरियों की एक कॉन्फ्रेंस में केरल गए थे। फिर उससे रहा नहीं गया था। जल्दी-जल्दी साड़ी उतार फेंक उसने ड्रेस पहन ली थी। वेल माथे पर झुका ली।

उसका नाचने को मन किया था। बिल्कुल मन नहीं था कि ड्रेस उतारे। वह परी-परी सी लगती थी उसमें। उसके मुँह पर गुलाबी रंगत भर गई। उसकी आँखें खुशी में बड़ी-बड़ी लगती थीं। उसकी कलाई में नई घड़ी थी। किसी स्मगलर से खरीदी थी

उसके मंगेतर ने 400 रुपए की 'लेडिज ओमेगा'। वह अपनी फ्रॉक कलेजे से लगाए रखना चाहती थी। वेल को चूम-चूम लेना चाह रही थी, उसने एक बटन खोला, थोड़ा थमकर दूसरा बड़े हौले से कि चटख न जाए।

"नीनी···," रेजी किवाड़ थामे खड़ा था। बदहवास सा, "नीनी···।"

"ओह···नहीं···रेजी···जाओ।" जल्दी से उसने बेडकवर घसीट चारों ओर लपेट लिया। "जाओ रेजी बदसगुनी होती है ऐसे इन कपड़ों में समय से पहले देखना···।"

पर वह नहीं माना थी। बढ़ता ही चला आया।

"क्या बच्चों जैसी बात करती है···। ओह नीनी···जरा शीशे में देख तो···देख···।"

बेडकवर उतार फेंक वह उसे फिर शीशे के सामने ले आया था। रविवार के अपने गहरे स्लेटी सूट, सफेद माया लगी कमीज में था रेजी और उसके कंधे से लगी वह देखती रही अपने परी रूप को, अपने उस राजकुमार को।

"कल कनॉट प्लेस गया था। एक बड़ा अच्छा सेंट मिल गया है, साहब सिंह के यहाँ से। एक ही शीशी थी। तेरे लिए लाया हूँ और कल एक डुप्लीकेटर का भी ऑर्डर मिल गया है। खूब कमीशन आने वाला है। कहीं चलेगी, दार्जिलिंग?···

सेंट की शीशी निकाल उसने खूब स्प्रे कर दिया। चुटकी से जरा कॉलर उठा भीतर तक वक्ष तर कर दिया था।

"हटो···"

"नीनी···"

"अरे कोई आ जाएगा···।"

"कौन आ जाएगा···अभी तो मुंडू कह गया है मैटिनी देखने जा रहा है लिबर्टी पर। तूने ही तो दी थी उसे छुट्टी।"

"नहीं···नहीं···हटो रेजी···यह क्या करते हो?"

मंगलवार को पापा लौट आए। उसी शाम कोकाकोला के क्रेट पोर्च में चुन दिए गए थे। बुध को मुंबई से मेहमान आ गए। वीरवार को शामियाना आ गया था और कुरसियाँ और तभी पापा आए थे भागते बदहवास से।

"नीनी···जल्दी···इरविन···।"

"पापा?"

"जल्दी···मेरी बच्ची··· रेजी···।"

इमरजेंसीवालों ने उसे अंदर तक जाने नहीं दिया। अभी नहीं···अभी डॉक्टर लोग अंदर हैं···। ओ रेजी···ओ रेजी। तुम मरोगे नहीं···रेजी तुम्हें मरने नहीं देंगे···रेजी देखो तो रेजी···।

मृत्यु तो इंसटेंट हो गई होगी। ट्रकवाला रौंदता ही चला गया। बेचारा! कुछ भी उम्र

नहीं थी। शुक्र है, शादीशुदा नहीं था···। स्कूटर देखा है, बाहर ही रखा है···पिचककर टीन हो गया है बिल्कुल।

"दीदी, तुम रो रही हो? आभा गले में बाँह डालकर लिपट गई, "तुम नाराज हो गई दीदी···हमसे गलती हुई।"

"नहीं आभा, जरा सिर में दर्द है···तू सो जा।"

"तुम्हारे लिए चाय बना लाऊँ?"

"नहीं, जा सो जा, सुबह काम पर जाना है···।"

रात कई पहर बीत गई है। आभा औंधी सोई है। नाजनीन की रजाई भी अब उठ-गिर नहीं रही। सब शांत है। चाँद देर से निकला है। नाजनीन के साँवले मुँह पर नींद में मुसकराहट है। रेजी उसके सामने खड़ा है।

कमरे के तालाब में एक कुमुद खिलने लगा है।

□

भरोसा

दरवाजा के बंद होते ही उसके शरीर में वही घबराहट भरनी शुरू हो गई। दौड़कर वह खिड़की तक गई, पर उसके घर के सामने से सड़क दस कदम चलकर ही दाएँ मुड़ जाती है। बीच में जामुन का पेड़ भी है। सड़क पर यतीन कहीं दिखाई नहीं दिया। उसने खिड़की के सींखचों पर सिर टिका दिया। उसके पैर बहुत काँप रहे थे। क्या चप्पल पहन वह यतीन के पीछे जाए और हाथ पकड़कर कहे, 'मत जाओ आज' या 'मुझे भी ले चलो⋯।' नहीं। खिड़की से हट वह ठाकुरजी के आले के आगे घुटने टेककर बैठ गई। ठाकुरजी के गले में सुबह ताजा पहनाई माला अभी सूखी नहीं थी। आले से आती अगरबत्ती और धूप की सुगंध से उसका जी कुछ ठहरा। गिड़गिड़ाकर बोली, "यह मुझे क्या हो गया है, भगवान्? मुझे फिर अच्छा कर दो। ऐसे तो मैं मर जाऊँगी। फिर मुन्ने और लतिका का क्या होगा? भगवान्, मुझे मेरा विश्वास लौटा दो⋯।"

रोज वह यही प्रार्थना दिन में कई-कई बार किया करती है और रोज ही उसके भीतर कोई चिड़िया बंद हो जाती है, जो पेट से लेकर कलेजे तक फड़फड़ाती रहती है। लगता है उसका दिल धड़कना बंद कर देगा। शरीर में कहीं गहरी दरारें भर जाएँगी।

'भगवान्' वह रोती है, "मुझे कुछ नहीं चाहिए। अब तो यतीन का प्यार भी नहीं चाहिए, कुछ भी नहीं, बस मुझे अच्छा कर दो। मेरा मन बीमार हो गया है। मुझसे सहा नहीं जाता, मेरी स्मृति ले लो, मेरी सादगी मुझे फिर दे दो।"

"कितनी सादगी है तुममें।" यतीन उससे कहा करता था, "कितनी आस्था वाली लड़की हो तुम, आशा। ऐसी सादगी और ऐसा इनसान भगवान् क्या रोज-रोज बनाते हैं? तुम कभी अपने आपको इन बेहूदा लड़कियों से 'कंपेयर' नहीं किया करो।"

जिस दिन यतीन ने यह कहा था, उस दिन उसकी 'प्रमोशन' की खुशी में इंडिया गेट पर पिकनिक थी। यतीन के ऑफिस में काम करनेवाली पाँच-छह लड़कियाँ आई हुई थीं। सभी के लिबास चुस्त थे। बाल सलीके से कटे या गुँथे थे। सभी में एक खास किस्म का आत्मविश्वास था। आशा उनके सामने थोड़ा कलसा गई थी। सबके जाने के

बाद सामान समेटती बोली थी, "ये सब कितनी स्मार्ट हैं, हैं न?"

"हाँ, बहुत स्मार्ट हैं। बनोगी ऐसी, वह थी न, नीली साड़ीवाली, बत्रा? उसका इस साल तीसरा लव-अफेयर शुरू हुआ है और वह थी न, घोष? वह बॉस की 'खास' है और वह गोरी सी, भसीन, उसके दो-दो एबॉर्शन हो चुके हैं। शादी अभी नहीं हुई।"

"चुप! क्या बोला करते हो।"

उस रात, अँधेरे में यतीन ने उसपर से चादर खींचकर अलग कर दी थी। "अपने को देख सकती हो तो देखो। कैसी चंदन की लपट है तुम्हारी देह में। रात में भी उजाला फैलता है। मेरी दुनिया बहुत छोटी है आशा। मैं उसी में डूबकर सुखी हूँ।"

खाट पर पास में सो गए बच्चों को आशा रोज खटोले पर सुला आती थी। यतीन और अपने बीच कोई दूरी उसे सहन नहीं थी, पर आज उन्हीं बच्चों को सीने से चिपटाए वह घंटों पड़ी रहती है। मुन्ने को सूँघ-सूँघकर चूमती रहती है। फिर भी जैसे ही दोनों बच्चे सो आते हैं, वही हलचल, वही फड़फड़ाहट उसे मथने लगती है। दिमाग में तरह-तरह की तसवीरें बनने-बिगड़ने लगती हैं—मिस शर्मा ने बढ़िया ब्लाउज पहना होगा। यतीन उसे भीगा-भीगा देख रहा होगा। मिस शर्मा हँसी होगी। यतीन कुछ लजाया होगा···उससे आगे वह सोच नहीं पाती। पागल सी उठकर कमरे का चक्कर लगाने लगती है। बदन में अंगारे दहकने लगते हैं। साँस रुक-रुककर आती है। खाने को देखते ही उलटी होती है।

"तुझे क्या हो गया है, आशा, ठीक से कुछ पकाती क्यों नहीं? बच्चे कब से खाना माँग रहे हैं।" यतीन कहता है।

"कह दो डबल रोटी ले आएँ। मेरे सिर में दर्द है।"

"अच्छी मुसीबत है। डबल रोटी कोई खाने की चीज है? सिर में दर्द है तो एस्प्रो ले लो और उठकर खाना बनाओ।"

वह कहना चाहती है, 'क्यों बनाऊँ, किसके लिए बनाऊँ, तुम तो नहीं खाओगे? देर से लौटोगे···।' पर वह कुछ नहीं कहती। उठकर दूसरे कमरे में चली जाती है, यतीन टाइप किए कागजों में अशुद्धियाँ देखता रहता है। वह सोचती है, 'कैसा एकाग्र होकर काम करता है यतीन आजकल! पहले तो कभी अखबार भी नहीं पढ़ता था!' दूसरे कमरे की दीवार से वह माथा ठोंक लेती है और वहीं लेट रोने लगती है। यतीन उठकर आता है। रोना और तेज हो जाता है।

"सिर में बहुत दर्द है क्या?" यतीन पास बैठकर प्यार से पूछता है। शरीर पर जहाँ यतीन का हाथ है, वहाँ बहुत सुख होता है। लगता है सारा दर्द सिमटकर वहाँ से निकल जाएगा। "आशा, चल किसी डॉक्टर को दिखा दूँ" वह कहता है।

"नहीं" वह सिमटकर यतीन की गोदी में आ जाती है। 'अभी ठीक हो जाऊँगी'

कहना चाहती है, 'मेरे पास बैठे रहो।' नहीं कहती।

"बहुत देर हो गई। काम बहुत बाकी है। मैं चलूँ, जल्दी आ जाऊँगा···।" यतीन उठता है। दरवाजा बंद होता है और वह बदहवास दौड़कर खिड़की पर खड़ी हो जाती है। "यतीन, यतीन, मुझे डॉक्टर के यहाँ ले चलो। मेरे पेट में भी दर्द हो रहा है।"

पर जामुन का पेड़ बीच में लगा है। दस कदम चल सड़क दाएँ मुड़ जाती है। यतीन दिखाई नहीं देता और आशा ठाकुरजी के आले में सिर टिका देती है।

"मम्मी, तुम्हें कहाँ दुःख है?" उँगली से उसका चेहरा छूकर लतिका विस्मय से पूछती है, "पेट में दुःख है?"

"कहीं दुःख नहीं है, बेटे। चल तुझे हलवा बना दूँ। कल से माँग रही है।"

कहाँ दुःख है, कहाँ दुःख है? यतीन भी यही कहा करता था, "लाओ हाथ दबा दूँ, आशा। बताओ कहाँ दर्द है? कपड़े कूट-कूटकर क्या हाल हो गया है। कितना काम करती हो दिन भर। मुझसे देखा नहीं जाता। लाओ पैर दबा दूँ···।"

"हटो। कहीं काम से कोई थकता है? शरीर थकता है। मैं थोड़े थकती हूँ। और तुम कौन कम काम करते हो···?"

"क्या खाक काम करता हूँ, आशा, जो तुम्हारे लिए एक नौकर नहीं रख सकता। जानती हो शाम को किसी मियाँ-बीवी को स्कूटर पर सजे देखता हूँ तो कितनी चोट लगती है? तुम चौबीस घंटे इन्हीं कमरों में कैद रहती हो। एक स्कूटर ही होता तो तुम्हें घुमा लाता। कैसा लिपट के बैठाता तुम्हें अपने से···।"

"न, बाबा। मैं ऐसे ही ठीक हूँ। क्या पता स्कूटर चलाते कि पीछे देखते···।"

"मजाक की बात नहीं। मैं वाकई कुछ एक्स्ट्रा इनकम करने की बात सोच रहा हूँ···।"

"तो मुझे नौकरी क्यों नहीं करने देते?"

"फिर वही बात! जा कर ले नौकरी। न दो दिन में रोती हुई आई···।"

"नाराज क्यों होते हो। मैं तो यूँ ही···।"

"आशा, मैं सोच रहा हूँ दो-एक किताब लिख डालूँ। एक 'गोल्डमाइन' स्कीम है। एकदम धन बरस जाएगा। हमारे यहाँ मिस शर्मा है न?"

"वही जिसकी तुम कह रहे थे कि कौवे सी आवाज है, और तोतिया नाक···!"

"अरे वही। वह कह रही थी कि कंपीटीशन में बैठनेवालों की कापियाँ तो हम देखा ही करते हैं। अगर 'मॉडल आंसर' छाप दें तो कितने लोगों का फायदा हो जाए। उस बात ने मेरे मन में घर कर लिया है। हर साल हजारों लड़के दफ्तर की नौकरी के लिए इम्तिहान देते हैं। सभी तो खरीदेंगे। सोचता हूँ मिस शर्मा को पटाकर देखूँ। वह जरा सीनियर है। दोनों मिलकर फटाफट काम कर डालेंगे।"

"वह करेगी तम्हारे साथ काम?"

"क्यों नहीं करेगी। अभी उसी दिन कह रही थी अगर पच्चीस-तीस हजार रुपए जोड़ लूँ तो घर बनवा लूँ।"

शुरू-शुरू में यतीन घर लौटकर मिस शर्मा के साथ किया हुआ काम उसे दिखाता। बीच-बीच में मिस शर्मा की मामूली तौर पर नकल भी उतारता रहता। दोनों हँसते। आशा को लगता; बस अब स्कूटर आया। यतीन नीचे हॉर्न बजाएगा। बच्चे दौड़कर सीढ़ी से उतरेंगे। वह शरमाती सी नई साड़ी पहने आएगी। यतीन कहेगा, "कसकर पकड़े रखना, अच्छा।"

पर...

घर का मालिक जब घर नहीं लौटता तो शाम कितनी लंबी हो जाती है। न चाय के साथ पकौड़ी बनती हैं, न बच्चों का हाथ पकड़ कोई अगले दिन का सौदा खरीदने जाता है। कोई दोस्त या पड़ोसी भी चुनाव को लेकर टिप्पणी करने नहीं आता। रसोईघर में तब चूल्हा जलाने का मन नहीं करता। बच्चों को डाँट-डपटकर अधभूखा सुला दिया जाता है। घर की मालकिन सौ टुकड़ों में टूट दीवान पर पड़ी रहती है। पत्रिकाएँ बिन पढ़ी मेज पर रखी रहती हैं। रेडियो भी बंद रहता है। मायका बहुत याद आता है। तभी आँख से झर-झर पानी बहता है।

"आशा मैं देर से लौटूँगा, परीक्षा निकट आ रही है। पब्लिशर जल्दी कर रहा है। किताब पूरी करनी है...।"

अलमारियों में कपड़े बेतरतीब ठुँसे रहते हैं। बिस्तर पर कवर नहीं ढँका जाता। कमरे में चारों तरफ फैले खिलौनों को शाम को तरतीब से रखने की जरूरत महसूस नहीं होती। बच्चे चुपके से खिसक जाते हैं। पड़ोसी के घर की खिड़की से लटक 'टेलीविजन' देखते हैं।

"आशा, लो यह किताब छपकर आ गई।" यतीन लहराता घर आता है।

"इस पर तो तुम्हारा नाम नहीं है?"

"नाम के लिए लिखी थी क्या?"

"पैसा कब तक आएगा?"

"अगले साल। ये पब्लिशर लोग साल के अंत में हिसाब करते हैं। इस बीच में दूसरे पेपर के 'आंसर' तैयार कर लूँगा। दो-दो पुस्तक हो जाएँगी। पब्लिशर का रोज फोन आ रहा है कि काम कर दूँ।"

यतीन रविवार को भी सुबह ही मिस शर्मा के घर चला जाता है। शाम को तो रोज वहाँ काम करता ही है।

"क्या करें? दिन तो दफ्तर में बीत जाता है। यह तो शुक्र करो मिस शर्मा को पति

या बच्चों का झंझट झमेला नहीं। चाहे जितनी रात तक काम करती रहे। ऐसा साथ भी क्या आसानी से मिलता है?'' यतीन कहता है। आशा को लगता है उसके सीने में घुटन भर रही है। वह छिपी निगाह से देखती है, यतीन का चेहरा भाव विभोर है। वह बहुत दूर कहीं विचार-मग्न है। मुन्ना और लतिका सीढ़ियों में झगड़ रहे हैं। यतीन झुँझला उठता है, ''चुप नहीं रख सकती हो इन्हें? सारा आइडिया बिगाड़ दिया···'' आशा के पकड़ते-पकड़ते यतीन ने मुन्ने को थप्पड़ मार दिया है। वह बच्चों को लेकर दूसरे कमरे में चली जाती है। यतीन का थप्पड़ मुन्ने के नहीं आशा के बदन पर पाँच उँगली छोड़ गया है।

विवाह के सात वर्ष बाद जब मुन्ना हुआ था तो यतीन ने कैसा खुशी का आँसू पलकों में छिपाया था। नर्स के जाते ही माथे पर हाथ फेर-फेरकर कहता रहा था, ''भगवान् कितना मेहरबान है! मेरे प्यार, तुम तो अच्छी हो न? अम्मा को बड़ी आस थी पोते की···।''

हिचक-हिचककर रोते मुन्ने को सीने से लगाए आशा के वक्ष में कुछ घुमड़ उठा है। उसने दूध पिलाना बंद नहीं कर दिया होता तो जरूर मुन्ने को अपना दूध पिलाकर सुला देती, पर यतीन ने ही छुड़वा दिया था मुन्ने का दूध। ''कब तक इतने बड़े लड़के को दूध पिलाओगी, अपना भी होश है? आँखों के नीचे काले गड्ढे पड़ गए हैं।''

और वह दीवान पर बेहोश सोए यतीन को देखती है, जो मिस शर्मा के यहाँ से आकर अकसर बैठक ही में सो जाता है। सुबह उठकर शेव करते यतीन कहता है, ''मिस शर्मा बीमार है। तुम जाकर उसका हाल पूछ आना। अब तो उसने पास में ही घर ले लिया है।''

मुन्ने को गोदी में उठाए, पसीने से लथपथ वह मिस शर्मा के घर पहुँचती है। घबराहट के मारे दरवाजा खुलने पर मुँह से आवाज नहीं निकलती। मिस शर्मा उसे पहचान लेती है, जैसे उसका आना अपेक्षित ही था। जब तक नौकर चाय बनाकर लाता है, वह निगाह झुकाए ही देखती है कि मिस शर्मा के बाल बहुत काले हैं—जरूर रँगती होगी। दाँत बहुत टेढ़े हैं, मरघिन्नी लगती है। वह कुछ आश्वस्त होती है। देखो, यतीन से उम्र में भी बड़ी है। हाँ, गोरी जरूर है, पर कहाँ चंदन कहाँ चूना। मन-ही-मन वह अपनी सोची बात पर हँसती है, पर मिस शर्मा की आरगंडी की साड़ी में एक भी सलवट नहीं है। साड़ी की सफेद जमीन पर हल्के पीले फूल छिटके हैं। मिस शर्मा का जूड़ा घना सा है। शरीर में कीमती महक सरसरा रही है। चाय के प्याले, जो नौकर ट्रे में रखकर दे गया है, बेहद महीन और चिकने 'बौन चाईना' के हैं। तभी यतीन घर पर चाय पीते आजकल चिड़चिड़ाया करता है। 'वह नीला मग भी फूट गया क्या? कोई भला आदमी घर आ जाए तो किसमें चाय पिलाओगी? याद दिलवाना कुछ अच्छे प्याले लाऊँगा अगले महीने।' खुले दरवाजे से मिस शर्मा के पलंग का काशनी बेड-कवर दिखाई दे रहा है

और डबल बेड की डनलपी नरमाई। उसके कलेजे में बंद कोई चिड़िया बड़े जोर-जोर से फड़फड़ा रही है। उससे बैठा नहीं जा रहा। ''फिर आऊँगी'' कहकर मुन्ने को गोदी में उठा बाहर निकल आई है।

सड़क कितनी लंबी और सुनसान है।

उसका घर इतनी दूर क्यों है?

एक-एक कदम उठाते वह चूर हो गई है।

पहले तो वह कभी नहीं थकती थी चलते-चलते?

''आशा, तुझे क्या हो गया है? हँसती कभी नहीं अब...'' यतीन पूछता है।

''नहीं, कुछ तो नहीं हुआ,'' वह फीका सा जवाब देती है। ''मिस शर्मा की तबीयत अब कैसी है?'' उसके मुँह से निकल जाता है।

''मैं मिस शर्मा की बात नहीं कर रहा था।''

''तो उसकी बात भी मुझसे नहीं करना चाहते?''

''तू कुछ जैलेस हो गई है क्या?'' यतीन उठ बैठता है, ''अगर भरोसा नहीं रह गया है तो काम करना बंद कर दूँ?''

यतीन की धमकी से उसके अंदर कुछ अरराकर टूटता है।

''मैंने कुछ भी नहीं कहा। बेकार बिगड़ रहे हो।''

यतीन मुँह फेरकर सो गया है। लगता है दाँत पीस रहा है।

जैलस, भरोसा? जामुन के टपकते पत्तों को देख वह अकारण हँसती है। सड़क पर स्कूटर सवार बारिश में भीगते हुए जा रहे हैं। स्कूटर धीरे-धीरे चला रहे हैं। शायद फिसलन है। यतीन मिस शर्मा के घर पहुँच गया होगा। उसने भीगी कमीज उतारी होगी। मिस शर्मा का डबल बेड बिजली की सी तेजी से उसके दिमाग में कौंधता है। मिस शर्मा के कोई बच्चा या पति नहीं।

बंद कुएँ में उतरती खाली बालटी सी वह तेजी से गिरी जा रही है। अभी धप से पानी टकराएगा और वह लाश सी भारी हो जाएगी...नहीं-नहीं।

ठाकुरजी के आले के आगे वह बार-बारे माथा रगड़ती है, ''यह कैसा मृग छोड़ दिया ठाकुर? हमारी सुख-सीता का हरण हो गया।''

यतीन निर्दोष हो या दोषी, आशा की सूनी आँखों में अंततः परीक्षा-अग्नि धू-धू करके सुलगी जा रही है।

□

उन्हें जाने दो

उस दिन नौकर छुट्टी पर था। घंटी बजने पर दरवाजा मैंने ही खोला। वह मुझे देख मुसकराई…

"रीनाजी?"

"जी, पर मैंने आपको…"

"मैं शीला पांडे हूँ।"

"आइए, अंदर आइए।"

"आपकी बेटी और मेरी बेटी एक ही क्लास में पढ़ती हैं," अंदर आ उसने बताया। "मैं बहुत दिनों से आपके उपन्यास-कहानियाँ पढ़ती आ रही हूँ। बड़ी भक्त हूँ आपकी।" वह हँसी, "एक दिन मैं बैठी 'वीकली' में छपी आपकी कहानी पढ़ रही थी तो आरती—मेरी बेटी बोली, 'मम्मी, यह तो शबनम की मम्मी की कहानी है।' बस तभी मैंने निर्णय कर लिया था कि आपसे अवश्य मिलूँगी।"

वह बोलती रही। मैं सकुचाई सी उसे परखती रही। पैंतीस के आस-पास उसकी वय होगी। कुछ स्त्रियाँ इसी उम्र में अपने पूरे निखार पर आती हैं। लंबी कमर की खूबसूरत उस महिला की साड़ी और सलीका दोनों उसके अतिरिक्त सुसभ्य होने का पता दे रहे थे।

'देखिए हमारी एक सभा है।" वह कह रही थी, "सभा भी क्या, बस ऐसे ही महीने या पंद्रह दिन में कुछ कलाकार एक जगह इकट्ठे होकर गपशप कर लेते हैं। हमने सुना है कि आप कभी किसी सभा-गोष्ठी में नहीं आतीं। लोगों का अनुमान था कि शायद थोड़ी…"

"बदमिजाज हूँ?"

"नहीं," वह फिर हँसी, "लोगों का जो भी खयाल हो, मुझे पूरा विश्वास था कि जो ऐसी आत्मा को छू लेनेवाली रचनाएँ लिख सकता है, वह व्यक्ति 'सिंपल' के

अतिरिक्त कुछ हो ही नहीं सकता। इसीलिए मैं आपको लेने आई हूँ। हमारी अगली सभा में आपको जरूर आना होगा, रीनाजी।''

''पर मैं तो...''

''वह सब नहीं चलेगा। भला क्यों नहीं जातीं कहीं आप?''

''लोगों से मिलकर बड़ी घबराहट होती है।''

''इनसान, इनसान से मिलकर घबराएगा तो जिएगा कैसे? मैं तो परसों आपको पाँच बजे पिकअप कर लूँगी।''

वह मुझे लेने आई। एक बार नहीं, कई बार। वह जिद करती, मनुहार करती और खींचकर मुझे ले ही जाती। सभा में तो उसके जाते ही जान आ जाती थी। जब मैं उससे कुछ परिचित हो गई तो पता लगा कि वह न तो लिखती ही है, न चित्रकारी करती है, यहाँ तक कि 'आलोचक' भी नहीं है—फिर भी वह लेखकों, चित्रकारों और आलोचकों के बीच का सूत्र है। सभा में अधिकतर ऐसे कलाकार थे, जो अभी प्रसिद्धि की सीढ़ी पर पहला या दूसरा ही पैर जमा पाए थे। प्राय: ये सभी कलाकार अपनी प्रतिभा से त्रस्त और अपने अहं से कुंठित थे। ऐसे में यदाकदा तनाव उत्पन्न हो ही जाता। शीला जहाँ भी देखती कि लोगों में किसी बात पर मनमुटाव बढ़ रहा है, या वे एक-दूसरे को उघाड़ने पर आ गए हैं तो वह जाकर झट स्थिति सँभाल लेती। जब कभी वह देखती कि कोई आलोचक जान-बूझकर किसी नई लेखिका के पीछे पड़ गया है और आरोप लगा रहा है कि लेखिका अश्लील शब्द बहुत इस्तेमाल करती है तो शीला उस लाल-नीली होती लेखिका के कंधे पर हाथ रख उसे वहाँ से ले जाती। जाते-जाते पूछती जाती, ''अरे सक्सेना साहब, जरा 'अश्लील' की परिभाषा तो हमें कभी समझा दीजिएगा।''

अगर शीला किसी को कहते सुनती कि फलाँ का फलाँ से चल रहा है, या कौन किसकी रखैल है तो वह एकदम विषय बदलवा देती। यह कहकर, ''भई वे लोग खुशनसीब हैं, जो जिंदगी को जीते ही रहना चाहते हैं। मर नहीं जाते थककर।'' शीला को जो लोग नहीं जानते थे, वे उसकी बातों से थोड़ा स्तंभित रह जाते। चौंक जाते और एक-आध पुरुष उसके इर्द-गिर्द पूरी निर्लज्जता से मँडराते ही रहते, पर शीला इन सबसे बेखबर, इस कलाकार मित्र से उस तक सारी सभा में हँसती-बोलती रहती। कभी-कभी मैं शीला की इस बेखबरी पर हैरान होती या गुस्सा कर लेती थी। एक शाम मुझे कुछ अधिक गुमसुम पा वह बोली थी, ''क्या बात है, रीना दीदी, बोर हो गई क्या?'' जाने कब वह मुझे इतनी आत्मीयता से 'दीदी' कहने लगी थी।

''बताओ न क्या बात है?''

"तुझ पर गुस्सा आ रहा है।"

"अच्छा," गाड़ी कुछ धीमी कर वह बोली थी, "पर क्यों?"

"तू इतनी अश्लीलता बरदाश्त कर लेती है?"

"किस ओर इंगित कर रही हो दीदी?"

"आज शाम ही को लो न। वह शुक्ला कैसे तुझे अपनी ओर आकर्षित करने का यत्न कर रहा था और तू मुसकराए जा रही थी…"

"शुक्ला, अरे वह! जिसकी मोटी तोंद है?" गाड़ी एकाएक रोक दी। मेरी ओर देख बोली, "सच ही क्या वह मेरी ओर आकर्षित था?" फिर शाम की सारी घटना जैसे मन-ही-मन यादकर खूब जोर से हँस दी।

शीला के इस अछूते शिशुवत् स्वभाव से मैं हार जाती। कुछ कहते नहीं बनता सिवाय इसके, "अच्छा चला गाड़ी। क्या चख-चख करती है हमेशा।"

"दीदी", मुझे दुःखी देख वह कहा करती थी, "बेकार ही इतनी सेंसिटिव हो। सब चलता है। यह तो जीवन है।" और मैं सोचती, क्या वास्तव में व्यक्ति इतनी सादगी में जी सकता है, यह सादगी भी कोई मुखौटा तो नहीं? नहीं, मुखौटा नहीं थी। कितनी ही बार कनॉट प्लेस के किसी एंपोरियम में कोई बहुत खूबसूरत जामावर देख या 'जावेरी' के यहाँ कोई सुंदर आभूषण देख शीला की आँखों में जाने कितना तरल आह्लाद भर आता। सड़क पर अकसर ही वह गाड़ी एक ओर खड़ी कर किसी राह चलती लड़की या महिला को देखने लगती। कहती—

"देखो न रीना दीदी, कितनी सुंदर साड़ी है।" और गाड़ी में बैठी कोई अन्य मित्र यदि कह देती, "पर शीला तुझ पर यह साड़ी अच्छी नहीं लगेगी।" तो शीला गाड़ी स्टार्ट करते आहत होकर कहती, "साड़ी सुंदर है, पर इसलिए नहीं कि मुझ पर अच्छी लगे।" तब मेरी ओर वह निरीह सी देख लेती, मानो कह रही हो, 'दीदी तुम तो समझती हो न, मैं क्या कह रही हूँ?'

और कुछ ही महीनों की दोस्ती में मुझे शीला से प्यार ही नहीं हो गया, उसकी चिंता भी रहने लगी। इतना रूप, इतना धन और इतनी सुरुचि लेकर कैसे यह जी पाएगी, इस कपटी दुनिया में? पर वह खूब बेखबरी से जीती। हर अच्छी वस्तु को प्यार करती चलती, मानो उस वस्तु की सुंदरता और गुण ही उसके लिए पर्याप्त सुख के कारण थे। खरीदकर या झपटकर किसी को वह अपना नहीं बनाना चाहती थी। उसकी उस बेलगाव वृत्ति में जहाँ एक शांति थी, वहाँ एक चुनौती भी। यही कारण था कि यह जानते हुए भी कि शीला किसी के साथ 'फ्लर्ट' नहीं करती, पुरुष प्रायः उसे आकर्षित करने का यत्न करते ही रहते। जैसे शीला की तटस्थता उनके पौरुष

को किसी कसौटी पर कसती सी हो। स्वभाव से मैं शीला से काफी भिन्न हूँ। किसी चीज पर जल्दी आसक्त नहीं होती, पर जिस वस्तु पर आसक्त हो जाती हूँ, उसे बहुत यत्न से सबसे छुपाकर रखना चाहती हूँ, मानो अपना कुछ भी किसी को सौंप देना एक बहुत 'प्राइवेट', बहुत 'सेकरेड' सी बात हो, जिसे आम आदमी की निगाह से बचाना जरूरी हो। इसी स्वभावगत अंतर के कारण कभी-कभी मैं शीला के खुलेपन से झेंप जाती। बार-बार सोचती; उसे टोक दूँ, जैसे वह कोई बच्चा हो और तौर-तरीके सीखना उसके लिए लाजिमी हो, पर हर बार शीला के निर्दोष चेहरे की पारदर्शिता से मैं स्वयं ठगी रह जाती।

मेरा नया उपन्यास उन दिनों एक अध्याय पर आकर रुक गया था, जो किसी भी तरह आगे बढ़ने का नाम नहीं लेता था। उसी की खीज और झुँझलाहट मुझमें भरती रहती। अजब बेबसी महसूस होती। अचानक एक दिन वह अध्याय चल निकला और मैं उसी में ऐसी उतर गई कि खयाल ही नहीं आया कि शीला मेरे पास कई महीने से नहीं आई। मामूली तौर पर उसकी याद आई भी तो मैंने यह कहकर कि 'वह स्वयं आ जाएगी', या 'कहीं गई होगी' अपनी व्यस्तता में विघ्न नहीं आने दिया। धीरे-धीरे वह अध्याय ही नहीं, उपन्यास भी समाप्तप्राय हो गया तो शीला की याद जरा शिद्दत से आने लगी। वह आए तो मैं पहले उसे ही पढ़ने को दूँ। शायद हर लेखक को शीला जैसे एक भक्त पाठक की जरूरत रहती है, पर शीला नहीं आई। इससे पहले कि मैं उसे खोजने निकलूँ, सभा की ओर से एक अन्य महिला का फोन आ गया।

"रीनाजी, आपको परसों हमारे वार्षिक सम्मेलन में अवश्य आना है।" वह फोन पर कह रही थी।

"भई आ जाऊँगी, पर यह शीला कहाँ है?"

"यही तो हमें भी नहीं मालूम। हम तो उसे फोन कर-कर के थक गए। कहती है, "हाँ, मैं आऊँगी" और आती ही नहीं। सभी सदस्य उससे बहुत नाराज हो गए हैं।"

"पर शीला तो झूठे वायदे करनेवालों में से नहीं है।"

"हमें हैरानी तो इसी बात की है।"

"आपने उससे पूछा, वह बीमार तो नहीं?"

"नहीं बीमार नहीं है, पर बात जरूर कुछ है।"

मुझसे नहीं रहा गया। तभी टैक्सी ले उसके घर आ गई। ढलती सी दोपहर थी। शीला अपने बगीचे में खड़ी माली को कुछ समझा रही थी। बिखरे बालों और कश्मीरी कढ़ाई की 'मैक्सी' में शीला और भी मासूम सी लग रही थी। मुझे देखते ही मेरे पास आकर दोनों हाथ उसने पकड़ लिये, पर बोल नहीं पाई कुछ भी!

"कैसी हो शीला?"

"अच्छी हूँ दीदी!"

"आई नहीं इतने दिन से?"

"ऐसे ही, अंदर आओ न! या कहो तो यहीं लॉन में बैठें?"

"यहीं बैठेंगे।"

वह अंदर चाय भिजवाने गई। इस बीच उसका नौकर लोहे की सफेद, शीशा-जड़ी गोल मेज और लाल मखमली गद्दियों वाली सफेद कुरसियाँ बाहर रख गया। शीला के बगीचे के उत्तरी सिरे पर अशोक वृक्षों की कतार ऐसे लग रही थी; मानो बहुत सारे झबरे जानवर सिर झुकाए खड़े हों और पत्ते ऐसे चमक रहे थे जैसे किसी ने कपड़े से पोंछ-पोंछकर उन्हें चमकाया हो। मैं उन्हीं वृक्षों के पास खड़ी थी, जब शीला बाहर लौटी। नौकर चाय की ट्रे मेज पर रख गया था। मुझे अपने घर में, अपने पास देख शीला की आँखों में गीली कृतज्ञता उभर आई थी। उसके कहने से, माली मेरे लिए गुलदावरी का बड़ा सा गुच्छा तैयार कर रहा था। हम चाय का दूसरा प्याला पी रहे थे।

वह बातचीत करती भी चुप थी।

मैंने सीधा सवाल कर दिया।

वह जानती थी, मैं यह सवाल करूँगी ही।

एक तैयार सा जवाब उसने दे दिया।

"नहीं दीदी, बीमार नहीं हूँ।"

"फिर?"

"कैसे बताऊँ?"

"किसी से प्रेम-व्रेम हो गया है क्या?"

मेरे सवाल का वही असर हुआ, जिसकी मुझे आशा थी। हाथ का प्याला उसने मेज पर रख दिया। जरा सीधी होकर बैठी, "प्रेम?" उसने दोहराया। "मुझे जानती तो हो, दीदी प्रेम-व्रेम की बीमारी मुझे नहीं होती।" और वह जल्दी-जल्दी बताने लगी कि करीब छह महीने से वह जब भी घर लौटती तो लगता कि घर में एक खास तरह का शोर है, या 'वाइब्रेशंस' हैं। एक कमरे में रेडियो चल रहा है, दूसरे में 'टेपरिकॉर्डर', तीसरे में 'रिकॉर्डप्लेयर' और उसके तीनों बच्चे उसी शोर के साथ झूम रहे हैं। उसकी लड़की इसी वर्ष सोलह की हो गई थी, पंद्रह और तेरह वर्ष के दो लड़के थे घर में। उसे लगने लगा कि तीनों बच्चे अजनबी होते जा रहे हैं। लड़की अब उससे अधिक बात नहीं करती। कतराती सी रहती। न पूछती, "मम्मी, कहाँ जा रही हो।" न पूछती, "मम्मी, कब आओगी।" लड़के भी अपने-अपने कमरे का

दरवाजा बंदकर बैठे रहते। अगर किसी कामवश शीला दरवाजा खोले भी तो उन्हें अच्छा नहीं लगता। कभी-कभी तो वे अंदर से 'लॉक' लगाकर बैठते हैं। बस ऐसी ही छोटी-छोटी बातें थीं, जिनसे शीला चोट खाती चली गई।

''दीदी, मुझे भय लगने लगा है! ये लोग कौन हैं, क्या मेरे ही बच्चे हैं, मैं कौन हूँ, क्या इनकी माँ हूँ?''

आँसू उसकी गहरी आँखों में कुछ देर भीगकर बह आए। मेरी ओर से चुप कराने का कोई यत्न न होते देख उसने आँसू पोंछे। नाक को रूमाल पर दबा कुछ देर बैठी। फिर छोटी-छोटी स्मृतियों को जोड़ने लगी।

''बेटी की जब सहेलियाँ आती हैं तो वे लोग लॉन के किसी कोने, गेट के बाहर या छत पर फुसफुसाकर बातें करती हैं। पास से गुजरो तो एकदम चुप। पीछे, अपमानित कर दे, ऐसी दबी सी हँसती हैं, ये लड़कियाँ...''

''मैं? मुझे लगता है कुछ फालतू बेमतलब, अनाकर्षक चीज हूँ, जिसका उनके जीवन में कोई 'पॉजिटिव' रोल नहीं रह गया है। इससे भी गहरी होती एक नश्तर-चुभन कि कुछ होनेवाला है, कुछ हो रहा है...क्या? नहीं जानती...एक दिन लड़की के कमरे में सुई-धागा खोजने चली गई। मुझे देखते ही आरती ने पलंग के गद्दे के नीचे कुछ छुपा दिया। पत्र, पुस्तक, तसवीर?''

''लड़कों के कमरे में यह कहने गई कि रेडियो थोड़ा धीरे चलाओ तो दोनों लड़के फर्श पर एक-दूसरे से गुँथे पड़े थे। लड़ाई, कैसी, किसलिए?''

इतना बताते-बताते शीला काँपने लगी। गोदी में रखा अपना शॉल मैंने उसके कंधे पर डाला। चाय का ताजा प्याला बनाकर दिया। पूछा, ''शीला, तुम्हें याद है मेरे घर का पता तुम्हें किसने दिया था?''

''आरती...शबनम—आपकी बेटी! आपके घर में भी तो इस उम्र की बेटी है। आपके यहाँ यह सब नहीं होता?''

''होता है, शीला। यही सब होता है?''

''आप कैसे सहती हैं? आप तो मुझसे भी ज्यादा 'सेंसिटिव' हैं।''

''मेरी एक गुरु है, शीला नाम की। उसने मुझे सिखाया कि यह सब जीवन है।''

''मैंने तब वह बात कितने सहज ढंग से कह दी थी, दीदी। मैं जानती हूँ कि एक उम्र में हम भी कुछ किताबों के हिस्से बार-बार पढ़ते थे, कॉलेज में इधर-उधर पेड़ों के नीचे लेटे बेमतलब की बातें करते थे, पर दीदी, हम 'रीयल' थे, वे बातें 'रीयल' नहीं थीं। अब लगता है ये बच्चे 'रीयल' नहीं रहे, वे बातें अधिक 'रीयल' हुई जा रही हैं...''

"शीला, थोड़ा हौसला, सब्र रखो। स्वयं को बचाओ, उन्हें जाने दो। बच्चे कुछ ही अरसे में अपने आप में लौट आएँगे।"

"सच, दीदी?" उसे विश्वास नहीं हो रहा था। घड़ी की ओर देख वह रोती सी बोली, "देखो, साढ़े तीन बजते ही, जैसे ही बच्चों के घर लौटने का समय होता है, मुझे बुखार सा चढ़ने लगता है। काँपने लगती हूँ किसी दुराशा से। बताओ न दीदी, मुझे इतना डर क्यों लगता है?"

चाय की खाली केतली उठा, वह और चाय लेने चली गई।

□

काली रूपी

आज तबीयत है कि रो दूँ, पर बे-बात आँसू आएँ भी तो क्यों कर! कल रात हल्की बारिश हो गई थी, ढाई महीने से पड़ रही गरमी से कुछ राहत मिली। हवा बड़ी मादक सी है। ठंडी-ठंडी नम कि जैसे पहाड़ों की होती है। धूप सोने सी सुनहरी निखरी है। आकाश में कहीं-कहीं गुलाबी बादल तैर रहे हैं। बड़े भले लगते हैं। बादलों की छवि, जो धरती पर पड़ रही है और भी भली लगती है।

दीवार पर लेटे-लेटे खिड़की से बाहर देखते जी घबरा उठा है। लगता है दम घुट जाएगा, साँस आएगी नहीं। उठकर बालकनी में चली आई हूँ। हमारे इस छज्जे से सड़क दूर-दूर तक दीखती है। घंटों खाली बैठे मैं यातायात को देख सकती हूँ। देखती रही भी हूँ। देखते-देखते बहुत खयालों में भटक जाया करती हूँ। ऐसी हो जाती हूँ कि कान पड़ी बात भी नहीं सुनती। ऐसे में माँ बहुत बिगड़ती है। झुंझला उठती है···। ''बीस बरस की हो चली···।'' भाभी छेड़ती हैं, ''क्यों रूपा! किसका स्वप्न देख रही थी?''

भाभी की बात में थोड़ा व्यंग्य होता है, अपनी ननद के लिए, जिसका रिश्ता कहीं ठीक नहीं हो पाया है और उम्र बबूल की तरह बढ़ चली है। होंठ काटकर रह जाती हूँ। दिल में कचोट उठती है···।

पता नहीं कहाँ होगा सुधीर! रस्सी की तरह कलेजा ऐंठ रहा है···आँसू पलकों के पीछे दुबके बैठे हैं···सोचकर तकलीफ होती है कि सुधीर मुझसे रूठकर चला गया, मैं मना भी नहीं कर सकी उसे। कैसे मनाती, कैसे···! वह भी तो रुका नहीं, मुड़कर देखा तक नहीं। इतना मान कर बैठा। पर वह मुझे जानता नहीं था न, मेरे मन की गाँठ देख नहीं सका, न मुझे समझाने का अवसर दिया।

आज वह सामने नहीं है तो बहुत सी बातें उभरकर आ रही हैं। बहुत सी यादें आ रही हैं; तेरह की रही होऊँगी तब, घर की बत्ती एकाएक चली गई थी। घर पर मैं थी, उमेश···मेरा भाई और केवलकृष्ण, जो कि उमेश का मित्र और हमारा पड़ोसी था, कुछ देर बिजली नहीं आई तो उमेश उठकर 'मेन स्विच' देखने चला गया और अँधेरे में

सरकती एक छाया मुझ तक बढ़ आई, एक हाथ कमर की कमीज पर बढ़ने लगा, तब मेरा पैरा उठा था। कसकर ठोकर मार दी थी, कमरे में हल्की सिसकारी भर गई, फिर कमरा खाली हो गया…उस घुप्प अंधकार में मैं अकेली रह गई थी। केवलकृष्ण फिर कभी नहीं लौटा हमारे घर।

ऐसी ही एक और रात की बात है! हवा का कहीं नाम तक नहीं था। दरियागंज की छत पर खाट पर लेटी मैं करवटें बदल रही थी। नींद आती नहीं थी, पास की खाट पर गौरा लेटी थी। गौरा के कारण ही साल में एकाध बार मैं दरियागंज में दीदी के घर ठहर जाया करती थी। नींद अभी आई ही थी कि लगा गले की हँसली पर हाथ रखा है। उनींदी सी बोली, "गौ…रा…गौरा…!" हाथ फिसलकर और नीचे आ गया। आँखें खोलीं, मुहासों भरा एक चेहरा मेरे सामने था। अस्फुट सा स्वर, "मैं हूँ रूपा, मैं रमेश…!"

रमेश! गौरा का भाई!!

मेरा हाथ उठा और झन्न की आवाज करता उसके गालों पर जा बैठा। अंधकार में मैं फिर अकेली रह गई थी…गले के नीचे, जहाँ रमेश का हाथ पड़ा था, त्वचा कुनमुनाई सी थी। दिल जोर से धड़क रहा था और मन को कुछ अच्छा नहीं लगा था। रमेश ही मुझे कभी अच्छा नहीं लगा। सदा बिटर-बिटर देखा करता था। तिस पर रात के अँधेरे में चोरी से आकर उसका मुझे छू लेना और भी बुरा लगा। सुधीर होता तो पूछती, मुझे क्या करना चाहिए था? पर उससे तो ऐसी बात कह भी नहीं पाती। अब भी इसलिए कह पा रही हूँ कि वह सामने नहीं है।

एक कवि थे। अच्छा नाम था उनका। मन में उनके लिए बड़ा आदर था। मेरी कॉपी पर दस-बीस छोटी-बड़ी कविताएँ लिखी पड़ी थीं। दिखाकर बोली, "ये कविताएँ देख लीजिएगा?"

कुरसी पर बैठे थे वह।

"ओहो! तुमने लिखी हैं? अच्छा…अच्छा…बैठो।"

कमरे में पन्ने पलटने की सरसराहट फैल गई। मैं उत्सुक सी बैठी रही। एकाएक… "आपके हाथ बड़े सुंदर हैं। उँगलियाँ बहुत कलात्मक हैं। लाइए तो जरा देखें…।" उँगलियाँ, उँगलियों की पकड़ में विवश थीं।

"मुझे हाथ भी देखना आता है। आपका भाग्य बताऊँ?"

"जी नहीं, छोड़िए! मुझे जाना है…।"

खटपट करती सीढ़ियाँ उतर गई थी। पल्ले से हाथ पोंछती जाती थी। लगता था गंदे हो गए हैं। टूटे थर्मामीटर के पारे सी सारी श्रद्धा और आदर बिखर गए थे। मन में वितृष्णा, क्या सब ऐसे ही होते हैं।

कला बहुत दिन से कह रही थी कि चल फिल्म देख आएँ। माँ राजी हुई तो बस

में बैठ मैं घर से चली। दिल्ली की सड़क···ठसाठस भरी बस···भाग्य से बैठने को मिल गया। कंडक्टर कर्कश स्वर में चिल्ला उठता था···छोड़ दो···कोई कोशिश न करे···आगे बढ़ो···आगे बढ़ो···आगे। कहाँ जाना है? पंद्रह पैसे!···टिकट लिया? कंडक्टर आगे बढ़ा, फिर वही प्रश्न—

मेरे कंधे पर बोझा बढ़ता ही जाता था। खिसककर बैठी। बोझ और बढ़ गया। हर झटके के साथ रगड़ लगने लगी। बैठा नहीं जाता था। ऊपर देखा मोटा ढुलमुल आदमी था···माथे पर पसीना। कंधे पर उसका स्पर्श बड़ा गिलगिला लग रहा था···उठी···और···और कोहनी उसके मोटे पेट में धँसा दी। सी···इ···ी···की आवाज सुनी···बस से उतर गई···कंडक्टर ने सीटी दे दी।

पिक्चर में मन लग रहा था। वातानुकूलित सिनेमा हॉल। रंगीन फिल्म कहीं-कहीं सुधीर का खयाल आ जाता था···राजकपूर से वह थोड़ा मिलता जरूर है। एक तरफ कला बैठी थी···फिर उँगलियाँ···फिर किसी का स्पर्श। नोचता सा···शरीर कंटकित हो उठा। पलटकर दाँत बाजू में गड़ा दिए। बड़ी कठिनाई से रोकी गई चीत्कार के साथ कुरसी खाली हो गई। मेरे मुँह में रक्त का नमकीन स्वाद था और आँखों में आँसू तिर आए थे। पिक्चर बेकार, भौंडी और अर्थहीन लगने लगी···उठ गई···सिर में दर्द था, रास्ते भर सुधीर, अपने देवता का खयाल आता रहा था···स्कूटर लेकर घर पर उतरी। अभी बरामदे में ही थी कि हवा में तैरती सी भाभी की आवाज सुन पड़ी—

"क्यों अम्मा, रूपा की बात सहारनपुर चलाई थी, सो क्या रहा?"

"वही पुरानी बात? लड़की काली है, दहेज में चालीस-पचास का खयाल हो तो बात बढ़े···।"

"चालीस हजार!"

"हाँ बहू! लड़की साँवली क्या हुई, जान को हत्या हो गई। जिसके पास न हो चालीस; वह क्या करे? कलियुग आ गया है कलियुग···डेढ़-दो सौ के कमाऊ क्या हो गए, दिमाग छठे आसमान पर टँग जाएगा···सबको पैसा चाहिए पैसा···"

उस समय मन को क्या हो गया था, नहीं जानती! बस यही इच्छा हुई कि जैसे भी हो, सुधीर के निकट पहुँच जाऊँ। वह मुझे छिपा ले···समेट ले···मैं आँखें बंद कर लूँ···मैं अपना वही रूप देखूँ, जो वह मुझमें देखता है···भूल जाऊँ मैं काली हूँ···और माँ मेरा रिश्ता करना चाहती हैं, सो भी नहीं हो पा रहा।

बड़ा बे-वक्त था सुधीर के घर जाने का, पर मेरे पास समय था, पिक्चर से जल्दी जो चली आई थी, इसी से माँ की नाराजगी की चिंता नहीं थी। फिर वह पास में ही तो रहता है···घर पर वह अकेला था। मुझे वह दृश्य वैसा-का-वैसा याद है··· मुझे देख उसकी आँखें प्रसन्नता-मिश्रित आश्चर्य से चमक उठी थीं···उस क्षण मुझे लगा था मैं

परी सी सुंदर हूँ। आकर्षक और हल्की हूँ। मुझे अपने रंग का एहसास बिल्कुल नहीं था और मन का उमड़ता प्यार···श्रद्धा···मैंने उसके चरणों पर उड़ेल दी थी। उसके पैरों को हृदय से लगा लिया था, सुधीर! कितना सुख था उसके उन पैरों को हृदय से लगाने में···और कितनी खुशी थी उन ढरकते आँसुओं में···ईश्वर जानता है, पर सुधीर ने यह क्या किया···धरती से उठाकर मुझे आलिंगन में जकड़ लिया और बेतहाशा चूमने लगा···लगता था मुझे तोड़ देगा, कह नहीं सकती कि···कि मुझे घृणा हुई थी···नहीं घृणा तो नहीं हुई थी, पर···सिर कसकर चकराने लगा था, पैर लड़खड़ाने लगे थे···मुझे डर लगने लगा था···मेरा दम डर के मारे निकला जा रहा था···और वह मुझे खाट की तरफ लिये जा रहा था···घबराकर मैंने उसे धकेल दिया था···वह खाट पर लुढ़क गया था···और मैं···मैं अपने को छुड़ाकर बेतहाशा भाग खड़ी हुई थी।

फिर···नाराज हो गया सुधीर। इसी बात को लेकर रूठ गया। ऐसा कि घर भी छोड़कर चला गया। शायद मुझे डरना नहीं चाहिए था···शायद उसका इरादा बुरा नहीं था···वह···केवल प्यार की चरम अभिव्यक्ति थी···असंतुलन था, पर···मैं काली हूँ न। आत्म-विश्वास खो बैठती हूँ। हीनता भीतर है···संदेह बाहरवालों पर होता है, डर जाती हूँ···नहीं तो क्या स्वयं मैंने ही उसके पैरों को हृदय से नहीं लगा लिया था, उन्हें चूम नहीं लिया था?

दहलीज पर बैठी हूँ, सड़क पर कोई सीटी बजा रहा है, दम घुट रहा है, दिल बेतरह उदास है, आकाश पर परत-परत बादल घिर आए हैं, इस बार छमाछम जल बरसेगा।

□

मंगल-सूत्र

छोटी सी झील है, जिसमें कितनी ही लाल कश्तियाँ पड़ी हैं और चारों तरफ दिखाई पड़ रहे हैं बच्चे और छुट्टी बिताने को निकले अमेरिकन स्त्री-पुरुष और प्रेमी युगल। सितंबर महीने की छह तारीख का 'लेबर डे!' गरमियों की आखिरी छुट्टी। इसके बाद शरद का आरंभ और घरों में बंद जीवन। जिसे देखो, धूप सेंक रहा है, मानो आनेवाले महीनों के लिए गरमाई बटोरकर रख रहा हो।

'स्टोनी ब्रुक' गाँव ही है, कस्बा कह लीजिए। पाँच-एक हजार की आबादी। शांत खुला-सुलझा सा वातावरण। न धुआँ, न शोर। संतोष का दिल कभी-कभी इस चुप्पी से घबरा जाता है। राकेश ऑफिस गया तो फिर करने को कुछ रहता नहीं। नाश्ते की प्लेटें धो डालीं और बस। राकेश! संतोष ने हल्के से एक कंकरी पानी में उछाल दी। तनिक सी हलचल''धीमे से छपाक् और फिर वही शांति। चौंककर एक बत्तख तेजी से तैरकर दूर छिटक गई। राकेश से संतोष परेशान हो जाती है। कहने को कितने बरस हो गए हैं विवाह को। सब नया पुराना हो गया है, यहाँ तक कि अमेरिका का प्रवास भी आदत बन गया है। दो साल पहले अमेरिका रही, फिर दो साल कैनेडा। अब फिर दो साल के लिए यहीं पर न्यूयॉर्क में। अब न्यूयॉर्क उतना बड़ा, उतना आश्चर्यजनक नहीं लगता। दुकानें उतना अपनी ओर नहीं खींचती। संदूक सब सामान से भरे हैं। घर अमेरिकन तरीके से सजा है। गैराज में दो-दो कारें भी हैं। बर्फ में कोई चमत्कार नहीं रह गया है। अमेरिकनों के कौतूहल की भी वह अभ्यस्त हो गई है। जात-पाँत, बिंदी-साड़ी इत्यादि को लेकर उनके प्रश्नों के रटे-रटाए उत्तर दे डालती है। वह सब तो कर लेती है, किंतु एक नहीं अभ्यस्त हुई है तो राकेश की डाँट की। सबसे अधिक राकेश की चिड़चिड़ाहट से ही वास्ता पड़ता है। वही संतोष से झेली नहीं जाती।

आज भी बात क्या हुई, मिक्की ने नाश्ते के समय दूध का गिलास उलट दिया। अचानक ही उलट गया। बेचारा बच्चा ही तो है। हाथ लगा और गिलास लुढ़क गया। मिक्की कैसा सहमा था, पर राकेश कैसे सहन करे? बच्चों के सब अपराध संतोष के हो

आते हैं, उनके सब लड़ाई-झगड़े, रोना-धोना संतोष के सिर। उनका सारा काम, काम का दायित्व, संतोष का। जाने क्या-क्या कह गया राकेश। कितना चाहती है न सुने, न सुने। कहने दे जो लगता है, पर शब्द हैं कि कलेजा चीरते जाते हैं। सारे बदन में खून दौड़ता सा लगता है और मेज का दूध झाड़न से समेटते हाथ थरथराकर रह जाते हैं, मुट्ठी खुलकर बंद और बंद होकर फिर खुलने को होती हैं और गले में दो-चार प्रतिवाद के शब्द फँसकर रह जाते हैं। इन झगड़ों के बाद प्रायः ही राकेश कार लेकर चल देता है और खाली कमरों में उसका स्वर गूँजता रह जाता है। 'संतोष यू आर ए फूल! व्हाय कांट यू इंप्रूव? रहती यहाँ है, सोचती कहीं और का है। देख नहीं सकती कि दूध गिरा रहा है, एक बच्चा तुझसे सँभलता नहीं। शादी भी किस कमबख्त दिन हुई थी। लाइफ खराब हो गई¨जल्दी साफ कर, फर्श पर निशान रह जाएँगे¨स्टुपिड गर्ल¨!''

सिर घुटनों में रख संतोष ने आँसू सुखा लिये, 'रहती यहाँ हैं, सोचती कहीं और का है।' लोग कहते हैं कि बड़ी सुंदर है संतोष। राह चलता आँखों और दाँतों की प्रशंसा करता है। अमेरिकी कार रोककर उसकी तसवीर उतारते हैं। कपड़े से वह नहीं सजती। उससे कपड़ा सज जाता है। कुछ लोग राकेश से ईर्ष्या करते हैं, कुछ उन दोनों से ही। कुछ उनके सुखी-संपन्न दिखनेवाले जीवन से, पर भीतर का घुन कौन देखे, कैसे देखे। देखने योग्य वह हो भी तो। यूनिवर्सिटी में बीसियों परिचित थे। उनमें एक राज भी था। बात उड़ी कि विवाह से पहले संतोष और राज में 'लव' था¨। बात राकेश तक भी पहुँची, पर शादी भी उसने जान-बूझकर की। अब बात निकलती नहीं उसके मन से। सालों साल बीत गए। वैसे ही याद रखी हुई है। प्रेम क्या इतना बुरा होता है? इतना पाप कि सारे गुण उसके नीचे दब जाते हैं, सारा श्रेय मिट जाता है। उपालंभ-ही-उपालंभ रह जाते हैं¨। इस खिले दिन भी दिल डूबा रहता है। साँस अटकती है और तबीयत घबरा-घबरा जाती है। भीतर की छटपटाहट जीने नहीं देती¨।

मिक्की ढूँढ़ता हुआ आया और संतोष को निष्क्रिय सा बैठे देख बिगड़ उठा। ''मम्मी, मैंने कहा था कि यहाँ आओ और देखो मैं बत्तखों को चुग्गा डाल रहा हूँ।''

बिल्कुल अपने पापा पर पड़ा है। संतोष उठकर सैलानियों की भीड़ में मिल गई। मन जब इतना उदास हो तो लोगों की मुसकराहट के उत्तर में मुसकराना बहुत कष्टप्रद होता है, घड़ी बारह पार कर चुकी थी। धीरे से बोली, ''चल बेटे, अभी लंच बनाना है, नहीं तो डैडी बिगड़ेंगे।''

मिक्की का मन नहीं था वहाँ से हटने को, पर 'डैडी बिगड़ेंगे' शब्द मानो उस बच्चे के लिए भी जादू रखते थे। अपने मकई के लिफाफे को एक बार ही पानी में उल्टा कर मिक्की चल पड़ा। तभी उसके कानों में आवाज आई, ''संतोष¨ओह माई गॉड!'' और उसने देखा कि एक विशालकाय अमेरिकी लड़की चटकीली लाल ड्रेस में सजी उसका

हाथ अपने दोनों हाथ में लेकर हिलाए जा रही थी।···मुँह बनाए मिक्की बराबर में खड़ा देख रहा है। अमेरिकी जब उसकी मम्मी से बोलते हैं तो मम्मी उसकी ओर से बेखर हो जाती है। यही बात मिक्की को अच्छी नहीं लगती।

डोरा का मिलना इतना अकस्मात था कि संतोष अपना व्यवहार निश्चित नहीं कर पा रही थी। शब्द उलझ रहे थे। कितनी प्यारी लग रही थी डोरा और संतोष को कितनी प्यारी थी वह। "तीन साल!" दोनों एक साथ ही बोलीं। तीन साल में मिल रही थीं और वह भी दैवयोग से।

"मैंने तुम्हें पत्र लिखा था डोरा, पर लौटकर आ गया। तुम उस पते पर थी ही नहीं।"

"और तुम भारत से कब आई? मैं तो सोच रही थी कि भारत में ही होगी अभी। अच्छा, यह बेटा है?"

"हाँ। डोरा···।"

"संतोष यह हैं मेरे मित्र जार्ज स्मिथ। जार्ज, यह संतोष सहगल, इंडिया से।"

जार्ज से परिचय बीच में ही डोरा ने करवा दिया। संतोष पूछती-पूछती रह गई, बॉब कहाँ है, कैसा है? बोली, "चलो हमारे घर, हम पास में ही रहते हैं। लंच वहीं खाना।"

"मैं तो चलूँगी, किंतु जार्ज को कुछ काम है। इसका एक वकील मित्र यहाँ रहता है। जार्ज, तुम पीछे आ जाना।"

जार्ज के जाने से संतोष प्रसन्न ही हुई। डोरा से कितना कुछ पूछना शेष था। कितना कुछ बताना। पहले-पहले जब वह अमेरिका आई थी, तब डोरा ने ही उसे बहन की तरह अपनाया था, वहाँ के जीवन से परिचित करवाया था। डोरा का पति बॉब और राकेश एक ही जगह काम करते थे। डोरा स्कूल में पढ़ाती थी। डोरा को पा संतोष को कभी लगा नहीं कि दो जातियों का भेद उन दोनों में है। स्नेह ने सब दीवारें तोड़ दी थीं और जब संतोष ने सलज्ज हास्य से डोरा को अपना रहस्य सुनाया था, तब डोरा कैसी प्रसन्न हुई थी। सदा नई चीजें बनाकर लाती। खाली समय में स्वेटर और जुराबें बुनकर देती। दोनों जब मिलतीं, तब होनेवाले बच्चे की ही बातें करतीं। तभी राकेश को कैनेडा जाना पड़ा। अमेरिका का वीसा बढ़ नहीं सका। डोरा तब रोई थी, संतोष को हवाई अड्डे पर छोड़कर रूमाल आँखों पर दबा वहाँ से हट गई थी। उसी स्नेह-भरी सहोदरा से मिल संतोष भर आई।

मूड भी क्या चीज है। अभी कुछ देर पहले का उदास मन अब अपनी खुशी सहेज नहीं पा रहा था। उल्लास फूटा पड़ता था। संतोष दोपहर का खाना मेज पर रखती जाती और कुछ-न-कुछ पूछती-बताती जाती। डोरा तो मिक्की से खेलने में व्यस्त थी। घूम-फिरकर प्रश्न आ ही गया, "डोरा, बॉब कहाँ है, कैसा है?"

''मैं इसी प्रश्न के इंतजार में थी, संतोष! हमारा संबंध-विच्छेद हो गया है। तलाक का इंतजार है।''

चावल की प्लेट संतोष के हाथ से छूटने को हो गई, ''डोरा! क्या सच?''

''हाँ, संतोष!''

चुपके-चुपके दोनों खाने बैठीं। राकेश अभी नहीं आया था। मिक्की दूध पीकर लॉन में मोटर दौड़ा रहा था। संतोष को कुछ पूछते न देख डोरा ही बोली, ''हैरानी हुई?''

''बेहद।''

''वह तो होना था एक दिन।''

कुछ क्षण संतोष सोचती रही। धीरे से बोली, ''डोरा, अगर न बताना चाहो तो न बताना, पर मैं जानना चाहती हूँ, क्यों? मुझे तो तुम लोग सदा प्रसन्न ही दिखते थे?''

बिना दूध-चीनी की कड़वी कॉफी खत्मकर सिगरेट सुलगाती डोरा कुरसी पर लेटी सी हो गई। आँखें बंदकर धुआँ छत की ओर छोड़ती बोली, ''संतोष, तुम्हें मेरे बारे में कुछ मालूम नहीं। मैं अपने विषय में बात करने की आदी नहीं, पर तुम दूर की हो, इसी से तुमसे कहना सरल होगा। शायद मेरा मन भी उससे स्वस्थ हो। बॉब को मैं बहुत पहले से जानती हूँ। जानती हो, हमारे यहाँ वर का निर्वाचन लड़कियाँ स्वयं करती हैं। मैं कोई तेरह बरस की रही होऊँगी, जब मैंने डेटिंग शुरू की। तब मैं बहुत भोली थी। शुरू से मुझे पढ़ने का अधिक शौक रहा है। इसी से अपनी आयु के लिहाज से मैं काफी गंभीर थी। 'डेट' पर जाती थी, पर अधिकतर गुस्से में लौटती थी और गुस्सा दिलाकर लौटती थी। ले जानेवाला मित्र मुझे प्यार करना अपना अधिकार मानता था। यही मुझे स्वीकार नहीं था। मेरे मन का आग्रह था, जिसे प्रेम करूँगी उसी को देह समर्पित करूँगी, यह प्रेम भी पागलपन बनकर आया। हमारे स्कूल का सबसे खूबसूरत धनी लड़का था एलफ्रेड। उसी से प्यार हुआ। तब तक मैं लड़कों में बदनाम हो चुकी थी। कोई भी मुझे 'डेट' पर ले जाने को तैयार नहीं था?''

''क्यों?''

''क्योंकि, मैं 'सपोर्टिंग' नहीं थी। 'लव मेकिंग' मुझे अच्छा नहीं लगता था। लड़के मेरा मजाक बनाते थे। एलफ्रेड के साथ मैं गई संतोष और उसे सब दिया। वह तीन महीने कैसे थे, क्या बताऊँ दुबारा वैसा समय किसी के जीवन में नहीं आता। हम दोनों 'स्टैडी' हो गए। अँगूठी का भी विनिमय हो गया था। मुझे एलफ्रेड के सिवा कुछ सूझता नहीं था। ज़ो लड़कियाँ जिस-तिस के साथ घूमती थीं, उन्हें मैं बड़ी ही हेय दृष्टि से देखती थी।''

कॉफी का दूसरा प्याला डालते संतोष देख रही थी, तकलीफ से डोरा का मुख विवर्ण है, पर संतोष चुप रही, सुनती रही।

''एलफ्रेड ही बदला, संतोष! वह मुझसे, मेरी दासता से, मेरी मुहब्बत से थक

गया। वह नवीनता चाहता था, 'थ्रिल' चाहता था। मेरे जैसी गोंद सी चिपक जानेवाली डोरा नहीं चाहता था। वह गया और मैं बिखरी। मैं भी अकेली हो गई कुछ देर के लिए, पर वह मेरे स्वभाव के विरुद्ध था। उससे कष्ट होता था। तभी बॉब से परिचय हुआ। बॉब एलफ्रेड का दोस्त था और मुझमें उसकी आसक्ति थी···।''

''सब जानते हुए भी?''

''क्यों, जो कुछ वह जानता था, कोई बड़ी बात तो थी नहीं। वह यह भी जानता था कि एलफ्रेड के मिलने से पहले मैं कैसी थी। इसीलिए मुझ पर उसकी आसक्ति थी। उन दिनों वह इंजीनियरिंग के लिए पढ़ रहा था। फिर भी विवाह हमने किया। विवाह तो किया, पर कंट्रेक्ट की तरह। मैं सुबह और शाम दो जगह नौकरी करती थी, ताकि वह पूरा समय पढ़ाई को दे सके और जब वह इंजीनियर हो जाए, तब हम सही मायनों में अपनी गृहस्थी बसा सकें। जानती तो हो, पढ़ाई हमारे देश में कितनी महँगी है। उस दिन मैं बहुत खुश थी, जब बॉब को डिग्री मिली और नौकरी भी मिली। तब मैंने उस रात बड़े उल्लास से पूछा था, बॉब, अब हम माता-पिता बन सकते हैं न?''

''नहीं डोरा, ऐसी भी क्या जल्दी है। अभी तो घर ले लें, जरा सा रुककर दूसरी कार ले लें, फिर···'' उसने कहा। ''मन गिरा था जरूर, पर मैं चुप रही। कई साल बीत गए संतोष! घर भी हो गया, कारें भी, पर बॉब फिर-फिर की रट लगाए रहा।''

''क्यों?''

''उसे बच्चे अच्छे नहीं लगते थे या वह स्वार्थी हो गया था। मेरी तब तक काफी तनख्वाह हो गई थी। बहुत सालों की नौकरी जो थी, पर वह कोई परिवर्तन नहीं चाहता था और मैं नौकरी करते थक गई थी। पैसा सब बेमतलब लगता था। छोटी-छोटी बातों पर झड़प हो जाती थी। घर काटने को दौड़ता···।''

गेट पर दो कारें एक साथ रुकीं, राकेश और जार्ज की। जल्दी से संतोष बोली, ''तो फिर?''

''जिंदगी जब बोझ हो जाती है, तब राह बदलना अनिवार्य हो जाता है, संतोष! ऐसे कैसे चलता? जीवन के बाद क्या है, नहीं जानती, पर जीवन व्यर्थ क्यों जाए। फिलहाल अलग भी हो गए हैं। तलाक भी मिल जाएगा···।''

''अब क्या करना है? क्या जार्ज···''

''नहीं, वह मात्र मित्र है। वैसे संभावनाएँ तो रहती ही हैं। एक ही स्कूल में हम दोनों पढ़ाते हैं। बहुत थकी हुई थी, इसी से छुट्टियाँ बिताने 'लॉन्ग आइलैंड' आए थे। तुम···तुम कैसी रहीं?''

संतोष चौंकी, क्षण-भर को शब्द लड़खड़ाए, ''मैं तो अच्छी थी···अच्छी हूँ···।'' और आनेवालों की पदचाप में स्वर खो गए। संतोष ने कॉफी बनाई। मन भटकता रहा।

कमरे में लौटी तो मिक्की डोरा की गोदी में बैठा उसके गले में पड़ी माला से खेल रहा था। इससे पहले कि संतोष उसे डाँटती, माला खुल गई।

मेहमान विदा हो गए। डोरा पत्र लिखने का वादाकर चली गई। कमरे में बिखरे मोती समेटते संतोष सोच रही थी—माला माला में अंतर है। मेरे मंगल-सूत्र से मिक्की रोज लटक जाता है, पर वह तो खुलता नहीं। खिंचकर रह जाता है··· । डोरा की माला झटके से ही खुल गई।

□

या इसलिए

कुरसी पर बैठते ही उसने पैरों से सैंडल उतार दिए। पैरों के तलवे कब से जल रहे थे। नंगे पैरों को घास की छुअन ने सहलाया तो उसने लंबी साँस छोड़ी। भारी कामदार साड़ी के पल्ले को नीचे खिसका, पसीना-पसीना होते गले को रूमाल से हवा दी। दोनों ओर की कुरसियाँ खाली थीं। इधर कोने में अँधेरा भी था। तभी वह वहाँ आकर बैठी थी। बरात का स्वागत जोर-शोर से हो रहा था। बैरे ताजा जूस के गिलास, तले हुए काजू और पेस्ट्री की ट्रे लिये घूम रहे थे।

जिस बगीची को घेरकर शामियाना ताना गया था, वह काफी बड़ी थी। हजार से ऊपर बराती तथा वधू पक्ष के लोग वहाँ होंगे, पर कहीं भीड़ जैसा नहीं लग रहा था। बगीची के चारों ओर कनात खिंचे थे, जिनसे सुनहरी झालरों का शिखर ताना गया था। पेड़ और झाड़ियों में छोटे-छोटे धीमे बल्ब झिलमिला रहे थे। शामियाने के दाएँ हिस्से में सफेद फूलों की सजावटवाली बेदी बनी थी और बाईं ओर चादरों से ढकी मेजों के पीछे रात के भोजन की व्यवस्था हो रही थी। एक मेज पर कई तरह के फलों का ऊँचा अंबार लगा था। जहाँ वह बैठी थी, वहाँ से थोड़ी ही दूर पर लॉन के बीचोबीच तख्त पर गलीचे डालकर बनी स्टेज पर सोफे में वर-वधू पास-पास बैठे थे।

आनेवाले स्टेज तक जाकर वर-वधू को आशीर्वाद दे रहे थे। थोड़ी देर पहले हुई जयमाला की मोटी-मोटी मालाएँ दोनों का चेहरा ढँके थीं। वधू के पास कुरसी पर बैठा एक मुनीम आनेवाले उपहारों की फेहरिस्त बनाता जा रहा था और वर को दिए जानेवाले रुपयों के लिफाफों से उसके पास बैठी उसकी छोटी बहन की गोद भर चली थी।

''अरे तू यहाँ बैठी है ? मैं तुझे सारी जगह देख आई…'' उसकी माँ कह रही थी।

''आओ, बैठो।'' उसने पास की कुरसी की ओर इंगित किया।

''बैठने का समय कहाँ है। इतने लोग आ रहे हैं…।''

''बैठो भी माँ। लोग कहीं चले थोड़े जाएँगे, दो मिनट दम ले लो…''

माँ के ऊपरी होंठ पर पसीना आ रहा था, जिसे वह बार-बार दो उँगलियों से पोंछ

रही थी। पसीना था या माँ वैसे ही उत्तेजनावश मुँह पोंछ रही थी? उसने ध्यान से देखा। माँ का ध्यान उसकी ओर नहीं था। वह अपने हाथ से लटकी मखमल की लाल थैली का मुँह बंद कर रही थी।

"यह तो ऊपर तक भर गई। अब क्या करूँ?"

"मेरा हैंडबैग प्राय: खाली ही है, उसे ले जाओ।" उसने चमड़े का ब्राउन बैग माँ की ओर बढ़ा दिया। बैग की जिप खोलकर माँ ने मखमल की थैली उसमें सरकानी चाही।

"यह क्या कर रही हो, उसमें थैली भर दोगी तो जगह कहाँ रहेगी? लाओ थैली मैं पकड़ लेती हूँ…"

माँ क्षण भर सोचती सी रही, उधर से उसकी बुलाहट हो रही थी।

"आई…आई।" कहती माँ ने थैली के मुँह को कसकर उसी की डोर से बाँध दिया। फिर भी थैली पकड़ाते जैसे वह कुछ शंकित हुई।

"चिंता मत करो, थैली ऐसी की ऐसी मेरे पास रखी रहेगी। तुम जाओ विमल के पास बहुत लोग आ गए हैं। वह तुम्हें बुला रहा है।"

अँधेरा अचानक चारों ओर से घिर आया। बिजली की तेज रोशनी में से गुजरती माँ को वह देखती रही। माँ बूढ़ी हो गई…कितनी झुर्रियाँ पड़ गईं, पर शरीर में ढीलापन नहीं। कठिनाई और चिंता में जकड़े जीवन का चौकन्नापन था।

"ओ नीरा! तुम?"

"रमेश?"

"सही पहचाना। कितने साल हो गए होंगे बीस-बाईस?"

"अठारह। तुम एम.ए. कर रहे थे तब।"

"बड़ी अच्छी याद्दाश्त है, तुम्हारी। मुझे तो कुछ याद नहीं रहता।"

"बाल-बच्चे कहाँ हैं?"

"अपनी माँ के साथ ननिहाल गए हुए हैं। वहाँ भी किसी की शादी थी। सुना है तुम अकेली आई हो?"

"हाँ! तुम्हें शायद मालूम हो, बच्चे तो सब 'सेटल' हो गए हैं। अपने-अपने घर-बार में व्यस्त हैं। विवेक की तबीयत अच्छी नहीं रहती। डॉक्टर ने उन्हें सफर करने को मना किया हुआ है…"

"विवेक; मैं इतनी देर से तुम्हारे पति का ही नाम याद करने का यत्न कर रहा था। विवेक पेपर मिल्स, बिलासपुर, बहुत दूर है क्या यहाँ से?"

"हाँ, दूर है।"

"तभी आती-जाती नहीं हो। एक बात जरूर कहूँगा, तुम बदली नहीं जरा भी।

इतने सालों में वैसी की वैसी हो¨ । अरे, वह प्रेम जा रहा है। मैं उससे मिल आऊँ।''

अठारह साल! उसकी उम्र का आधा प्रायः। माँ की उम्र का एक तिहाई। रमेश कहता है वैसी की वैसी है और माँ कैसी? कहाँ है वह माँ, हरदम चमचम कपड़े पहननेवाली। पति के ऊँचे 'ओहदे' के रोब में रोबीली? वह दोपहर क्या भूली जा सकती है, जब माँ धूप में बैठी स्वेटर बुन रही थीं। सर्दियों के फूलों से हिसार का उनका वह बँगला रंगीन था। पापा दौरे पर जा चुके थे। माँ ने नीला साटन का सूट पहना था। नाइलोन की चुन्नी पर बेहतरीन सफेद बेल लगी थी और वह स्वयं नहर के पास वाले जंगल से भागती हुई आई थी।

''माँ, यह देखो, कित्ते सारे हैं।'' पंख वे इतने सारे थे, इतने लंबे कि उसकी आठ वर्षीय टाँगें उन्हीं में छुप गई थीं।

''कहाँ से लाई? ये तो बहुत हैं।''

''एक ही मोर के हैं ये सब। राजीव भैया मोर के पीछे डंडा लेकर दौड़ते रहे और पंख गिरते रहे; बड़ा ही मजा¨''

''मोर उड़ा नहीं?'' माँ ने बुनना बंद कर दिया था। काजल लगी उसकी बड़ी-बड़ी आँखें हैरान सी खुली थीं।

''तभी तो पंख गिरे रहे थे न, वह लँगड़ा था¨

''नहीं, नहीं बूढ़ा होगा।'' माँ ने किसी बुरे सपने को देखते सा कहा था।

''उससे उड़ा ही नहीं जा रहा था, माँ।''

''बहुत बूढ़ा होगा। छिह! कितनी बुरी बात है। लड़की होकर भी तेरा दिल इतना कठोर है। बेचारे पक्षी को इतना सताया। पंख तो तेरे पास पहले से इतने हैं। पूरा संदूक भर रखा है। भला लालच करते हैं क्या!''

''नहीं माँ, अब नहीं करूँगी।'' पंख उसने लॉन में फेंक दिए थे। ''मुझे पता ही नहीं था। राजीव भैया¨''

''राजीव लड़का है, तू लड़की।''

और वह माँ के गर्भ से ऊष्म, तंग गोदी में सिर डाले पड़ी रही थी, लड़कियाँ लालच नहीं करतीं¨ ।

''¨एकदम अकेली बैठी हो, दीदी? तबीयत तो ठीक है?'' आरती पास खड़ी पूछ रही थी। अपने साथ वेटर को भी लाई थी। ''लो, जूस लो। कुछ भी खाया नहीं होगा न? जानती हूँ तुम्हारी आदत¨ ।''

''आ, बैठ मेरे पास¨ ।''

''बैठ तो जाऊँ, पर माँ मेरे बिना परेशान हो जाएँगी। मिनट-मिनट में मेरी पुकार

मचती है।'' वह पास की कुरसी पर बैठ गई थी।

''माँ बहुत बदल गई है न आरती?''

''पच्चीस बरस बहुत अरसा होता है दीदी···पापा को गुजरे पच्चीस बरस हो गए न? विमल ही चौबीस से ऊपर का हो गया है।''

''हाँ, वह होने ही वाला था, जब पापा दौरे पर गए थे और डाकुओं से घिर गए थे।''

''दीदी, एक बात पूछूँ?''

''बोलो।''

''यह पूछने का समय तो नहीं है, पर तुम विवाह के बाद आती ही नहीं हो। जाने कब मिलना हो, इसके बाद···''

''पूछ न आरती! मुझसे भूमिका बाँधने की आवश्यकता है क्या?''

''उस दिन क्या हुआ था, दीदी··· ?''

''किस दिन?''

''जिस दिन तुम मुझे बैठी पढ़ा रही थीं, माँ रसोई में बरतन मल रही थीं और राजीव भैया उनसे कुछ माँग रहा था, फिर क्या हुआ था दीदी, मैं बहुत छोटी थी न, बताओ।''

उस दिन···

''···मैं कह रहा हूँ कि मुझे पाँच हजार रुपए जरूर चाहिए।''

''पर कह दिया न, मेरे पास नहीं है, बार-बार क्यों कहता है?''

''इसलिए कि मुझे वह फ्लैट बुक करना है और पहली किस्त देनी है··· ।''

''तो मैं क्या करूँ? जब मेरे पास रुपए नहीं हैं, तो नहीं हैं···।''

''कैसे नहीं हैं! पापा का बीमा सब तुम्हारे पास है कि नहीं?''

''राजीव! शर्म कर, बीमे की बात करता है। लड़कियों की शादी करनी है कि नहीं?''

''लड़कियाँ, लड़कियाँ, शादी···शादी···बस यही रटना लगाए रहती हो। पापा मेरे कुछ नहीं थे, मेरा हक नहीं है क्या?''

''हक! डूब नहीं मरता कहीं।''

''दीदी, भैया ने क्या माँ को सचमुच मारा था?''

''मारा! शायद। गुस्से में एक पतीले को लात मारी थी, वह उछलकर माँ के मुँह पर लगा, जा आरती, माँ तुझे ढूँढ़ रही है।''

''मैं अकेले नहीं जाऊँगी। अच्छा लगता है क्या कि तुम यहाँ बैठी रहो? चलो खाना खाओ, हमारे साथ।''

खाना खत्म हो गया है, मिलने-जुलनेवाले पान मुँह में रखकर जा चुके हैं। वर-वधू

के मित्र उन्हें घेरकर खाना खिला रहे हैं। पंडितजी बार-बार फेरों के लिए बुलवा रहे हैं। माँ उसे खोजती हुई आई हैं। वही दो उँगलियों से बार-बार ऊपर के होंठ का पसीना पोंछ रही हैं। हाथ का बैग बहुत भारी हो गया है। कसकर थामे हैं।

''फेरे शुरू होनेवाले हैं माँ?''

''हाँ, लेकिन हम रुककर क्या करेंगे? मेरे खयाल से तू और मैं घर चलते हैं। ये लोग विदा करवाकर लाएँगे तो घर पर बहू के स्वागत को कोई तो चाहिएगा और बच्चोंवाली भी जो चलना चाहें, ले चल! दो कारें तैयार हैं।''

कार के शीशे नीचे करने से आधी रात की हवा सरसरा गई। वह पीछे को बैठी। माँ उठंग सी गई। एक हाथ में मखमल की थैली पकड़े थी। एक में उसका बैग।

''घर चलकर मेरे साथ रुपए गिनवा देना। विमल और बहू पहाड़ पर जाएँगे तो उन्हीं को दे दूँगी। मुझे क्या करना है। अब, यह आखिरी था⋯।''

''शादी तो अच्छी की है।''

''हाँ! न भी करते तो क्या मालूम था, लव मैरिज है न। जिद पकड़ लिये दोनों। एक ही बेटी थी अगलों की। हमें तो उम्मीद नहीं थी कि बात बनेगी। बहुत पैसेवाले हैं और हमारा तो, चलो, मैं तो चाहती हूँ कि बच्चे खुश रहें।''

माँ तुम बदल गई हो⋯ या⋯ तुम्हें याद नहीं।

बैठक में पटापट साड़ियाँ शरीर से उतारकर फेंकी जा रही हैं। ब्लाउज चटचट खुल रहे हैं। बच्चेवाली सब अपने रोते या सो गए बच्चों को दूध पिलाकर, सुला देने की जल्दी में हैं। वे जमीन पर गद्दे बिछवाकर चादरें डलवा रही है।

''क्यों नीरा, बहू का कमरा नहीं सजाया कोई?''

''नहीं, यहाँ कमरे हैं ही कितने! उसके पलंग वगैरह तो कल आएँगे। पूजा के बाद वे दोनों ओबेराय चले जाएँगे। सुबह लौट आएँगे⋯।''

''हाय, ऑबेराय! एयरकंडीशंड! यह हुई न बात! मजा भी हो तो डनलपी⋯।'' एक बोली। दूसरी ने कंगन नचाया, ''न सास का डर, न ननदों की छेड़छाड़, न सुबह कपड़े छुपाने की फिकर! जो कहीं हमारा नसीब ऐसा हुआ होता।''

''तू तो फिर उसी रात अपने कमरे में पहुँच गई थी। यहाँ तो तीन दिन इंतजार करनी पड़ी, जब तक सब रिश्तेदार विदा नहीं हो गए। क्यों नीरा, अरे भई, बड़े घर गई थीं। क्या महाराजा सी 'पर्सनेलटी' थी विवेकजी की। तुमने तो कभी कुछ बताया नहीं उनके बारे में।''

वह छूटकर कमरे से बाहर आ गई है। बदन में खून उबल सा रहा है। उस कमरे में बत्ती गुल हो गई होगी। वे सब एक-दूसरे को अपने-अपने 'उन' के विषय में बता रही

होंगी। चिकोटियाँ काटेंगी, खीं-खीं हँसेगी। बहन भाभी के मुँह से भाई की कारस्तानियाँ जानेगी। चाचा के किस्से भतीजी सुनेगी।

"बताओ न, अपने उनके बारे में।" उसके भागते-भागते भी कमला ने उसे दबोच लिया था, "हम भी सुनें; ये रजवाड़ों के लोग कैसे इश्क फरमाते हैं।"

"कमर भी देखो न, इनकी।" जानकी बोली थी, "कैसी कुआँरी लड़कियों सी लचक-लचक है।"

"छोड़ कमला, एकदम छोड़ो।" वह तड़प आई थी।

"जाने भी दो न, क्यों तंग कर रही हो।" बड़ी भाभी ने बिचौवल किया। "माला दीदी, सब तुम्हारे जैसी निर्लज्ज नहीं होतीं।"

"रहने दो भाभी," पंजा लहराया, "ये उपदेश किसी और को देना! माँ के सोते ही तुम सीढ़ियों के ऊपरी हिस्से में नहीं भाग जाती थीं क्या, जिन दिनों भैया हॉस्टल से आते थे?"

बरामदे में खड़े-खड़े गरमी से गला बह आया। ब्लाउज गीला हो चिपक गया। गरदन पर जूड़ा काटने लगा। माँ ने आकर बिजली जलाई।

"इतनी गरमी में तू यहाँ क्या कर रही है, बिजली भी नहीं जलाई?"

"जरा कपड़े बदल लूँ, फिर तुम्हारा जो काम है, करवा दूँगी।"

"काम ही क्या है, मुश्किल से दस बीस मिनट ठहरकर वे दोनों होटल चले जाएँगे।"

वह गले का हार खोल रही है। हार के जड़ाऊ टिकड़े साड़ी के कपड़ों में अटके जा रहे थे।

"यह हार तो मैंने पहले नहीं देखा।" माँ ने हार उठा लिया, बोली, "यह तो काफी भारी है, पुराना भी।" माँ का हाथ हार के वजन से झुक सा गया। दूसरे हाथ की दो उँगलियों से उसने ऊपरी होंठ का पसीना पोंछा।

"कब दिया?"

"इसी साल।"

"पहले नहीं?"

"न! तीनों बच्चों की शादी हो गई न, उसी के बाद। बाकी का भी सब दे दिया।"

"पहली बीवी का था?"

"हाँ।"

तुम पूछ रही हो···मुझसे? तुम्हें क्या कुछ याद नहीं, बोलो।

"बोलो माँ! बोलती क्यों नहीं? हम कब से खड़े हैं।"

वह कॉलेज से लौटी थी तो घर पर मामा, चाचा दोनों आए हुए थे। राजीव खूब उत्तेजित था। ''बोलो जल्दी, क्या करना है?'' वह माँ से पूछ रहा था। ''करना क्या है? कुएँ में डाल आओ उसे।'' माँ ने कहा था।

''तुम्हारा तो दिमाग ठिकाने नहीं है, भाभी।'' चाचा कह रहे थे। ''कुएँ में डालने को क्या हम उसके दुश्मन हैं? और ऐसा रिश्ता मेरी लड़की को मिलता तो मैं अपने भाग्य सराहता। गाड़ी, बँगला है, लाखों का हिसाब-किताब है। सबसे बड़ी पेपर मिल का मालिक है।''

''वह तो समझो विवेक, जीजा का मित्र है जीजी, उन्हें जानता था,'' मामा ने कहा। तभी वह नीरा को माँगकर ले रहा है। नहीं तो उसे रिश्ते की कमी है क्या? उम्र ही क्या है उसकी?

''दुगनी, नीरा से दुगनी है कि नहीं। बूढ़ा हुआ कि नहीं?'' माँ लगभग चीखी थी।

''आज दुगनी लगती है भले, पर चालीस-पैंतालीस का आदमी बूढ़ा नहीं होता भाभी। तुमसे कुछ माँग थोड़ी रहा है? लड़की मौज करेगी…।''

''जाते ही पले-पलाए बच्चों की माँ हो जाएगी, पाँच-दस बरस में सास, दादी।'' माँ घिरे पशु सी लड़ रही थी।

''तो पायताने बाँधकर बिठा लो उसे जिंदगी भर। आरती की भी सोचो कभी, इसके ब्याह में तो कुछ नहीं लग रहा। अपने रूप के बल जा रही है। रुपया उसके काम आएगा कि नहीं?'' चाचा तैश में आ गए थे।

''उसे भी छोड़ो, विवेक पेपर मिल्स से रिश्ता जुड़ेगा तो राजीव क्यों छोटी सी क्लर्की में पड़ा रहेगा, रोती क्यों हो?''

''कुएँ में डाल दो, कुएँ में…।''

''अरे यह तो आ गई कॉलेज से।'' मामा ने उसे खड़ा देख कहा था, ''इसने तो विवेक को बचपन से देखा है। याद है बेटा, कैसा राजा आदमी है, तुझे तो इनकार नहीं न?''

इनकार?

आरती के खत आते, ''दीदी, तुम तो यहाँ आती नहीं हो। माँ भी बहुत कठोर हो गई हैं। जरा भी प्यार नहीं करतीं किसी से। तुम्हें भी याद नहीं करतीं। तुम्हारा नाम लेते ही आग हो जाती हैं। सभी उससे डरते हैं। माँ तो ऐसी नहीं थीं। मेरा मन नहीं लगता। राजीव भैया के दूसरा बेटा हुआ है, उन्होंने स्कूटर ले लिया है। तुम क्या मेरे विवाह में भी नहीं आओगी। सुना है तुम्हारे बेटे यानी जीजाजी के बेटे का भी उसी दिन विवाह है?''

माँ हार की टुकड़ियाँ गिनकर उसके वजन का अंदाजा लगा रही है…

''तीस तोले का है, माँ।''

''तगड़ी भी होगी इसके साथ? पहले दोनों साथ बनाए जाते थे।'' आवाज भारी हो गई है; सोने के बोझ से।

''हाँ, है।''

माँ उसकी ओर देख रही है, भारी है? ज्यों पूछ रही है।

''हाँ, भारी है। चालीस-बयालीस तोले की'''।''

''ले रख दे। शायद बहू आनेवाली है, सँभालकर रखना ताले में।''

भूल गई हो माँ, तुम सब भूल गई। एक बार पूछो माँ, पैंतीस क्या बूढ़ा होना होता है; लड़की के लिए? पूछो। तुम तो कुछ भी नहीं पूछती या इसलिए कि तुम्हें सब याद है?

□

पतन-पुराण

''जानती हो, वह मुझे साध रही थी और मुझे पता ही नहीं चला!''

''साधनेवाले इतने सरल थोड़े होते हैं कि पता चल जाए, पर तुम भी तो कुछ मूर्ख रही होगी, जो समझ नहीं पाई?''

''मूर्ख तो थी, मानती हूँ, लेकिन यह मुझे साधने की क्षमता रखती है, ऐसा भान तो उसके व्यक्तित्व से नहीं हुआ। लंबी चोटी, पैर में चप्पल, कपड़े भी बस ठीक-ठाक, यानी ऊपर से नीचे तक छोटे शहर में पले होने की छाप-एकदम भैंजी।''

''यही भैंजी और घरेलू अंदाज ही तो मारक होता है। पता नहीं था क्या?''

''नहीं था। तभी तो। उसका अटक-अटककर बात कहने का उपक्रम, रह-रहकर मेरी ओर मुग्ध हो देखना, बात-बात में मेरी लिखी पंक्तियों का उद्धरण, जाने कितना पढ़कर आई थी। बस सराहती ही रही सारी सुबह, कभी कमरा, कभी कोई चित्र, कभी मुझे। समझ लो कि मुझे उसका वह साँवला सा मुख और माथे की बड़ी सी टिकुली भा गए।''

''और उपहार में लाई साड़ी?''

''वह भी। डरते-डरते उसने डिब्बा मेज पर रखा।''

''जैसे कोई सूरज को अर्ध्य चढ़ाए, क्यों?''

''मजाक नहीं।''

''अच्छा नहीं, पर यह बताओ तुम उसके हत्थे चढ़ कैसे गईं उतनी सरलता से? तुम्हें तो पीछे पड़नेवाले घेरते ही रहते हैं। इसमें ही ऐसा क्या था?''

''इसका स्त्री होना, क्योंकि जो घेरते रहते हैं, वे अकसर पुरुष होते हैं। उनसे चौकन्ना रहना आता है मुझे। दिल्ली सिखा देती है बहुत कुछ, पर रेणु तो…''

''भक्तिभाव से आई थी, क्यों?''

''हाँ, शायद, पर इससे भी अधिक उसका इतना निरीह सा होना। बड़े शहर के फास्ट और स्मार्ट लोगों से डरा-डरा सा होना। फिर वय में भी तो तुझसे कुछ बड़ी ही

थी। लगा एक मित्र मिली। इसीलिए इतनी ममता पा गई मुझसे।''

''कहो कि तुम ठगी गई बुरी तरह से।''

''चलो तुम्हीं बताओ कि ऐसा हुआ क्यों मेरे साथ?''

''सिंपल! इस शहरी ऊसर में एक ही तो इच्छा ऐसी है, जो पूरी नहीं होती कि कोई हमारा भक्त हो। हमें माने, हम पर अकारण विश्वास करे। श्रद्धा से ओत-प्रोत दिखे। अब इतनी कृतार्थ हुईं तुम बचती भी कैसे?''

''तुम तो यों कह रही हो, ज्यों वह मेरा शिकार करने आई थी। वह तो मात्र इतना कह रही थी कि दिल्ली आने पर जिन गिने-चुने लोगों से मिलने की उसे उत्कट इच्छा थी, उनमें मेरा नाम प्रमुख था। मेरे छपे आलेखों से ही उसने चित्रकला का इतना मर्म जाना। जाने क्यों मुझे विश्वास हो गया उसकी बातों पर।''

''फिर इतनी चोट क्यों लगी, आखिर हुआ क्या?''

''वह आने-जाने लगी। अकसर। अपना कुछ काम दिखाने के बहाने या यों ही मुझे 'देखने' और मैं मन-ही-मन तुष्ट होती रही। उसमें अहम् जैसा कुछ लगा नहीं। बहुत ही समर्पित सी थी। एक शिष्य सी। सो जहाँ भी मैं जाती, उसे ले जाती। उसका पति दिल्ली की अपनी नई नियुक्ति से जूझ रहा था। उसके पास पत्नी के लिए समय कम था। वह सबकुछ जान लेने को बहुत आतुर दिखी। समझ लो कि मेरी गाड़ी, मेरे प्रोग्राम, वह सब में मेरे साथ-साथ। किस-किस से नहीं मिलवाया उसे हर कलाविज्ञ और आलोचक से, हर अच्छे-बुरे कलाकार से।''

''...।''

''कि इसमें कहीं कुछ गलत जैसा होगा, मुझे बहुत देर से समझ आया या समझकर भी मैं समझने से इनकार करती रही। दोष अपना ही था। उसके दिए आलोक-वृत में मैं इतनी दूर चली गई कि उसे अपने से अलगकर देखने का कोई सुभीता न था। तभी शायद कहते हैं कि नाक तले का ही अँधेरा नहीं दिखता।''

''...।''

''चुप क्यों हो?''

''सुन रही हूँ। कहो तुम। क्या नहीं दिखा?''

''उसका झूठ बोल देना। बात-बात में। जैसे सच बोलना उसे आता ही न हो। जब वह औरों से झूठ बोलती तो मुझे न सूझा कि मुझसे भी तो बोलेगी। उस सादे से व्यक्तित्व में कुछ ऐसा था, जिसने मानो मेरा विवेक ही हर लिया था। नहीं तो माँ ने सिखाया था मुझे कि जो बात का धनी नहीं, उस सा रंक फिर कोई भी नहीं।''

''एक बात बताओ। उससे स्वयं के छुड़ाने में तुम्हें इतना समय क्यों लगा?''

''किसी हारे हुए को बाजी पर से उठते देखा है क्या? मुझे विश्वास ही नहीं होता

था कि वह मुझसे मक्कारी कर सकती है। जैसे एक दिन मैं उसके घर अचानक पहुँच गई, बिना बताए। शायद उसका फोन खराब था। मुझे देखकर उसने बड़ी प्रसन्नता जताई, इतनी कि उसके चेहरे का उड़ा रंग मुझे दिखा ही नहीं। मैं भी लहराती सी बोली, भई चाय पिलाओ अदरकवाली; बड़ी सरदी है 'अभी लो' कहकर वह रसोई की तरफ जाते-जाते खाने की मेज के पास रुक गई। अपने सेवक को लाकर बोली, "चलो, उठाओ इस टोकरी को···" रेणु की घबराहट देख मैंने पूछा, "ऐसा क्या है भई इसमें। पड़ी रहने दो, मैं तो घर की ही हूँ न।" "कुछ नहीं है" वह झेंपी सी बोली, "राठी साहब को मेवा बहुत पसंद है न, आज सुबह ही ले आए थे 'मार्निंग स्टोर' से।" तब तो मैं समझ नहीं पाई, पर अब जानती हूँ कि मेवा का इतना बड़ा टोकरा कोई नहीं खरीदता। उसके पति को घूस दे गया होगा कोई। डी.डी.ए. में है न वह, पर मुझे क्यों बना रही थी रेणु, मैं क्या मूर्ख हूँ?"

"आज पता लगा? हमें तो बहुत दिन से पता है कि मूर्ख हो।"

"···एक दिन और मैंने उसे फोन किया कि तैयार हो जाए फलाँ समय शो में चलना है। बोली, 'नहीं जा सकूँगी।' 'क्यों? तुम्हीं तो जाना चाह रही थीं?' मैंने पूछा। बोली, 'तबीयत ठीक नहीं, बुखार है तेज···।' अच्छा ठीक हो जाओ जल्दी।" फोन तो मैंने रख दिया, पर मन बेचैन रहा। कहीं उसे यह न लगे कि परदेस में कोई हाल-चाल लेनेवाला नहीं। मैंने कुछ फूल मँगवाए और घंटे भर बाद उसके घर पहुँची। छुट्टी का दिन था। उसका पति भी शायद घर था। दरवाजे पर गाड़ी खड़ी थी, जिसमें उनका सेवक मिठाई के डिब्बे रख रहा था। मैंने पूछा, "रेणु मैडम हैं?" बोला, "हाँ, हैं। तैयार हो रही हैं। कहीं जाना है। रात को देर से आएँगी।" उसके हाथ में जो मिठाई का डिब्बा था, उसपर शहर के नामी गिरामी चित्रकार के नाम का कार्ड और पता चिपका था। फूल मैंने सेवक को ही दे दिए, शायद घीसा नाम था उसका। कहा, "अंदर दे देना। कहना मैं जल्दी में थी। हाल पूछने आई थी।" चली तो आई, पर सन्नाटे में आ गई उस दिन। यदि वह कह देती कि कहीं और जाना है तो मैं क्या उसे रोक लेती। बीमारी का बहाना बनाना तो वैसे भी घोर पाप है।"

"लो, इतनी बड़ी संपादक! क्या अभी तक पाप में विश्वास है तुम्हारा? रहीं न आखिर उन्नीसवीं सदी की। अच्छा बताओ जब तुमने उसे पहचान ही लिया था तो छोड़ा क्यों नहीं उसे?"

"छोड़ तो देती, किंतु इस बीच कुछ ऐसा होने लगा, जो बड़ा रोचक था। बहुत ही विस्मय में डालनेवाला।"

"ऐसा भी क्या?"

"मेरी इस भक्त का एक भक्त अवतरित हुआ उन्हीं दिनों। रेणु अकसर उसकी

बातें करती रहती थी, किंतु मुझे ही कुछ समझ नहीं आया कि आखिर क्या संबंध है दोनों का। एक दिन रेणु ने अपने घर दावत रखी और उसे मिलवाया। वह वहीं था अपने परिवार सहित।''

''पहेलियाँ न बुझाओ। कौन था सुनें तो?''

''राघव त्रिपाठी। रेणु राठी के पति का गहरा दोस्त। राघव भी उसी शहर से दिल्ली आया था, जहाँ रेणु रहती थी। दस महीने पहले यह आई, अब राघव भी डायरेक्टर होकर आ गया था, उसके पीछे-पीछे।''

''हाऊ रोमांटिक! पर तुम्हें कैसे पता कि वह रेणु के पीछे-पीछे दिल्ली आया था?''

''मालूम था, इश्क की मुश्क कभी छुपी है क्या? राघव की तो आँख ही नहीं हटी रेणु पर से सारी शाम।''

''खासा बोर आदमी होगा?''

''नहीं! खासा सुदर्शन। दिखने में एक दम अफसर। रंग रेणु से उजला था और हँसता था तो मानो किसी ने बढ़िया संतरा छीलकर रख दिया हो। रस तो जैसे टपकने-टपकने को रहता था होंठों से। वैसे भी चंचल-चुलबुला सा था। अच्छा लगा राघव, सेंसुअस।''

''तुम्हें? तुम्हें तो कोई पुरुष भाता नहीं।''

''वह भाया और उसका रेणु पर यों चारों खाने चित्त रहना भी भाया। बकौल रेणु पुरानी मित्रता थी दोनों परिवारों की। राघव के ही यत्न से राठी का तबादला दिल्ली हुआ। बोली वह, 'नहीं तो राठीजी तो उस छोटे से शहर में ही सेवानिवृत्त हो जाते कभी-न-कभी। हम दिल्ली आ ही नहीं पाते।'' कहकर उसने राघव को देखा पूरी तरह गद्गद। राघव बोला, ''हम भी तो दिल्ली रेणुजी की खातिर आए हैं।'' ''मेरी खातिर क्यों?'' रेणु कृत्रिम गुस्से से चिहुँकी, इसलिए कि तुम्हारी 'टेलेंट' को वहाँ कौन पहचानता उस पिछड़े प्रदेश में। अब देखना कितना नाम होगा।'' और नाम होने लगा देखते-देखते। राघव त्रिपाठी के आयुक्त होने के दबाव में। उसी दीर्घा में, जिसमें किसी कलाकार को साल भर से पहले स्थान नहीं मिलता, रेणु का शो घोषित हो गया और शो के दौरान प्रेस और टीवी कवरेज का तो बयान ही क्या। जैसे रेणु नहीं, हुसैन का कोई शो हो। केटेलॉग तो तुम्हें भी दिखाया था मैंने, जो पेंटिंग पाँच हजार में भी महँगी थी, वह पच्चीस हजार में बिकी। याद है?

''याद है और तुम्हारा अवाक् होना। कुछ-कुछ ईर्ष्या भी होने लगी थी शायद तुम्हें। क्यों?''

''ईर्ष्या? नहीं। तुम तो जानती हो लाख दोष हैं मुझमें, पर एक यही नहीं। नहीं होती ईर्ष्या किसी से। अपात्र से बिल्कुल कभी नहीं और पात्र के प्रति तो नतमस्तक ही

हो सकता है एक ईमानदार आलोचक। फिर मैं कोई चित्रकार थोड़े हूँ, जो मुझे उसके साथ 'रेस' दौड़नी थी, मैं तो उसी की शुभचिंतक थी। फिर भी कष्ट हुआ मानती हूँ। जितने अनुपात से वह सामने आ रही थी, उतने ही अनुपात से मेरी जरूरत उसे न रही। कहाँ तो मेरी इतनी स्तुति करती थी, इतनी कि उसकी इस मुग्धता पर ही लोग उसपर मोहित हो जाते, सोचते; काश, उन्हें भी ऐसा प्रशंसक कोई मिलता और कहाँ अब मेरे साथ जाती भी तो जल्दी से किसी अन्य 'बड़े' की बगल जा खड़ी होती थी, मानो नकार रही हो कि उसकी उन्नति में मेरी कोई भूमिका कभी थी।''

''…।''

''चोट लगती थी बार-बार। उसकी कम होती मित्रता से नहीं, उसके दो-मुखेपन से और इस बात से कि उसे पहचानने में मैंने इतनी भूल क्यों कर दी। क्यों मैं इतने दिन उसके अनुरक्त होने के दिखावे पर आसक्त रही। क्यों अपनी पहली कला-समीक्षा की पुस्तक मैंने उसको ही 'डेडीकेट' की? तकलीफ उसके मुल्लमा उतरने की कम, अपने अंधेपन की अधिक थी।''

''तो छोड़ क्यों नहीं दिया उसे?''

''छोड़ना नहीं पड़ा। समय ने ही छुड़ा दिया। उन्हीं दिनों मुंबई पोस्टिंग हो गई थी मेरी।''

''हुई नहीं थी, तुमने करवा ली थी। हम सब तो हैरान थे कि कला का 'मेन स्ट्रीम' छोड़ तुम फैशन और फिल्मी पत्रिका का संपादन करने क्यों चली गई?''

''जाना अच्छा लगा। दिल्ली से बहुत मोह भंग हुआ। चित्रकारों से और भी। रेणु अकेली नहीं थी। आँख खुली तो देखा सभी हड़प रहे थे। कुछ-न-कुछ। कोई विदेश यात्रा, कोई बड़ा पुरस्कार, कोई बड़ी सेल, किसी-न-किसी शॉर्ट कट से। ऐसा पहले तो नहीं था। अब तो कैमरे का बोलबाला था। कल्चर विभाग के छोटे-बड़े अफसरों के आगे चित्रकारों का रास था खुलेआम। घुटने टिकते से दिखे सभी के ग्लैमर के दौर में।''

''मुंबई बेहतर थी क्या।''

''मेरे लिए तो थी ही। नए लोग, नया काम। कुछ सीखा, कुछ भुलाया। न रेणु ने कभी पत्र लिखा, न मैंने। समाचार-पत्रों से ही पता चलता रहा कभी-कभार उसके शो का, या उसकी विदेश यात्राओं का।''

''और लौटने पर? तुम तो साल भर में ही लौट आई थी।''

''आना पड़ा। पत्रिका बंद हो गई। जहाँ स्थानांतरित होना था, वह मुझे पसंद न था। फिर तुम भी तो याद आती थीं अकसर…''

''झूठ तो नहीं कह रहीं? हम तो सोचते थे रेणु के मारे हमारी कोई जगह नहीं रही तुम्हारे जीवन में।''

''ऐसा नहीं कहो। मैं क्या रेणु हूँ, जो दिल में बैठाती-निकालती रहूँ लोगों को। एक बार कहा भी था उसने, 'मैं जिसको चाहूँ, अपनी छोटी उँगली से लपेट सकती हूँ।' मैंने ही इस कथन को गंभीरता से नहीं लिया। अच्छा एक बात बताओ, रेणु में या उसकी जैसी अन्य घरेलू महिलाओं में ऐसा क्या है, जो राघव जैसे या और सभी पुरुष उन्हीं के चक्कर काटते हैं सालो-साल।''

''कुछ सवाल पूछूँ जवाब देने से पहले?''

''पूछो।''

''तुम या तुम्हारे जैसी अन्य श्रमशील या 'प्रोफेशनल' महिलाएँ रसोई में भी जाती हैं क्या? खाना बनाने, हलवा या पकौड़ी बनाने?''

''कभी-कभार जब छोटू नहीं होता।''

''किसी पुरुष मित्र को रिझाने के लिए बनाती हो?''

''राम-राम। क्यों बनाएँ। पहले थोड़ी मुसीबतें हैं क्या?''

''कभी मीठी बात करती हो, मुसकराती हो उन्हें पटाने?''

''किन्हें?''

''पुरुषों को और किन्हें?''

''क्या वाहियात बात है। यूँ ही कम तंग करते हैं क्या, जो मुसकराकर गले पड़वाया जाए।''

''तो सोचो तुम्हारे पास है क्या? न पाक-चातुरी, न काम-चातुरी। पुरुष इन दोनों का आदी है। उसके जीवन में मामी, चाची, भाभी जैसी महिलाएँ ही तो रोल मॉडल होती हैं। उसी छवि की महिला पुरुष को अंत तक भाती है। तुम्हारे जैसी बौद्धिक या अंग्रेजियत वाली थोड़ी। समझ लो कि तुम्हें तो पैदल ही चलना है जीवन भर और रेणु को दो क्या, कई-कई आयुक्त मिलेंगे कंधे पर बैठानेवाले। यही फर्क है एक भैंजी और तुममें। तुम्हारी ऊर्जा जाल से बचने में जाती है और वह जब चाहे, जाल बिछा सकती है। तिस पर पीछे से राठी जैसा महत्त्वाकांक्षी पति भी हो तो फिर कहने ही क्या। कितना प्रशंसक है वह पत्नी का। मानो तसवीरें रेणु की नहीं, उसकी खिंच रही हों। सदा तो आगे-पीछे ही रहता है। खैर, तुम बताओ, वह आई मिलने कि नहीं?''

''नहीं। वह क्यों आती, उसके जीवन में मेरी उपादेयता ही अब क्या पर जानती हो मिलने कौन आया?''

''कौन!''

''मेरी भक्त का भक्त!''

''राघव? डोंट टेल मी! अब उसकी तुम पर नजर थी क्या?''

''हिश्त। ऐसा न कहो। अब तो बेचारा है भी नहीं।''

''नहीं है ? मतलब।''

''पिछले वर्ष अचानक हार्ट अटैक हुआ। यह बात तो खैर मुझे अभी-अभी बताई रेणु ने। उन दिनों जब मिलने आया तो काफी विक्षिप्त था, बहुत ही उद्विग्न। बोला, आप अपनी लगती हैं, क्योंकि रेणु की शुभचिंतक हैं। अच्छा है आप दिल्ली लौट आईं। मैंने आपको बहुत 'मिस' किया।''

''रेणु कैसी है ?'' मैंने ही पूछ लिया।

वह कुछ देर चुप रहा। फिर एकाएक हिचकी बँध गई उसकी। जानती हो मैंने किसी पुरुष को रोते नहीं देखा। शायद पहली दफे देखा कि 'हार्ट ब्रेक' क्या होता है। बड़ी देर उसका विलाप-प्रलाप चला रेणु को लेकर कि कैसे उसने रेणु के लिए क्या-क्या किया। खुद परदे के पीछे रहा, उसे सिर-माथे चढ़ाया वगैरह। मैंने कहा, ''जानती हूँ, वह जो भी है, आपके ही श्रम से है।'' 'नहीं-नहीं, वह बोला, मेरे आने से पहले आपका भी तो कितना सहारा था उसे ? अब तो उसे समय ही नहीं, मेरे से ठीक से बोलती नहीं। कहती है बहुत काम है। भूल गई कि जहाँ से उसे उठाकर मैं राजधानी लाया, वहाँ दिन में दो बार मेरे घर के चक्कर लगाती थी। सारी शामें, देर रात तक साथ रहती थी। अब कहती है, 'यू वेस्ट माई टाइम' तुम मेरा समय बरबाद करते हो···बड़ी आर्टिस्ट हो गई है। उसके चित्र बिकने लगे हैं। जानती हैं, उसके पहले बड़े शो पर 'सोल्ड आउट' तख्ती मैंने लगवाई थी, अपने एक आदमी से, जिसका केस मेरे यहाँ फँसा हुआ था। उसी ने अलग-अलग नामों से खरीदीं उसकी सारी पेंटिंग्स। कुछ नए होटलों में ऊँची कीमत पर बिकवाईं मैंने।' 'दुःख नहीं कीजिए' मैंने कहा। 'आप तो वही कर रहे थे, जो आपको करना था, एक दोस्त को।'

'और वह ? और वह···। राघव फिर रोने लगा था। उसके प्रश्न का कोई उत्तर मेरे पास नहीं था। जाते-जाते एक बड़ी अजब बात कही उसने, 'मेरा मन कहता है कि आप कभी ऐसा नहीं करतीं। विश्वास है मुझे पक्का कि यदि प्रेम और कला में ठनती तो आप प्रेम को चुनतीं।'

''··· ।''

''चुप हो ? बताओ क्यों कहा होगा उसने ऐसा। कभी-कभी यह बात अचानक याद आ जाती है। क्या मालूम था कि वह कुछ दिन भी नहीं जिएगा। इतना खूबसूरत आदमी !''

''सुनो, पिछले महीने रेणु का फोन आया।''

''तुमने बताया नहीं ?''

''क्या बताती। बड़ी आत्मीयता से बातें कर रही थी, जैसे कितनी आतुर हो मिलने को। मैंने राघव और राठी के बारे में पूछ लिया। सुनकर पहले तो चुप सी हुई। फिर बताया कि राघव नहीं रहे। गए हुए भी कई महीने हो गए। कैसे ? पूछने पर बोली, 'बहुत

पीने लगे थे। मानते ही नहीं थे। काफी झगड़ा भी होता था हमारा। जब से रिटायर हुए, वे उनसे कुरसी और सत्ता का जाना सहन न हुआ। उनकी वही समस्या थी। आखिर जो सभी 'नॉन क्रिएटिव' लोगों की होती है, समय न काट पाने की। वे चाहते थे कि हम हरदम उनके साथ रहें। अब आप बताइए न, ऐसा कहीं हो सकता है। अब तो राठीजी आयुक्त हो गए हैं, उन्हें सौ काम हैं।' सच, मैं उसकी हृदयहीनता पर बहुत ही भयभीत हुई उस दिन। क्या यही वह महिला है, जो मुझे इतनी निरीह और भोली लगी थी? उस दिन मुझे लगा कि इसके लिए दुःख करना अपना ही अपमान है। औपचारिकता निभाने या कहो बात बदलने के लिए पूछा, तुम्हारी बेटी कैसी है? वह फिर चहकने लगी, 'न्यूजर्सी में है। अभी-अभी बेटा हुआ है। आप आइए न घर पर। हमारे साथ खाना खाइए इस रविवार को।' वह मुझसे पहले दिनोंवाला लाड़ दिखा रही थी फिर से।''

''कोई काम होगा।''

''हाँ, मेरा भी माथा ठनका, पर समझ न आया, क्या? लेकिन सोमवार को जब दफ्तर जाकर डाक देखी, तो पता चला मैं कलाकारों को दिए जानेवाले आगामी पुरस्कारों के चयन में निर्णायक रहूँगी। दो अन्य निर्णायक भी होंगे।''

''रेणु ने यह सूचना कहीं से निकाल ली होगी।''

''सूचनाएँ क्या कभी गोपनीय रही हैं दिल्ली में।''

''तो?''

''तो क्या? कल मीटिंग थी न निर्णायकों की। उसी के कारण तो घर देर से आई।''

''तो दे दिया रेणु को?''

''रेणु को, पुरस्कार?''

''वही तो पूछ रही हूँ।''

''सवाल ही नहीं उठता। पहले ही राउंड में उसका नाम कट गया।''

''कट गया या काट दिया तुमने?''

''छोड़ो भी। थक गए। चलो कहीं चाय पीकर आएँ। यह दिल्ली का पतन-पुराण तो चलता ही रहेगा, ऐसे ही। क्यों? तुम्हें नहीं लगता कि रेणु कुछ और ही होती यदि दिल्ली में न होती, हँस क्यों रही हो?

□

तिग्गी

तिग्गी अभी-अभी गई है।

उसके रुदन का स्वर अभी भी कमरे में बंद सा है, जैसे गरमी की दोपहर में कंगूरे या छज्जे पर कबूतरों का घू-घू करता निरंतर आता स्वर। जी घबराने लगा है।

या जैसे जी घबराता है, जब टी.वी. पर कोई मार-पिटाई का दृश्य हो। किसी फिल्म में नायक की युवा बहन, बूढ़ी माँ, विधवा, भाभी या हँसते-खेलते भतीजे-भतीजी दिखाई दें। जी घबरा जाता है, तब इस कल्पना से कि अब इस लड़की या भाभी का बलात्कार होगा, बूढ़ी माँ या बच्चों को मार देंगे या उठा ले जाएँगे।

तब टी.वी. को तो रिमोट से बंद कर भी दें, पर जी घबराने के और भी क्या कम सामान हैं। मसलन, उस कचरे के ढेर का क्या हो, जिसे कॉलोनी में से बटोर-कर सफाई कर्मचारी रोज कभी यहाँ, कभी वहाँ उलट जाते हैं। पास से निकलने पर लाख आँख चुराओ, गंदी प्लास्टिक की थैलियों से मतली होती है, या सुबह-सुबह कुत्तों को सैर कराने लाए सेवक उन्हें आपके ही गमलों पर गंदा करने से रोकते हैं या गेट पर गंदा करा देते हैं बिना झिझके। अब कौन उठाए उस कूकर-मल को? या बच्चे जब दरवाजा नहीं खोलते अपने कमरे का। दरवाजे पर चिपका देते हैं—'डोंट डिस्टर्ब प्लीज।' घबराकर लौट ही तो आते हैं आप अपने कमरे में और फिर उनके कमरे को खुलवाने का कभी उपक्रम भी नहीं करते, डरते हैं। जी घबरा रहा है और मेरे पास कोई रिमोट नहीं कि तिग्गी के रोने की आवाज को चुपा दूँ बटन दबाकर, या उन स्मृतियों को स्क्रीन से गायब कर दूँ, जो पिछले बीस-बाईस वर्ष की हमारे घर, उसकी आर-जार से बँधी हैं।

तिग्गी! यह उसका असली नाम नहीं। उसका नाम बिमला है, जिसका संक्षिप्तीकरण बीम या बिम्मो में होना अधिक संगत होता, किंतु मेरे घर में वह तिग्गी बुलाई जाने लगी। कैसे? इसका भी अपना किस्सा है।

तिग्गी की माँ, छिमा हमारे यहाँ काम करती थी। तिग्गी को मैंने कभी-कभी उसके साथ आते-जाते देखा था। नौ बरस की गुठ्ठल सी लड़की। बेहद झेंपू। माँ की

पीठ पीछे से छुपकर वह हमें देखती रहती, विशेषकर मुझे और मेरी बेटी अप्पू को। मेरे पति और बेटे वसुराज को ओर तो वह कभी देखती तक नहीं थी। मुझे देखने के तिग्गी के तेवर बदलते रहते थे और वह इस बात पर निर्भर थे कि मैं उसकी माँ से क्या कह रही हूँ—आदेश, फटकार या प्रशंसा। आदेश सुन तिग्गी, जहाँ बैठी होती, वहीं सतर्क सी हो जाती, प्रशंसा सुन उसका सीना गौरय्या सा कुपा जाता, फूलता सा लगता, किंतु कठिनाई यह थी कि छिमा को फटकार ही अधिक पड़ती थी, भले ही कभी ऊँचे स्वर में नहीं। तब तिग्गी कभी अपनी आँख जमीन पर गाड़ लेती, वर्जना में, मुझे भयभीत सी तकती, विशेषकर तब, जब छिमा कभी-कभार काम छोड़ तनकर खड़ी हो जाती, इस मुद्रा में कि बस, अब मेरे से न होगा¨। तब पुचकार का सिलसिला चलता मेरी ओर से, क्योंकि छिमा की सारी फूहड़ता और अक्खड़पने के बाद भी मैं उसे छोड़ना नहीं चाहती थी, कारण मुझे पता था कि यह काम में दक्ष न सही, महिला साफ-सुथरी और बेहद ईमानदार है।

छिमा प्रतिदिन सुबह-सुबह काम पर निकलनेवाली उन सैकड़ों महिलाओं में से थी, जिनकी पुश्तैनी जमीन या दुकान डी.डी.ए. के जबड़ों में फँस गई थी और डी.डी.ए. से मिली मुआवजे की राशि को घर के पुरुषों द्वारा शराब में गटक लेने के बाद इन महिलाओं को अब कोई उपाय नहीं था सिवा इसके कि वे अपने ही दादा या चचा श्वसुर इत्यादि की धरती पर फूटते चले आए हमारे जैसे नए मकानों में काम करने निकल पड़ें। छिमा जैसी इन सभी पारो, लिछमी, अनारो ने न कभी ऐसे घर भीतर से देखे थे, न कभी हमारे जैसे गृहस्थों से इनका कभी लेन-देन रहा था। छिमा की समझ में नहीं आता था कि जो फर्श इतना चमक रहा है, उसमें और झाड़ू और पोछे क्यों लगते रहते हैं। परदे जल्दी-जल्दी क्यों बदली होते हैं। बच्चे घर का बढ़िया बना भोजन छोड़ बाहर का अंड-बंड क्यों खाते हैं। सबसे अधिक आश्चर्य उसे हमारे यहाँ के कपड़ों के अंबार पर होता। कितनी बार भी तह करो, अगले दिन वही ढेर फिर होता तहाने को, धोने को।

तिग्गी सब देखती रहती। मैं कभी उसे कुछ खाने को देती तो वह सिर घुटनों में छुपा लेती, लेकिन एक दिन फल की ओर उसे देखते देख मुझे समझ आया कि उसे फल अच्छा लगता है। सो, वह जब भी छिमा के साथ छुट्टी के दिन आती तो भेंट में मिला एक मोटा अमरूद या सेब देर तक रस लेकर खाती रहती। बीच- बीच में उसकी आँखें मुझे खोजती रहतीं।

जाने कब मुझे भान हुआ कि तिग्गी प्रतिदिन ही आने लगी है। ''क्यों, स्कूल क्यों नहीं जा रही?'' मैंने पूछा। छिमा ने बताया, ''अब नहीं जाएगी। दो बार तो फेल हो गई चौथी जमात में। साथवाले मद्रासी परिवार ने उसे काम को बोला है, अब तिग्गी काम करेगी।'' यह क्या काम करेगी भला! मेरे विस्मय पर तिग्गी ठीक छिमा की तरह

तिनगकर खड़ी हो गई और पहली दफे मुझसे बोली, ''हूँ! घर पर सब काम मने ही तो करना पड़े है। माँ से भी अच्छा करूँ हूँ···सब,'' उसके इस दस वर्षीय आत्मविश्वास ने मुझे मोह ही लिया।

लगा कि साथ के घर का काम फुरती से कर तिग्गी मेरे कॉलेज से लौटने के समय तक हमारे यहाँ आ बैठती है। आते ही मेरी उतारी साड़ी को भली प्रकार तहा देती है। पैरों की सैंडल रैक पर रख आती है। घर में पहनने की चप्पल ला देती है या नीचे से डाक। जब भी मैं खाने बैठती, वह पहले से हाथ पोंछने का तौलिया ले आती है। जाने उसे कैसे पता था कि मुझे क्या पसंद है। मुझे प्रसन्न करने के लिए ही मानो वह हमारे घर आती थी। एक दिन वह बोली, ''बीजी तेल मल दूँ?'' मैं चौंकी, ''तेल!'' ''हम्बे'' वह बोली, ''पैर का दर्द ठीक हो जागा।'' इसे कैसे पता कि सारा दिन ऊँची एड़ियों पर खड़े-खड़े पैर दुःखने लगते हैं? मैं हँसी, ''न बाबा, तेल नहीं, गंध होगी, कपड़े भी खराब।''

तब वह पास बैठकर अपनी गंदेली मुट्ठियों से मेरे पैर दबाने लगती। पहली बार ऐसा होने पर मैंने पैर समेटे, पर उसने नहीं छोड़ा। ''तो के हो गया। ताम मेर माँ न हो?'' यहीं से हुआ उसका नामकरण। मेरे पति, बेटे वसुराज को मेरा 'इक्का' और बेटी अप्पू को 'दुक्की' कहा करते थे। तिग्गी को सदा मेरे पीछे-पीछे लगे देख एक दिन हँसकर बोले, ''मैं तो पहले ही कहता था कि एक बच्चा और होना चाहिए था। तुम ही नहीं मानी। अब यह तिग्गी आ गई कि नहीं···! वसु और अप्पू उसे कभी, 'तुम्हारी पान की तिग्गी,' कभी 'हुक्म की तिग्गी' कहकर मुझे टीज करते।

यदि कोई तिग्गी से पूछता, तिग्गी माने क्या? तो बड़े गर्व से तन कर वह कहती, ''बीजी की बेटी—तीसरी। जैसे अप्पी जीजी, वैसी मैं। भोत परेम है बीजी को।''

प्रेम कितना था, कौन जाने, पर होने लगा यह कि जैसे-जैसे वर्ष गुजरे और अप्पू के विवाह की ओर मेरा ध्यान रहने लगा, वैसे-वैसे तिग्गी के भी। जो कुछ भी मैं अप्पू के लिए लाती, कुछ-न-कुछ तिग्गी का आता। अप्पू का सामान एक अलमारी में भरता जाता, तिग्गी का एक पुराने खाली पड़े सूटकेस में।

देखते-देखते अप्पू बीस और तिग्गी शायद पंद्रह-सोलह की हो गई और नियति का ही कोई दुश्चक्र कि अब तक का सामान्य और मंथर गति से दौड़ता समय अपनी रफ्तार बदलने लगा। एकाएक और एक साथ ही बहुत कुछ अप्रिय घटित हो गया। तिग्गी का पियक्कड़ पिता जिस जगह कुछ दिन से चौकीदारी पर था, वहाँ रात में छह-सात बदमाश घुस आए। उसे मार-कूटकर नाले में फेंक दिया और रातोंरात ट्रकों में भरकर सामान आ गया। सुबह होने पर दरवाजे पर किसी नए मालिक का नाम था और उसमें कुछ लोग ऐसे चल-फिर रहे थे, मानो बरसों से वहाँ रहते हों। तिग्गी का पिता दो दिन

बाद सफदरजंग अस्पताल में चल बसा। बातें भी कम नहीं उड़ीं। छिमा ने रो-रोकर बताया कि उसके पड़ोसवाले कह रहे हैं कि उसके पति ने मोटी रकम लेकर ही कब्जा दिया होगा, मार-पिटाई तो दिखावे की थी, रोते-रोते छिमा जैसे किसी को नोच लेना चाहती थी। सबने समझाया कि एक-एक कर बच्चों का तो विवाह करे। छिमा ने अपनी दूसरी लड़की जानकी को भी स्कूल से उठा लिया। जानकी तेरह-चौदह बरस की थी और पढ़ाई में अच्छी। ''न, अब न पढ़ाऊँ¨काम सीखन दे इसे भी। कुछ कमाएगी तो काम आएगा।'' काम अब जानकी करती। दो, तीन घरों में। तिग्गी मेरे यहाँ और एक अन्य घर में, जब हम दफ्तर और बच्चे स्कूल होते। छिमा दरवाजे पर बैठी बीड़ी पीती रहती। मेरे घर लौटने पर उसकी दिन बीती तो सुननी ही पड़ती प्रतिदिन और नसीहतें भी देनी पड़तीं। वह लंबी साँसें खींचती। घर का कामकाज करती तिग्गी के कान अपनी माँ और मेरे वार्त्तालाप पर लगे रहते। जो बात उसे पसंद न आती, उस पर दूर से ही हुंकार भरती¨हम्बे! यानी 'हाँ' या 'रहने दो'।

अपनी जोड़ी हुई पूँजी से छिमा ने एक रात में एक मंडप के नीचे किन्हीं दो बहनों से अपने दो बेटों का विवाह कर दिया, बोली, ''लड़कियों का भी ऐसा ही करूँगी। कहीं दो लड़के देखूँगी, दोनों के लिए; एक ही घर में।'' ''तुम लोग ऐसा क्यों करते हो?'' पूछने पर उसने बताया कि खर्च कम होता है और बहनें एक-दूसरे के काम भी तो आती हैं, हारी-बीमारी और जापे में।

खेत-खलिहान छिन जाने पर छिमा का गाँव भी अब सिमटकर, लाल डोरे की पक्की जमीन पर कुछ कच्चे मकानों का छत्ता बन गया था, जिसकी आबादी रोज बढ़ने लगी थी। कमजोर नींव पर बने मकानों पर नए कमरे उठाए जा रहे थे—कभी बढ़ते परिवार के लिए, कभी किराएदारों के लिए। विवाह से बची थोड़ी सी पूँजी से छिमा के लड़के ने भी चौबारा चिनवाया था, जो लगातार टपक रहा था बरसात में। एक दिन उसका बड़ा लड़का छत पर तिरपाल तानने जो चढ़ा तो छत समेत नीचे आया। वहीं दब गया मलबे में। छिमा का संताप देख पाना मेरे बूते के बाहर की बात थी। अब वह गाँव में ही अपने दरवाजे बैठ बीड़ी या हुक्का पीती रहती। कमर झुक गई उसकी। उसकी बहू ने अपने पति की मृत्यु के महीना बाद ही कुएँ में जब छलाँग मारकर आत्महत्या कर ली, तब तो लगा छिमा अब नहीं जिएगी।

जस-तस सबने उसे बेटियों के प्रति चेताया। उसका रिश्ते का कोई भाई पास के गाँव का एक रिश्ता सुझा गया। एक ही घर में पाँच बेटे थे। दो ब्याहे, तीन कुँआरे। वे भी एक ही संग दो ब्याह चाह रहे थे। तीसरा कुँआरा लड़का अभी बच्चा था। लड़कों की वय तिग्गी और जानकी के अनुरूप थी, सो न उन्होंने हमारी लड़कियाँ देखीं, न छिमा ने लड़के। देखते-देखते मेरा ही द्वार सूना हो गया। तिग्गी गई, छिमा कभी आती तो केवल

उनके कुशल की सूचना देने या कुछ द्रव्य की अपेक्षा में। शायद यह कहना उसके प्रति अन्याय है, क्योंकि उसने एक बार भी हाथ न फैलाया, इन दोनों विवाहों में। जो दिया गया, वह तिग्गी का मेरी बेटी होने के नाते। जानकी और तिग्गी को सामान तो बराबर ही दिया हमने, किंतु जानकी हमारे मन में तिग्गी की तरह नहीं विराजी थी। वह काम से काम रखती और बहुत गुस्सैल भी थी, भले ही मितभाषी और निपुण।

और एक दिन जानकी आई मेरे पास रोती-कलपती। रुलाई रुकी तो बताया कि उसका छोटा भाई भी न रहा। गाँव के चारों ओर द्रुतगामी सड़कों पर बेतहाशा दौड़ती बसों ने नौकरी को निकले उसके भाई को कुचल दिया। जनवरी का महीना, हाथ-को-हाथ दिखता नहीं था। वह जल्दी से सड़क पार कर रहा था। बस चालक कुछ उससे भी ज्यादा जल्दी में था···

उसके बाद मैंने छिमा को नहीं देखा। तिग्गी अपनी ससुराल के पास किसी घर से कभी-कभी फोन करती और हाल बताती। विशेषकर, अपनी छोटी विधवा भाभी, सरोज की निर्लज्जता की कथा। तिग्गी ने बताया कि सरोज ने लगभग सारे कमरे किराए पर लगा दिए हैं। किराया स्वयं वसूलती है। हर समय सास को कोसती है। अपनी बड़ी बहन की आत्महत्या का दोषी भी छिमा को ही ठहराती है। तिग्गी और जानकी का घर पर आना सरोज को नहीं भाता। दोनों लड़कियाँ दो-दो बच्चोंवाली थीं। सरोज के वश का नहीं था कि ननदों के लिए चूल्हा फूँके और फिर घरवाला ही कौन सी रोकड़ छोड़ गया था, जो उसे सब पर लुटाती। छिमा का चाँदी के गहनों का बक्सा सरोज ने अपने कब्जे में कर लिया था, यह कहकर कि 'तने तो दिखाई न देता। कोई किराएदार काढ़कर ले जाएगा। फिर ननदों का कर्ज किस तरह भरा जाएगा···'

पैसे का होना किसी को बड़प्पन दे, न, दे, उसका न होना कितनी नीचता देता है, यह मैं देख-सीख रही थी। फिर एक दिन जानकी आई कि छिमा भी नहीं रही। रोती-कलपती वह यही कहती रही, "बुढ़िया ते जहर दे दिया होगा भाभी ने, इत जल्दी जानवाली न थी वह। बस रात में पेट में हौल उठी, सुबह मर गई। लड़कियाँ जब तक आएँ; उसे ले भी गए गाँववाले।" वह देर तक भाभी को कोसती रही और कहती रही कि देखना यह भी अब जाएगी अपने पीहर···

वही हुआ। अप्पू के विवाह में तिग्गी मिलने आई तो बताया कि सरोज सारी 'टूम' (जेवर) और कपड़े-लत्ते लेकर अपने गाँव सिकंदरपुर चली गई। भाई के दफ्तर और एक्सीडेंट के सारे पैसों से उसने ब्यूटी पार्लर खोल लिया है। तिग्गी ने बताया कि जब उसका छोटा भाई मरा, सरोज 'पेट से' थी। भाई के मरते ही उसने गर्भ गिरवा दिया। 'कमीनी!' तिग्गी ने थूका। 'म्हारे कुल का तो कोई न बचा, बीजी'···तिग्गी ने ही बताया कि घर भी सरोज के कब्जे में है। कहती है, इसे भी बेच दूँगी, ताकि ननदों का आना-

जाना खत्म हो। अब वह किसी को नहीं पहचानती। शायद उसके माता-पिता उसका दूसरा विवाह करेंगे। न चाहते हुए भी तिग्गी रो पड़ती, 'अब तो बीजी बस आप ही हो, म्हारा तो कोई माएका न अब थारे सिवा···'

तिग्गी के दिन-रात रोते रहने से तंग आ उसके पति राकेश ने सूरत की एक मिल में नौकरी ले ली। घर पर भैंसों और दूध का काम उसे वैसे भी पसंद नहीं था। दिल्ली में भी एक जगह स्कूटरों की मरम्मत का काम करता था और तिग्गी चली गई अपने दो बच्चों के साथ। अप्पू अमेरिका चली गई। लगा कि लड़कियों से प्यार करने की बड़ी सजा देते हैं विधाता, या हमें हमारी विवशता का बोध इसी तरह से कराते हैं।

जानकी भी अब नहीं आती थी। तिग्गी के न होने से अपने घर का सब काम-काज उसे ही करना होता था। गनीमत थी कि उनका मकान घर का था और खाने-पीने को तो पर्याप्त था ही। हम नए-नए सेवक रखते और एक-एककर घर से चोरी हो रहे सामान पर दु:खी होते। बार-बार तिग्गी की याद आती, जिसने मेरे खुले पड़े पर्स को कभी हाथ न लगाया। मेज पर उतारकर रख दी गई मूल्यवान गले की चेन या हाथ की चूड़ी सदा मुझे ही लाकर दी और डाँट भी लगाई। 'जित चाहो, गेर दो हो गैने। अलमारी में न रख सको हाथ-हीहाथ। किसी की नीत का के पता···'

और जैसे मेरे लगातार याद करते रहने के प्रत्युत्तर में एक दिन तिग्गी आ खड़ी हुई मेरे आँगन में, गोद में नन्हा बच्चा लिये। ''अरे तू कब आई? एक और पैदा कर लिया क्या··· ? मैंने कहा नहीं था कि ऑपरेशन करवा लेना, अब चौथा पैदा किया तो घर पर नहीं आने दूँगी···'' कहकर मैंने नए बच्चे को गोदी में लेकर चुमकारा, मन में कहा, अप्पू के बच्चों से खेलने को मिलता नहीं। इसके ही सही, देखा तो तिग्गी फर्श पर पड़ी-पड़ी जोर-जोर से विलाप कर रही थी, ''न, अब न हो चौथा···बीजी···हाय, बीजी मैं लुट गई···'' स्तब्ध सी हो मैंने उसे ध्यान से देखा, न माँग में सिंदूर, न हाथ में चूड़ी, न चोटी में परांदा। मैला सा सूट, फटी सी शाल। हे ईश्वर!

बिना कुछ खाए-पिए हम दोनों वहीं आँगन में बैठी रहीं। फिर मैंने ही तिग्गी को चाय बनाकर दी और उसने सुबकते बताया कि राकेश की छाती में अकसर दर्द उठता था। डॉक्टर को दिखाया भी। उसने 'बाय' है, कहकर कुछ गोलियाँ दे दीं। एक दोपहर मिल में वह पसीने-पसीने होकर बैठ गया। छाती में जोर से दर्द उठा और जब तक बाकी के मजदूर उसे उठाकर बाहर लाएँ, वह नहीं रहा···

''इतनी बड़ी बात हो गई, पर किसी ने बताया नहीं?'' मेरे विस्मय पर वह बोली, ''कौन बताता, मैं तो नौ महीने पेट से थी। खबर सुनते ही जो गिरी तो यह छोटी पैदा हो गई। मेरे गिरने से भी न मरी कमबख्त। बापू मर गया इसका···'' कहकर वह बच्ची को कोसने लगी। ''छिह!'' मैंने डाँटा। ''बच्ची को कोस रही है पागल! बच्ची तो राकेश

ने ही दी है न। नहीं तो तू जिएगी कैसे?" "पर बीजी मैं इन्हें खिलाऊँगी क्या। जो पीसे उसकी मिल से मिले, उनमें तो मैं यहाँ तक पहुँची हूँ। कुल नौ हजार बचे हैं और बड़ी लड़की सात बरस की है···।"

"मेरे पास आ जा।" मैंने कहा।

"और बच्चे?" "बच्चे जानकी या तेरी सास रख लेगी। वहीं से स्कूल जाएँगे। इस छोटी को ले आना अपने साथ।"

"न बीजी। म्हारे गाँव में बेवा एक बार बाहर निकल गई तो फिर कोई भीतर बड़न न दे। अभी तो कुनबा है। दो-दो छोरी का बियाह करना है। वे खुद देखेंगी···"

वह चली तो गई, पर मुझे जैसे किसी बड़ी परीक्षा में फेल कर गई। क्यों पाल ली मैंने इस लड़की की ममता और सीने पर इसके भविष्य का बोझ?

तिग्गी विधवा क्या हुई, वह जैसे मेरा जुनून हो गई। कॉलेज में जो मिलता, उसी की व्यथा-गाथा दोहराने लगती। यहाँ तक कि लोग ऊब जाते। मित्रों ने समझाया, "अपना ध्यान 'डाइवर्ट' करो, उसके विषय में इतना न सोचा करो हर समय···इस देश में तो जाने क्या-क्या होता रहता है, इस तबके के साथ···"

इतनी समझदारी मेरे वश की न थी। मैं अपनी ममता के वशीभूत अवश थी। उन्हीं दिनों दिल्ली के बाहर एक सेमीनार में जाना पड़ा। लौटी तो सूचना मिली कि तिग्गी बीमार है। उसी दिन उसकी ससुराल का घर खोजती मैं महिपालपुर जा पहुँची। कुछ सामान उसके बच्चों के लिए रख लिया। कुछ उसके सास-ससुर के लिए। मुझे देख वह तो जैसे आपे से बाहर हो गई। कभी रोने लगी, कभी हँसने? कभी कुरसी बिछाती, कभी खाट पर चादर "इत बैठो, इत धूप है···" बीमारी तो वह बोली कुछ नहीं, तेज बुखार हुआ। अब ठीक थी। वह कहीं बाहर से तभी आई थी। मैंने पूछा, "क्या करने गई थी।" बोली, "कंडे बीनने। गोबर भी थापना था, सर्दी आन को है न···न्यार भी लाना था भैंस का···" तिग्गी को यही काम उसकी सास ने दिया था। गोबर और खेतों से कंडे बीनना, पशुओं के लिए घास छीलकर लाना। मेरी अप्पू के साथ रहकर साफ-सुथरी गुड़िया सी सजी-धजी रहनेवाली यह 24 वर्ष की विधवा बिल्कुल नारियल सी रूखी हो गई थी। हाथ काले पड़ गए थे। शरीर गोबर से गँधा रहा था। कमीज की एक बाँह फटी थी। केवल बाल तरीके से कंघी किए हुए थे। भले वे रूखे थे, पर तिग्गी मेरी बेधक दृष्टि से बेपरवाह बच्चों को पकड़-पकड़कर मिलवा रही थी। नानी है, पैर छुओ···। वह इतनी निहाल थी मुझे देख कि कार तक लौटकर आँसू रोकना कठिन हो गया। चलते समय बोली, "अब तो देख लिया मेरा घर, अब आना जल्दी-जल्दी···।" घर बुरा न था। उसकी सास मुझे बता रही थी कि वह और उसका पति अपने सबसे छोटे बेटे को लेकर गाँव में ही अपने बड़े बेटों के पास चले गए हैं और बाहर की बैठक

तिग्गी और उसके बालकों को दे दी है। बैठक के बाद घर में बड़ा दालान था, जिसमें पहले दो गाएँ थीं, पर अब कोई लाभ न था दूध बेचने से। सो हटा दीं। एक भैंस है, दूसरे घर में, जिससे इन बच्चों को पावभर दूध सुबह-शाम मिल जाता है, चाय वास्ते। दालान के बाद जानकी और उसके पति दिनेश का कमरा था, दो बच्चों सहित।

अपने घर लौटकर मैंने अगले दिन ड्राइवर के हाथ कुछ पुरानी रजाई, गद्दे और अप्पू के कॉलेज के दिनों के सलवार-कमीज का संदूक तिग्गी को भिजवा दिया, मानो इस तरह उसकी मुँहबोली माँ होने के बाद भी अपनी असहायता के बोझ को कुछ कम किया।

ज्यादा पैसे मैं उसे दे नहीं सकती थी, क्योंकि ससुरालवाले उसे और लाने को उकसाते। यह मुझे तिग्गी ने ही समझाया था। पास रख नहीं सकती थी, क्योंकि वह जवान थी और बेवा¨

पर तिग्गी की इस कहानी के उपसंहार में उन भेजे हुए पुराने कपड़ों के संदूक का भेजना ही बड़ी दुर्घटना हो गई।¨

मेरे उसके घर जाने के आज दो महीने बाद तिग्गी मेरे घर आई और अभी घंटाभर पहले रो-रोकर गई है। सारांश—तिग्गी की सास ने तिग्गी और बच्चों के लालन-पालन का खर्चा दिनेश के खाते में डाल दिया था। दिनेश बिजली विभाग में दो-ढाई हजार का मुलाजिम था, कुछ ऊपर से मिलता। जानकी आखिर बहन थी। सो करे अपनी जिठानी-जीजी का दोहरा रिश्ता। सास के दूसरे घर जाने के बाद तिग्गी सबकी सेवा में रहती—सास के घर कपड़े धोना, अपने घर बरतन माँजना, दालान लीपना, फिर दिनभर खेतों में न्यार और कंडों के लिए भटकना। आखिर तो वह और उसके बच्चे जो खा रहे थे, उतना चुकाना तो था। तिस पर कभी सास, कभी जानकी का 'तीन-तीन बच्चे' कैसे पलेंगे¨कौन करेगा का ताना। सबको वे नौ हजार, जो तिग्गी के पास थे, गड़ रहे थे। वे रुपए तिग्गी को उन्हें दे देना चाहिए, तभी कुछ सोचेंगे।¨और मेरी अभिमानी तिग्गी का गुपचुप रो-रोकर अपने को आधी अंधी सी होते जाने देना, पहले से भी अधिक परिश्रम करना।

मैं जब उसके घर गई तो उसे डाँटकर आई थी कि गंदी-संदी फिरेगी तो फिर बीमार होगी। सो जब अगले दिन अप्पू के कपड़े पहुँचे तो उसने नहा-धोकर ठीक से लत्ते पहनने शुरू किए¨ 'बीजी सबके आग लग गई¨सबते बत्ती तो दिनेस के।' आते-जाते वह तिग्गी को चिकोटी काटने लगा, कभी हँसता, कभी गाने सुनाता। 'देवर मस्ती में है' जान तिग्गी चुप रही। फिर कल रात तो हद हो गई। वह रात गए घर आया और चुपके से तिग्गी के बिस्तर में घुस गया। 'मैंने मारा भोत उसके बीजी। कमीना बोला, 'जब मुझे तेरा सबकुछ करना है तो फिर यह भी क्यों नहीं करती मेरे साथ?'¨न बीजी¨मने न करना ऐसा पाप, मैं तो मर गई, जिस दिन राकेस मरा, अब यो पापी ऐसे

लच्छन सिखावे है···न बीजी मुझे, न इसकी भिच्छा में पालने अपने बच्चे। मैं तो नौकरी करूँगी। म्हारे पीहर के गाँव धोरे एक बड़ा अस्पताल खुला है। मेरा मामा लग रया है वहाँ। मुझे रखवा देगा, रोज के बावन रुपए मिलेंगे। पीसा लाऊँगी तो सास भी साथ देगी, न तो ये राछस मुझे कलंकिनीकर चिता पे धरवा देगा किसी दिन···रह–रहकर वह दिनेश को कुत्ता–कमीना कहती रही।

''लेकिन तिग्गी, वह अस्पताल तो छूत की बीमारियों का है। तू छह महीने में ही मर जाएगी···''

'न मरूँ बीजी। ये बच्चे तो पलेंगे। न तो फीस कित्त ते आवेगी, रोज लत्ता चाहिए। बुढ़िया मान गई है कि नौकरी में कोई हर्ज न, बुढ़िया की हामी भरे पीछे तो गाँववाले बोल न सकें कुछ भी, कल से जाऊँगी काम पर, तन्ने बताने आई थी आज···।''

छज्जों में कबूतर क्यों घूँ–घूँ करते रहते हैं सारी दोपहर।

□

राम बचाए हिंदुस्तानी

चिरंजीव 'विद्यार्थी उद्योगमना' अमेरिका चले तो बहुत से लोगों ने बहुत से उपदेश दिए। सिर पर हाथ फेरकर माँ बोली, "बेटा, ठंड से बचना।" मुँह दूसरी ओर फेरते हुए पिता ने कहा, "भैया शराब-उराब न चखना!" बड़े भैया ने सुझाया, "सड़कों पर लूट-खसोट रहती है, रात में अधिक अकेले न घूमना।" दीदी आई तो बोली, "देख, चावल-आलू उबालकर खा लियो, पर मीट-वीट मत शुरू करना।" चाचा ने 'फुल-बूट' अवश्य खरीद लेने की याद दिलाई और मौसी ने एक मफलर बुनकर दिया। चलने लगे तो रंगीले दोस्तों ने चुटकी ली, "यार बड़ी चालबाज होती हैं, गोरी छोकरियों से सँभलकर⋯।" विद्यार्थीजी सबकी सुनते और गाँठ बाँधते चलते। आखिर विदा तिथि आई और कुछ झेंपते मुसकराते, कुछ-कुछ उदास, गले में फूल मालाएँ, कंधे पर झोला लटकाए, हाथ हिलाते चल दिए मुंबई से। चौदह दिन की यातना भोगी जलयान में, तब पहुँचे अमेरिका। रूखा चेहरा, बढ़ी हुई दाढ़ी लिये।

सोचा था गोरों के देश चले, यहाँ की बात ही और है। जिधर देखो, काले-ही-काले। पोर्टर काले, चेकर काले, टैक्सी ड्राइवर काले। सड़कों पर लोग भी अधिकतर काले, यानी अमेरिका और अफ्रीका में अंतर 'म' व 'फ' का ही रह गया। खैर, जय हो जीजाजी की, कि लेने आ गए, नहीं तो विद्यार्थीजी खोए-खोए जा रहे थे भीड़ में। थकावट उतरी तो न्यूयॉर्क देखने निकले, सौ-सौ मंजिली इमारतोंवाला न्यूयॉर्क। झकाझक कारें और सेंट की सुगंधवाला न्यूयॉर्क। विद्यार्थीजी बहुत प्रसन्न थे, मानो पहले-पहल मेला देखने को मिला। तभी ठिठक गए। सहसा जीजाजी का हाथ हिलाकर बोले, "जीजाजी, देखो सामने, हिंदुस्तानी।" और जीजाजी वैसे ही हँस दिए। बिना नजर घुमाए बोले, "अरे हिंदुस्तानी तो अमेरिका के हर कोने पर मिल जाएँगे। चलो अब खाना खा लें।" विद्यार्थीजी का मन छोटा सा हो गया कुछ, पर चलते रहे चुपचाप।

दो दिन तक न्यूयॉर्क घूम-घामकर अपने गंतव्य पर पहुँचे और जीजा के सुझावानुसार विज्ञापन देखकर कमरा भी झटपट ठीक कर डाला। अब चले कैंपस की ओर। पेट में

जैसे कबूतर फड़फड़ा रहे थे। अपनी घबराहट पर मन-ही-मन हँसे और कुछ स्वस्थ होकर बढ़े आगे तो एक हिंदुस्तानी से टकरा गए। पूछा, 'कहाँ से आए?' 'कब आए' 'अच्छा···अच्छा' और महाशय की बस आ गई। कुछ आगे चले तो खाने की दुकान पर खाना खरीदकर निकलते एक भारतीय दंपती से परिचय बढ़ाया। बड़ी सुशील लड़की मालूम पड़ती थी और साड़ी में सुसज्जित उसे देख तो वह गद्गद हुए जा रहे थे। बातचीत का क्रम बढ़ा तो लड़की के पति ने पूछा, "आप साहब, दस हजार मील दूर क्या हिंदुस्तानियों से जान-पहचान करने आए हैं? वे तो भारत में ही क्या कम हैं?" बात उन्होंने अपनी तरफ से हँसी में कही थी, पर विद्यार्थीजी को चुभ गई। कुछ कहते न बना। विश्वविद्यालय आ गया था, नमस्ते कर चले अपने-अपने रास्ते।

विद्यार्थी जीवन का श्रीगणेश तो हो गया और कुछ हँसमुख गोरे मित्र भी बन गए, किंतु शाम को अकेले कमरे में दिल नहीं लगा। घर की बहुत याद आई तो सोचा घूम आएँ। पार्क के सामने एक लंबे चिकने बालोंवाले सिर को देख प्रसन्नता हुई, आश्चर्य भी। अरे यहाँ तो बहुत से भारतीय मालूम पड़ते हैं! लपककर पकड़ा। भद्र पुरुष कुछ जल्दी में थे, अचकचाकर मुड़े, विद्यार्थीजी अपनी मधुर मुसकान बिखेरते हुए बोले, "आप भारत से ही हैं न?" "जी हाँ!" उत्तर मिला। "अच्छा! मैं भी वहीं से हूँ।" विद्यार्थी ने उत्साहित होकर कहा। सज्जन बोले, "तो मैं इसमें क्या कर सकता हूँ?" और इससे पहले कि इस करारे थप्पड़ से विद्यार्थी सँभलें, वे जा चुके थे। कनपटी पर कई गैलन गरम-गरम खून दौरा कर रहा था, हृदय-गति भी बिगड़ गई, बेचारे विद्यार्थी की। एक-आध कटु वचन मन-ही-मन कह डाले और रेस्तराँ में कॉफी पीने पहुँचे। किसी तरह कड़वाहट हटे मुँह की।

समाचार-पत्र खरीद ही लिया था और उसी में खोए बैठे थे विद्यार्थीजी। पीछे से बातचीत की आवाजें आईं, "क्यों कृष्ण, आज फिर लेट कैसे?"

"क्या बताऊँ शिव, नया सेमेस्टर क्या शुरू हुआ, मुसीबत आई। इन हिंदुस्तानियों के मारे नाक में दम है। पकड़ लिया एक ने रास्ते में, बड़ी कठिनता से पीछा छुड़ाया।"

हो-हो करते हुए बोला दूसरा, "अच्छा! क्या कह रहा था?"

"बस वही एक समस्या है न सबकी, सस्ता कमरा कहाँ मिलेगा, हिंदुस्तानी खाना कहाँ खा सकते हैं, यह कहाँ है, वह कहाँ है··· ?"

"अरे हाँ, मुझे भी मिला था एक कल, कोई गुजराती था बंबई का, ले गया घसीटकर अपने कमरे में और बातें क्या शुरू कीं, 'बड़ा होम सिक हूँ मैं यहाँ पर। मेरे दो बच्चे हैं, बीवी है, महँगाई की वजह से बुला नहीं सकता उन्हें।' फिर फोटो-वोटो दिखाकर 'बोर' करने लगा तो भागा मैं 'क्लास' का बहाना बनाकर।" "हाँ भई। पता नहीं कहाँ-कहाँ से चलकर आ जाते हैं ये लोग यहाँ पर!" सहानुभूतिपूर्ण उत्तर दिया कृष्ण ने।

विद्यार्थी अपने स्थान से उन्हें देख सकता था और वे लोग उसे नहीं देख सकते थे। बीच में किताबों का घूमनेवाला स्टैंड रखा था। कॉफी का स्वाद एकदम किरकिरा हो गया। बैठा नहीं गया विद्यार्थी से। उठ गया। पैसे देकर सड़क पर आ गया।

दो सप्ताह पीछे चिट्ठी आई चचेरे भाई उमेश की, "भाई साहब 'वजीफा' मिल गया है शिकागो से। दिसंबर में आ रहा हूँ। आपको तो खूब अनुभव हो गया होगा अब तक। सुझाव भेजना…" और कलम खींचकर नीलाभ कागज पर लिखने बैठे विद्यार्थीजी "…भाई उमेश, और सब बातें बतानेवाले तो तुम्हें वहाँ भी बहुत हैं। एक बात मैं भी कहूँगा। यहाँ आकर हिंदुस्तानी से बचना, विशेषकर उनसे, जिन्हें तुमसे कुछ समय पूर्व पहुँचने का गौरव प्राप्त है…।"

एक बार इच्छा हुई जो लिखा है, काट दें, फिर 'उहूँ' कहकर झटके से लिफाफा 'लेटर बॉक्स' में छोड़ दिया।

□

किधर?

जिस बिल्डिंग में जगदीश का 'अपार्टमेंट' था, वह सीढ़ियाँ चढ़ रही थी। सीढ़ियों का नीला कारपेट काफी घिसा हुआ था, पर गलियारों में पर्याप्त रोशनी थी। जगदीश उसका पति है। कई सप्ताह से वे मिले नहीं हैं, फिर जगदीश को मालूम भी नहीं कि वह आ रही है। विस्मय कितना सुखद होगा। उसे देखते ही जगदीश गले लगा लेगा ''घंटों दोनों यूँ ही पड़े रहेंगे। फिर वह उठकर बढ़िया सा हिंदुस्तानी खाना बनाएगी। जगदीश कढ़ी-चावल को कितना तरस जाता है। जाने से पहले वह पराँठे भी बनाकर रख देगी, ताकि अगले दिन खा सके। जगदीश के दरवाजे के सामने पहुँच, एकाएक उससे घंटी बजाई नहीं गई। बेल बजाते ही दरवाजा खुल जाएगा और जगदीश लपककर कहेगा, ''अरे रीवू, तू?…'' दरवाजा खुला। वह तनिक सँभली, पर दरवाजे पर जगदीश नहीं था, एक युवती थी।

''जी कहिए?'' उस अमेरिकी युवती ने कहा।

''जगदीश नारायण हैं क्या?''

''वे जरा बाजार गए हैं। आप भीतर आ जाइए।''

चुस्त ब्लाउज और मिनी स्कर्ट में वह युवती देखने से ही किसी ऑफिस की टाइपिस्ट लगती थी। बदन की कसावट और हेयर-डू काफी आकर्षक था। लगता था वह जगदीश के अपार्टमेंट से खासी परिचित भी है। दरवाजा बंदकर बोली ''बैठिए।'' रेवा चुपचाप बैठ गई।

''आप जगदीश की मित्र हैं?'' लड़की ने ही पूछा।

''हाँ मित्र ही हूँ।'' रेवा ने कुछ रुक-रुककर कहा।

''बोस्टन में रहती हैं?''

''नहीं? बोस्टन तो मैं एक मेडिकल कॉन्फ्रेंस में आई थी। सोचा जगदीश से भी मिलती चलूँ'' एक बार झूठ बोलने के बाद बाकी सारा झूठ कितना सहज हो जाता है।

''डॉक्टर हो, वाकई? यकीन नहीं होता। हमारा खयाल था हिंदुस्तान बड़ा पिछड़ा मुल्क है। यहाँ जो भी हिंदुस्तानी मिलता है, इतना पढ़ा-लिखा...''

''अच्छा, मैं चलती हूँ...'' रेवा का दिल धुकधुकाए जा रहा था। कहीं जगदीश आ गया तो?

''रुकिए न, वे तो सिर्फ 'पीत्जा' लेने गए हैं, उसके बाद हम पिक्चर देखने जा रहे थे, पर अब नहीं जाएँगे।''

''नहीं, मुझे तो शाम का प्लेन पकड़ना है।''

''उनसे क्या कहूँ?''

''कुछ नहीं, मैं फिर कभी फोन पर उनसे बात कर लूँगी।''

लौटते समय उसने फिर सीढ़ियों का ही रास्ता लिया। उसे डर लग रहा था कि लिफ्ट में कहीं जगदीश न मिल जाए, पर जगदीश सड़क पर भी नहीं मिला। टैक्सी में बैठ जाने के बाद ही रेवा ने अपने को सुरक्षित महसूस किया।

अगले दिन बहुत सुबह फोन जगदीश का ही आया। वह क्लीवलैंड में अपने घर पहुँची ही थी।

''रेवा, मैं रात भर तुम्हें फोन करता रहा।''

''तुम्हें मालूम तो है कि...यहाँ तक वापस आने में समय लगता है...''

''तुम रुकी क्यों नहीं?''

''ऐसे ही!''

''सुनो तुम गलत तो नहीं समझ रही? वह लड़की तो मेरे ऑफिस में काम करती है। मुझसे बहुत कह रही थी कि कोई भारतीय फिल्म दिखाओ। कल रात हमारी 'इंडियन एसोसिएशन' 'फूल और पत्थर' दिखा रही थी, मैंने सोचा उसे दिखा दूँ...''

''यह सब क्यों कह रहे हो?''

''तुम नाराज हो?''

''नहीं।''

''हो तो।''

''कहा न, नहीं।''

''अच्छा, मैं छुट्टी लेकर आ रहा हूँ, तुम नाराज हो, तभी तो उखड़ी-उखड़ी बोल रही हो।''

''नहीं, छुट्टी की कोई जरूरत नहीं है। बच्चे कैंप गए हुए थे। मैं तो यूँ ही चली आई थी। नाराज क्यों होऊँगी?''

''अब मैं यहाँ की नौकरी छोड़ दूँगा। वहीं क्लीवलैंड में ढूँढ़ लूँगा। यहाँ तुम्हारे

बिना 'बोर' होता हूँ, मैं इसी शनिवार को आ रहा हूँ···रेवा···रेवा···"

उसने फोन रख दिया।

फोन बजता। वह उठाती नहीं। बच्चे कैंप से लौट आए तो उन्हें लेकर किसी मित्र के यहाँ या पार्क में चली जाती। मई का खूबसूरत महीना। पार्क में जापानी चेरी वृक्ष और सेब के पेड़ों पर फूल आए थे। हवा में अजीब बेचैनी थी। सर्दियों से सूने हुए वृक्षों पर कोंपल कसमसाने लगे थे। बच्चों के 'स्ट्रोलर' पर गुब्बारे बाँधे लोग पार्क में घूमते मिलते। प्रेमी-युगल 'आइसक्रीम-कोन' खाते हुए, या घास में लेटे हुए। वह तालाब के पास चुपचाप बैठी रहती और अपने अंदर की ऐंठन को महसूस करती रहती, जैसे किसी मरीज की नब्ज सुन रही हो।

···जगदीश कहता है गलत न समझना। गलत? ठीक क्या है, गलत क्या है? जगदीश तो शादी से पहले भी कई वर्ष अमेरिका रहा है। जब वह जगदीश से शादी करने पर राजी हुई, तब भी तो एक बार यह प्रश्न उसके मन में उठा था कि जगदीश अवश्य किसी सामान्य वर की तरह वधू की प्रतीक्षा में बैठा स्वप्न नहीं ले रहा होगा और क्योंकि वह एक अच्छी डॉक्टर थी, इसीलिए उसे अपनी 'मैच्योरिटी' पर काफी भरोसा था। सभी गलत-ठीक का फैसला उसने जगदीश से विवाह करने की हामी के साथ ही कर डाला था। विवाह, विवाह है इसलिए है और दोनों सुखी न रहे हों, यह बात नहीं। समय पर बच्चे होते गए। संबंध 'रूटीन' में आ गए और घर में साज-सज्जा हर साल के साथ बढ़ती रही। गैरेज में कारों के नए मॉडल आते-जाते रहे, पर अब? जगदीश दस महीने से बोस्टन में है, क्योंकि क्लीवलैंड का उसका दफ्तर एकाएक बंद हो गया था। नौकरी मिली तो सिर्फ एक और वह बोस्टन में। जाना ही हुआ।

शुरू में अटपटा लगता। शाम को घर सूना। फिर बेचैनी। कैसा है? अनजाने शहर और लोगों के बीच कैसे अपना समय बिताता होगा, क्या करता रहता है, रात को कभी-कभी फोन करती है तो घर पर क्यों नहीं होता? क्या करे अकेला घर पर बैठा, अकेला, जैसे शादी से पहले था?

अकेला! इस विचार से जब भी कोई दुष्कल्पना वह कर बैठती तो तभी अपने को संयत कर लेती। नहीं···नहीं···सब एक से नहीं होते। जगदीश अपने परिवार में कितना मस्त है; बोस्टन जाना ही नहीं चाहता था। उसी ने तो जिदकर भेजा था और जब गया तो हर रोज फोन करता था। वही छेड़ती थी कि बहुत बिल बन जाएगा फोन का। महीने में एक बार अवश्य मिलने आता। इस दूरी ने तो संबंधों को नई मधुरता दी। बच्चे भी अपने पापा को देख खिल जाते और जब जगदीश वापस लौटता तो

कितना खिन्न मन होता। वह स्वयं दो दिन तक ढंग से खाना नहीं बनाती। इस बार बच्चे कैंप चले गए तो घर उबाऊ हो गया था। तभी तो वह स्वयं बिना जगदीश को सूचना दिए, हवाई जहाज से बोस्टन जा पहुँची थी।

पर अब? सहा नहीं जाता।

वह कहीं दूर चली जाएगी, जहाँ आराम से सोच सके, पर कहाँ, घर? वह बड़ी जोर से हिचककर रो दी···हाँ···हाँ···वहीं।

''बच्चो, तुम इंडिया चलोगे। ग्रैंड-माँ के पास?''

''हाँ, मम्मी, बड़ा अच्छा रहेगा।''

दोनों बच्चे तभी तैयारी में लग गए थे। रेवा ने अपने घर का सामान दो-तीन दिन में लपेट-लपाटकर या गत्ते के बड़े-बड़े डिब्बों में भरा और 'स्टोरेज' के लिए भिजवा दिया।

''मम्मी, पापा नहीं जाएँगे?'' शानू ने आखिर पूछ ही लिया था।

''नहीं बेटे, पापा को छुट्टी नहीं मिलती।''

''मैं पापा को फोन करके कह दूँ कि हम जा रहे हैं?''

''नहीं, अभी नहीं, बाद में।''

''कब?''

''कहा न, बाद में···''

क्लीवलैंड के हवाई अड्डे पर शानू ने फिर पूछा, ''मम्मी, पापा को फोन नहीं किया न आपने?''

''नहीं, पर चिट्ठी लिख दी है। जाओ इसे···लेटरबॉक्स में डाल दो।''

दो पंक्ति : ''घर जा रही हूँ। 'सबैटिकल-लीव' मिल गई है। माँ का बहुत आग्रह है। बच्चों को देखना चाहती हैं।''

तीन दिन पहले जब पालम हवाई अड्डे पर वह अपने दोनों बच्चों को लेकर उतरी थी, तो रात खत्म हो चुकी थी, पर दिन निकला नहीं था। जब तक कस्टम वालों ने उसे मुक्त किया, साढ़े दस बज चुके थे। उन चार-पाँच घंटों में इधर-उधर धकेले जाकर उसके बच्चे अधमरे हो गए थे। उनके घबराए चेहरों को देख स्वयं उसे एक नया अपराधबोध दबोचने लगा था। कहाँ चली गई थी उसकी इकहरी लंबाई। उसके व्यक्तित्व की सहज शान कस्टमवालों के अशिष्ट व्यवहार से एकाएक धुल-पुँछ गई थी। क्या यह वही रेवा थी, जो क्लीवलैंड की सड़कों पर आनंद मिश्रित कौतूहल उत्पन्न कर दिया करती थी। जिसे रोक-रोककर उसके परिचित अमेरिकी मित्र उसका परिचय करवाते, ''दिस इज रेवा, डॉ. रेवा···द न्यूरोसर्जन···''

शानू और बब्बी ने बहुत छोटी आयु में ही यह स्वीकार कर लिया था कि उनकी मम्मी कुछ 'खास' हैं और इसी कारण वे स्वयं भी सबके स्नेह और आदर की पात्र हैं, पर एयरपोर्ट पर जब कस्टम ऑफिसर ने बच्चों के खिलौने काउंटर पर गिरा कर फैला दिए और कहा, "आप इतने खिलौने नहीं ले जा सकतीं," सुनकर बब्बी को बहुत गुस्सा आया। खिलौनों की दुर्गति पर या माँ के साथ हुई असभ्यता पर?

"मम्मी, टेल हिम टू लीव दैम अलोन (उससे कहो, उन्हें न छुए)···" बब्बी बार-बार पीछे से कह रहा था। बहुत झगड़े के बाद रेवा बब्बी की 'मॉडल' कारों का सेट छुड़वा पाई थी। कैसे कोई छह बरस के बच्चे को समझाए कि जो खिलौने या सामान उन्होंने मोल देकर खरीदे थे, उन्हें 'कानफिसकेट' किया जाना जरूरी है···! दस बरस की शानू तो उसी दिन से गुमसुम होती चली गई थी। केवल एक बार चुपके से उसने पूछा था, "मम्मी क्या यही इंडिया है?"

शानू की आँखों में बहुत गहरे देखकर रेवा चुप रह गई थी। यही है पर यदि यह देश अपना है तो फिर उन सबका उतना तिरस्कार क्यों किया जा रहा है? इस बात का साफ-साफ एहसास क्यों करवाया जा रहा है कि वे भारतीय हैं, विदेशी नहीं, इसलिए उन्हें उपेक्षा झेलनी होगी···

फिर अगला दिन। माँ और अम्माँ की आँखों में चुभता सा प्रश्न, "तू अकेली आई है, जगदीश नहीं आ सकता था तो तूने प्रतीक्षा क्यों नहीं की···?" वह सोचती है, 'कोई पूछता क्यों नहीं, तू क्यों आ गई, किसलिए आ गई, किसके पास आई है?' आने-जानेवाले 'अपनों' की नजरें केवल उसके सूटकेट पर क्यों टिकी रहती हैं···

माँ के घर में रेवा बड़ी देर से सोफे पर लेटी है। लेटे-लेटे वह छत का हिलता पंखा देख रही है। उसके सिर में दर्द है। दरवाजे पर सुनहरे रंग का परदा पड़ा है। रेवा उसी की 'प्लीट' गिनने लगी है। एक सिरे से गिनती है। बीच में ही गिनती भूल जाती है। फिर गिनने लगती है। आखिरी प्लीट के पास उसे लगा कि कोई मैली लाल रंग की चीज परदे के ऊपरी सिरे पर रेंग रही है। वह उठकर बैठ गई। दिल धुकधुका रहा था। वास्तव में ही कोई लाल चीज परदे पर रेंग रही थी। उसके बच्चे कमरे में सो रहे हैं। कोई जहरीली चीज न हो और बच्चों को काट न ले।

उसने हाथ बढ़ाकर टेबल-लैंप का स्विच ऑन कर दिया। परदे पर रेंगती चीज में खलबली मच गई और टप से टूटकर उसमें से एक टुकड़ा फर्श पर आ गिरा। टुकड़ा फिर दौड़कर परदे पर ही चढ़ने लगा। रेवा ने गले तक आई गूँगी चीख को मुँह में ही दबा लिया। वह लाल चीज उसके सामने से सरककर परदे के पेलमेट में जा छुपी। क्या था? कॉक्रोच! एक नहीं, पाँच-छह बड़े-बड़े लाल रंग के कॉक्रोच।

एक-दूसरे से चिपटे हुए से परदे की प्लीट के ऊपर पेलमेट के पास छुपे हुए थे।

काँपते हाथों से उसने टेबल लैंप बुझाया और माथे का पसीना पोंछा। सोफे से उठकर वह कमरे के बीचों-बीच सोए अपने दोनों बच्चों के पास आ बैठी। बब्बी का बदन अभी भी गरम था। दो के करीब बुखार होगा। शानू का भी तीन दिन से पेट खराब है। कुछ भी पचा नहीं पाती। कमरे में जल रही जीरो वाट की रोशनी में शानू बहुत दुबली लग रही थी।

दीवार की घड़ी में दो बजकर दस मिनट हो गए हैं। रेवा ने बब्बी के बुखार से तपते शरीर को हौले से छुआ। शानू कुछ कुनमुनाई। 'ग्रैंड-माँ' के घर में बब्बी और शानू दो ही दिन में बुझ गए हैं। शानू पेट दर्द से चीखती रहती है। कुछ खा नहीं सकती। बब्बी दीवारों पर सरकती छिपकलियों, फर्श पर घूमते झींगुरों, मकोड़ों और बरसाती कीट-पतंगों से इतना डर गया कि बुखार चढ़ा लिया है। 'मम्मी, लिजर्ड!' वह नींद में भी चीखता है। वह बच्चों का बिस्तर दीवार से हटा, बड़े कमरों के बीचों-बीच लगवाती है। जब तक बच्चे सो नहीं जाते, उनके पास बैठी रहती है। यही बच्चे पैदा होने के दिन से अपने-अपने कमरे और पालनों में अकेले सोने के आदी रहे हैं।

सोने से पहले सहमी-सहमी शानू कहती है, "मम्मी यहाँ से चलो न!"

"किधर, किधर, किधर?"

शानू कुछ नहीं कहती। आरोप का भाव उसके मुँह पर है। वह मुँह फेर लेती है, अपनी माँ से···

"मम्मी ग्रैंड-माँ इतनी बूढ़ी क्यों हैं? हम तो उनसे बात भी नहीं कर सकते। उन्हें अंग्रेजी क्यों नहीं आती?" बब्बी हताश सा पूछता है। शायद कहना चाहता है, "तुम हमें यहाँ क्यों लेकर आई हो?"

रोज सुबह उठकर दोनों बच्चे 'बाथरूम' जाते समय दिक करते हैं।

"गंदा है।"

"चुप!"

"बहुत गंदा है। हम नहीं जाएँगे।"

"तो मत जाओ।"

बच्चे रोने लगते हैं, "मम्मी बाथरूम जाना है।"

दीवार की घड़ी में चार बज रहे हैं। दोषी कौन है, वह या जगदीश?

अब किधर जाए, वापस?

जगदीश के कारण वहाँ से वापस आई। बच्चों के कारण यहाँ से जाना होगा,

पर बच्चों का क्या दोष? जहाँ रखेंगे, रह लेंगे बेचारे धीरे-धीरे, पर वही क्या रहना चाहती है, मैदान छोड़ देने से लड़ाई क्या समाप्त हो गई, पास आने से फासले क्या नहीं हैं?

फिर?

एकाएक जगदीश बहुत दूर, अवास्तविक हो गया है। रात के अँधेरे में केवल बच्चों के खौफ खाए चेहरे और बीमार बदन दिखते हैं। रात कितनी लंबी होती है।

सुबह उसे अमेरिका का टिकट बनवाना है, अपना और बच्चों का।

□□□